文春文庫

日本蒙昧前史

磯崎憲一郎

文藝春秋

目次

日本蒙昧前史

幸福の只中にいる人間がけっしてそのことに気づかないのと同様、一国の歴史の中で、その国民がもっとも果報に恵まれていた時代も、知らぬ間に過ぎ去っている。その年の正月、三が日快晴の予報は外れ、関東地方では三日に雪が降った、すると一人の白髪の老婆が現れ、灰色の空を見上げながら預言者めいた口調で呟いた。「今年はきっと、よくないことが起きる」だが単にそれは、雪がちらつくなか自転車を乗り回して遊んでいる子供たちの、抑揚のない、金属的な声に不吉なものを感じただけのことだったのかもしれない。「レストランから、一号線を南へ千五百メートル……」「左側の煙草の自動販売機の上に手紙がある……」子供たちは前年に起きた、製菓会社を標的にした脅迫事件の犯人からかかってきた電話の声を真似て、ふざけ合っていた、それを不謹慎だといって咎める大人も、当時はいなかった。

もちろんこの頃既に、人々は同質性と浅ましさに蝕《むしば》まれつつはあったが、後の時代ほど絶望的に愚かではなかった、解けない謎は謎のままに蓋《ふた》をするだけの分別が、まだかろうじて残っていた。製菓会社の社長は入浴中にとつぜん、目出し帽で顔を隠し、拳銃を手にした二人組の男に襲われ、全裸のまま連れ去られたという話が伝えられているが、じつをいうと通報を受けて駆けつけた捜査員は当初、社長はこの広大な邸宅のどこかに隠れているのではないかと考えた、つまり自作自演を疑ったわけだが、捜査員は押し入れや洋服箪笥の中、庭の石灯籠の陰、物置、ガレージに停めてある車の下まで探し回った、そんなことに時間を費やしている間に、社長を拉致した犯人は、事件現場の西宮から大阪まで、高速道路を使って楽々と逃げ果《おお》せていた。家の中に押し入ってきた犯人に対して社長夫人が、手持ちの現金ならば全て渡すと伝えたところ、犯人は穏やかにその言葉を遮った。「金なんて、要りません」身代金目当ての誘拐事件であれば捜査一課の管轄だが、企業に対する恐喝事件であれば捜査二課、ヤクザが関与していれば暴力団対策課の管轄になる、今回の事件は犯人の意図が分からなかった。

しかしそもそも、大の大人の男がそうも簡単に連れ去られるものだろうか？　しかも下着すら身に付けていない素っ裸で！　じっさいに社長は、大阪府茨木《いばらき》市内の水防倉庫の二階に、裸のまま手足をロープで縛られ、目隠しをされた状態で閉じ込められていた、翌朝になって下着とズボン、焦げ茶色の古びたオーバーが与えられたが、食事はいっさい与えられなかった。社長はこのとき四十二歳だったが、次の瞬間にも自分はあっさりと殺されるかもしれないという恐怖に年齢など関係ない、子供のとき以来何十年かぶりで涙を流している自分に驚きもしたが、そのまま泣き崩れるようなことはなかった、反抗心にも似た冷静な判断力が失われていないことも自覚していた。社長には久美子《くみこ》という名前の九歳になる一人娘がいたのだが、その娘も誘拐され、監禁されていると思い込まされていた。「子供は即刻、解放して欲しい。人質が必要なのであれば、自分だけでじゅうぶん足りるはずだ」鉄扉越しに犯人の話し声が聞こえるたび、社長は努めて冷静に繰り返し伝えた、その途端扉の向こうの人の気配は消え、物音一つしなくなってしまった。社長の手足は縛られたままだったが、目隠しは外されていた、スレート壁の隙間から射し込むわずかな光で周囲を見回すと、そこは土嚢《どのう》と麻縄、数本の竹竿が積まれている以外には何もない、天井の低い部屋だった、誘拐されてから既に二日目の朝を迎えているはずだった。試しに便意を訴えてみると、すぐさま鉄扉が開いた、目出し帽を被り、紺色のナイロンのジャンパーを羽織った犯人の一人が便所まで付き添ってくれた、社長の肩ほどの背丈しかない、痩せた小男だった、ほんの一瞬で通り過ぎた感情だったが、犯罪組織の一員に身をやつしてしまって、始終怯《おび》えて暮らしているのであろうこの男の人生を、社長は哀れんだ。見張り役は今のところ一人しかいないようだ、隙を窺って、こいつの眉間が割れるほど思い切り強く殴って、外に出てさえしまえば、助けを求めることもできるかもしれない、だがその場合は、娘の身に危険が及ぶ可能性もある……

何にも増して、娘の命が大事だった、久美子は結婚六年目にしてようやく授かった子供だったので、社長夫婦は溺愛していた、興味を示した物は文具だろうと、洋服だろうと、ペットの子犬だろうと、何でも買い与えてやった、甘やかして育てることで我儘になるどころか、久美子の場合は控え目で、臆病とも思えるほど他人に優しく接する少女になってしまった。親馬鹿でない親は単なる馬鹿だ、社長はそう信じて疑わなかった、とにかく子供の安全が確保されるまでは、軽率な行動は慎むべきだ、暗い部屋の片隅に身を横たえ、何らかの状況の変化が訪れるのを待った、空腹のため腹が鳴りっぱなしだったが、こんな危機的な状況でも律儀に腹は減るという人間の肉体の逞しさに励まされた、寒さも心身を消耗させた、三月とはいえ夜の気温は五度を下回った、社長は猫のように背中を小さく丸め、屈辱を感じながらも犯人から与えられたオーバーで全身を覆った。深い眠りに落ちることはなかったが、ときおり視界が霞んで意識が朦朧とした、そのたびに犯人同士の会話が耳に入り、社長は我に返った、聞き耳を立てたのだが、どうしてなのか犯人たちの発する言葉は一言も理解できず、記憶に留めることもできなかった。

誘拐されて三日目の晩になると肩と膝の関節が痛み出したが、代わりに意識は覚醒した、静寂のなか微《かす》かに、しかしはっきりと、水が流れる音が聞こえていた。どうして今まで気がつかなかったのか？　その疑問が社長を不安にさせた、たったの三日監禁されただけでも人間は与えられた環境に適応してしまい、緊張が緩んで、周囲の情報を集め始める余裕ができるということなのだろうか？　そもそも今、俺が囚われていることはどの町の、どんな場所なのか？　西宮からそう遠く離れていないとすれば、神戸か？　大阪か？　それとも西宮市内なのか？　西宮市内にも農業用水路か、深い側溝があったはずだが、それはどの辺りだっただろう……数時間前から鉄扉の向こうは静まり返っていた、社長が便所へ行きたいと叫んでみても、何も返事はなかった、犯人はこのアジトを捨てたのかもしれない、それは即ち、警察がこの場所を突き止めた、自分はほどなく救出されるということを意味するはずだ、身体を固く強張らせ、しっかりと目を見開いたまま、社長は助けが来るのを待った。

やがて夜が明けたが、警察はまだ来なかった、犯人たちが隣室に戻った気配もなかった、普段の平穏な一日の始まりと変わらぬ、小鳥の囀《さえず》りと風の音が聞こえるばかりだった。さすがに犯人は、もう近くにいないのではないか？　そう判断するのが妥当なのではないか？　しかし脱出を試みた途端、じつはそれは罠で自分は再び囚われの身となり、娘にも危害が及ぶという最悪の可能性もないではない、このまま待つべきか？　それとも、思い切って脱出するべきか？　社長は悶々と悩んだ、まるで別の新たな監禁と拷問が始まったかの如くもがき苦しんだ、五時間以上も逡巡した末に、社長はついに腹を括った。娘のためなどと言い訳しているが、この部屋から出られないのは自らの心の内の怯懦《きょうだ》に負けているからに他ならない！　人生を台無しにされたくなかったら、無理にでも立ち上がるしかない！　両手両足を縛られたまま、鉄扉に向かって勢いをつけて肩から体当たりすると、錠はあっさりと外れた、近くに犯人の車がまだ停まっているのではないかという怖れの気持ちがもたげるよりも早く、無心のまま社長は倉庫の外へ飛び出た、枯れ草の広がる中に一本の砂利道が通る、見知らぬ場所だった、空からは薄雲越しに弱々しい陽光が射しているだけだったが、それでも社長には眩しくて、ほとんど目を開けていられなかった。

大阪府警に保護された社長は、そこで初めて犯人グループが、現金十億円と、金塊百キロを要求してきていることを知った。何だ、偉そうに「金なんて、要りません」などといっておきながら、結局はありふれた、身代金目的の誘拐だったんじゃあないか？

しかし、あながちそうともいい切れないのは、十億円の札束と金塊百キロは、合わせて二百キロ以上もの重さに達する、そんな重量物を運ぼうと思ったら、軽トラックに積むだけでも二、三十分の時間がかかるし、十人以上の人手が必要だ、狡猾で用意周到な犯人が、わざわざ自分たちを目立たせるような、そんな要求を本気で出してきたとも思えない。じっさいその後も相次いだ、他の菓子メーカーや食品メーカーに対する脅迫事件でも、犯人は多額の現金を要求しておきながらけっきょく一度たりともその現金を手に入れることはなかった、それどころか犯人は、自らが指定した受け渡し場所に現れることすらなかったのだ。その徹底ぶりは、金に目が眩んで失敗した、過去の大勢の犯罪者たちを嘲笑《あざわら》うかのようでさえあった、犯罪者は金に手を触れた瞬間、疑似餌に喰いついた魚が釣り上げられるのと同じように捕まってしまう、浅ましさと卑しさこそが落とし穴になるのだと、彼らは心得ていたのかもしれない。

しかし、ならばどうして、犯人は再三警察に挑戦状を送り付け、毒入りの菓子をばら撒くような、派手で、自己顕示欲に満ち満ちた行動を取ってしまったのだろう？　社長が誘拐された年の秋から翌年の初めにかけて、致死量を超える青酸ソーダが混入されたチョコレートやドロップは大阪、京都だけではなく、名古屋や東京でも、じっさいにスーパーマーケットの棚に置かれていた、当時はまだ珍しく、深夜も営業してくれていることへの有難味が感じられたコンビニエンスストアに置かれていたこともあった、河原の草叢《くさむら》の中に無造作に投げ捨てられていたこともあった。それらには一つ一つ、「毒入り危険、食べたら死ぬぞ」という注意書きが付いていたというのだが、あの頃の誰もが皆、きっといつか犠牲者が出てしまうのだろう、毒入りのチョコレートを食べた子供が命を失ったという悲しいニュースを聞くことになるのだろうと、怖れ、覚悟していたはずだ。その最初の犠牲者とは、小学校のときにはどのクラスにも必ず一人はいた、勉強はできないし運動もさして得意ではないが、休み時間には男女を問わず友達が周りに集まってくる、甲高い声でよく笑う、背が高くて少し小太りの男の子であるに違いない、土曜日の夕方、学習塾からの帰り途、仲良しの友達数人と一緒に入ったスーパーマーケットで、「毒入り危険、食べたら死ぬぞ」という貼り紙の付されたチョコレートを見つけた彼は、ただ友達の笑いを得るために、そしてほんの少しの勇気を誇示したいがために、友達が止めるのを振り切ってチョコレートの端を一口齧って見せて、そのままゆっくりと目を瞑《つぶ》り、膝から床に崩れてしまうのだ。

だが現実には、そんな悲劇は起こらなかった、毒入りの菓子は日本じゅうにばら撒かれたにも拘わらず、結果的に一人の死者も、病人も出なかった、人間はもちろん、犬も野良猫も、カラス一羽も死なずに済んだ、それはほとんど現代の奇跡のようにさえ思われた。その冬の寒さは厳しかった、一月に入ってからは東京都内でも最低気温が零下七度を下回る日もあり、二十三区に異常低温注意報が出された、積もるほどの雪が降った日は一日もなかったが、乾燥した空気が痛いほど冷たく、容赦のない寒さが人間に緊張を強いていた。二月になると寒さも緩み、雨の日が続いた、そんな中、犯人からの手紙が、今度は東京の新聞社の社会部長宛てに届いた。「菓子の会社を苛めるのにはもう飽きた。許してやろう」唐突に告げ知らされたそれは紛れもなく、一方的な休戦宣言ではあったのだが、さすがにその内容を言葉通りに信じるほど、我々はお人好しでも、純朴でもなかった、どうせまたしばらく経って警察の監視が緩んだ頃に、毒入りのチョコレートかキャンディーが、次は恐らく東北か、もっと遠く離れた北海道か、九州か沖縄のスーパーマーケットの棚で見つかるのではないか？　それとも標的を変えて、まったく別の手口で、家電メーカーか自動車メーカーでも脅迫し始めるのかもしれない、もしかしたらあの手紙にはじつは、次の標的への何らかの指示が隠されているのかもしれないぞ……ところが驚いたことに、この手紙が届いて以降、犯人の動きはぱったりと途絶えてしまった、新たな挑戦状が警察や新聞社、テレビ局に送られてくることもなかったし、毒入りの菓子が小売店の棚に置かれることもなくなった、だが油断はできない、犯人グループの誰一人逮捕されてはいないのだし、そもそも彼らの動機や目的ですら今に至るまで分からないままだ、これほど大掛かりな事件を起こしておきながら、彼らはまだ、一銭の金も手に入れてはいないのだ。

それから一カ月ほど経って、横浜で、短銃を持った二人組の強盗が銀行を襲い、行員とガードマンを人質にして立て籠もるという事件が起こった。歴史的に見てもその成功率、現金を奪って犯人が逃げ果せる可能性は限りなくゼロに近い、しかも逮捕されれば重刑は免れ得ない、もっとも割が悪い、無謀な犯罪といわれる銀行強盗だが、確率で損得を考えられるような余裕のある人間であれば、もとより犯罪になど走らない、この時代はまだ、銀行や信用金庫、郵便局といった金融機関を狙った強盗犯罪が、年に数件は発生していた。横浜の銀行強盗が当時の人々に衝撃を与えたのは、犯人の一人が神奈川県警の元巡査部長だったからだ、警察は五百人もの警官を動員して、銀行の周りを取り囲んだ、犯人は十二時間籠城した挙句、主犯格の元警官はその場で自殺、共犯者は警察の説得に応じて投降した、地下の金庫室に閉じ込められていた人質は全員無事だった。

またそれからしばらくして、日本列島が蒸し暑い梅雨の季節に入ってほどない頃、一人暮らしの高齢者に錫《すず》の地金に投資すれば儲かるという話を持ちかけ、数十億円を騙し取ったとされる会社社長が右翼の男に、こともあろうに公衆の面前で惨殺されるという酷い事件が起こった、こんな事件の記憶は一刻も早く消し去りたい、誰もがそう思ったに違いないのだが、どこにそんな需要があるのかと訝られるほど、テレビのニュース番組も、新聞も、写真週刊誌も、この事件を詳《つまび》らかに繰り返し報じた。

しかし何といっても、この年に起こった他の全ての事件、事故が霞んでしまうほど各々《おのおの》の記憶に、そのとき自らが置かれていた状況と分かち難く結びつく形で、深く刻まれることとなったのは、八月の日航ジャンボ機墜落事故だろう。盆休みも近い夏の夜、夕飯の支度をしながら、テレビのニュースが短く伝えた、東京発大阪行きの日航機がレーダーから消えたという第一報を聞いたとき、その含みを持たせた曖昧な表現に不吉なものを感じながらも、しかしアフリカやソ連の航空会社であればいざしらず日本の国内便なのだから、そうそう簡単に墜落などという最悪の事態に至ることはあるまいと、多くの人は高を括っていたのではなかろうか。だがNHKも、民放も、通常の番組を休止して臨時ニュースに切り替え、男性のアナウンサーが怒っているような大きな声で、乗客名簿を一人一人読み上げると同時に、カタカナで記されたフルネームのテロップがゆっくりと画面上を流れるに及んでは、まさかとは思うがその中に、もう何年も会っていない従兄弟《いとこ》の名前や幼馴染みの名前、中学校時代の恩師の名前を見つけてしまわぬよう、言葉には出さぬまま祈るより他にどうしようもなかった。後の時代からすればあり得ない話だし、当時だってレーダー探知機を駆使すればその程度のことが困難だったとは思えないのだが、墜落地点がどこなのかは翌朝になるまで分からなかった、テレビのニュースでは一晩じゅう、「事故現場は、長野県南佐久郡《みなみさく》北相木村《きたあいき》」とか、「御座山《おぐらさん》北斜面に墜落した模様」といった誤報ばかりが繰り返され、けっきょく翌朝日が昇って明るくなってから、自衛隊のヘリコプターからの目視によって、群馬県上野村の御巣鷹山《おすたかやま》に墜落している機体が発見された、既にその時点で事故発生から十時間近くが経過しているというのに、機動隊と消防団による救護活動が始まったのはそれから更に四時間後なのだ。何をもたもたやっているんだ！　それだけの時間があれば、成田からアメリカ西海岸までだって余裕で行けるぞ！　墜落直後は生存していたといわれる何名かの命は救うことができず、この事故による死者は五百二十名にも上った、生存者は、非番でたまたま乗客としてこの便に乗っていた客室乗務員を含む、四名のみだった、日本じゅうに毒入りの菓子がばら撒かれても、一人の死者も出さずに済んだというのに、どうして一回の事故で、これほど多くの人命が失われてしまうのか……過去のどこかの時点に、この災厄を未然に防ぐ手立てがあったのではないか……翌日以降の新聞の紙面は、この事故関連の報道でほぼ埋め尽くされていた、テレビも報道特番を組んで、現地からの映像を流し続けた。明日からの盆休みは、伊豆今井浜の保養所を二泊予約してあるのだが、こんな大事故が起こっている最中《さなか》、暢気《のんき》に家族旅行になど出かけている場合だろうか？　水着姿の半裸で海岸にいるだけでも、不謹慎なのではなかろうか？　恐らく日本全国の何百万もの家庭で、予定通り旅行に行くべきか、それとも宿の予約はキャンセルして自宅に留まるべきか、緊急の話し合いが持たれたはずだ、旅行を取り止めた場合、宿泊予約のキャンセル料金は発生するが、それはさしたる問題ではなかった、むしろ働き盛りの父親の休暇が、この時期を逃したら来年までは取得できなくなってしまう、来年の夏は長男の中学受験の準備も始めねばならないという、そちらの事情が優先された。まだ薄暗い夜明け前、近所の人目を避けるようにして、父親の運転する車に家族四人が乗り込んで世田谷の自宅を出発した、渋滞を覚悟していた東名高速は思いの外、空いていた、厚木を過ぎた辺りで上空を、深緑色《ふかみどり》に塗られた双発のヘリコプターが飛んでいるのが見えた。「あれは、御巣鷹山に向かう自衛隊機に違いない」父親の言葉に、後部座席に座る男の子たちは思わず身を屈《かが》めて隠れた、海水浴場は例年と変わらぬ混雑だった、子供たちは赤黒く日焼けするまで炎天下の海と砂浜を満喫したが、父親と母親はテレビの報道番組に見入ってしまって、けっきょく一日のほとんどを室内で過ごした。

短い秋が終わり木枯らしが吹き始める頃には、毒入り菓子をばら撒いた犯人がまだ捕まっていないことなど、もはや誰も憶えていなかった、ちょうど同じ頃、長いこと買い手の付かなかった銀座五丁目の百坪ほどの土地に、ある不動産業者が目を付けた、そこはもともと、銀座でも別格とされた、限られた人々しか入ることが許されない高級キャバレーがあった場所だった。戦後、進駐軍相手の娯楽施設として始まったキャバレーだったが、やがて政治家や企業経営者などの裕福な日本人が入り浸るようになった、専属のコックが作る、一流レストランと比べても遜色のない料理を振る舞い、ホステスは酒を注ぎ会話を交わすだけで、性的なサービスはいっさい提供しない、生バンドの演奏が始まればフロアに降りてダンスを楽しめるという、上品で健全な大人の社交場だった、大物というほどではないが、日本人歌手の歌うカバー曲がいっとき流行ったことのある、アメリカの白人男性シンガーがこの店でショーを行ったときには、民放のテレビ局がカメラを持ち込んで四曲分を収録し、翌週の夜の番組として放送した。キャバレーの低価格化、大衆化が進んでからも、この銀座の店は会員制に拘り、敷居を高く保ち続けた、オイル・ショック後の不況の時期も、得意客に支えられた堅実な経営を続けているように見えたのだが、ソ連軍がアフガニスタンに侵攻したのと同じ日に、前触れもなくとつぜん閉店してしまった、売れっ子のホステスが二億円近い大金を横領したのだという噂が出回り、週刊誌にも似た内容の記事が載ったのだが、じっさいにはもう十年以上前から赤字が累積していたらしかった、土地と建物の所有権は、キャバレーのオーナーが融資を受けていた相互銀行に移された。

日本には昔から無尽《むじん》や講《こう》と呼ばれる、庶民が掛け金を持ち寄る相互扶助組合があり、戦後生まれた相互銀行の多くはその発展型だった、銀座の土地を得た相互銀行の創業者も、戦後の混乱期に、解体された軍需工場から出る鉄屑を回収する商売で財を成した後、大手の銀行からは金を借りることができず、資金繰りに苦しんでいる蒲田《かまた》や大森の町工場、商店への融資を始めた人物だった、議員立法によって相互銀行法が成立するやいなや、無尽を相互銀行に商号変更すると、創業者は矢継ぎ早に斬新なサービスを繰り出して、預金を掻き集められるだけ掻き集めた、まず窓口業務を夜の九時まで延長した。「あんな遅い時間まで窓口を開けたまま客と応対しているのは、違法営業なのではないか？　取り締まるべきではないのか？」大蔵省に御注進する者もいたが、よくよく調べてみると、銀行法では、午後の三時までは窓口を開けて営業することを求めているものの、それ以降の時間の営業を禁ずるなどとは、どこにも書かれていないのだった、当時は銀行で現金を下ろすには、預金通帳と印鑑が必要だったが、この相互銀行では掌大のカード一枚あれば、預金口座から現金を引き出すことができた、しかも提携している都市銀行の窓口でも、この相互銀行に持っている口座から現金を引き出すことができたのだ。ＮＨＫの受信料や電気代、電話代の自動振替を日本で最初に始めたのも、この相互銀行だった、後の時代では当たり前になったこれらのサービスは皆、創業者の発案から始まったものだった、営業範囲は都内に限定されていたが、顧客数は増え続け、預金残高は地方銀行にも迫るほどになった。相互銀行の企業に対する融資限度額は自己資本の二十パーセント、もしくは十五億円のいずれか低い額と定められていたが、これは建前に過ぎず、じっさいには一企業一億円までという大蔵省が定めたガイドラインを守らねばならなかった、これを撤廃させるため、創業者は政界とのパイプ作りを画策し始めた。ところがその矢先、創業者は病死してしまった、余りにとつぜんのことだったので、誰よりも本人が一番驚いたと思うのだが、銀行としては創業者の長男を急遽社長に据えざるを得なくなった、それから一年も経たぬ内に、その長男も慢性的な腰痛のため長期療養が必要となった。

創業者の娘婿は東大を卒業後、農林省に入省し、十五年ほど勤務したところで、相互銀行に専務として迎え入れられた、言葉として明確にいい渡されたわけではなかったが、社長の座はいずれ、そう遠くない将来に自分に譲られるものと、娘婿は信じていた、会議の席で視線が合うたび、義父である創業者は書類を見る振りをして慌てて視線を逸らした、一見後ろめたいことでも隠しているかのようなその素振りは、自分たちの間には他の人間に気づかれてはならない密約が存在することの法外な保証のように思えた、何ら客観的な裏付けがあるわけでもない、単なる自分の思い込みに過ぎないかもしれない寵愛に人生を預けてしまって本当に大丈夫なのか？　そんな疑問に駆られることもないではなかったが、信じることによってのみ予感は現実のものとなるのだと、強いて自らを納得させた。創業者が遺言状どころか末期の一言さえ遺さず、あっけなくこの世を去ったときにはさすがに唖然とはしたが、深刻に自らの身を案ずることはなかった、万事休すという故事成語は知っていても、じっさいにそのような事態が我が身に降りかかろうなどとは考えてもいない、娘婿の専務はそういう種類の人間だった。

二代目社長の創業者の長男が入院することとなり、後継者を誰にすべきか、社内で議論が始まると、娘婿の専務は敢えて目立たぬよう、控え目に振る舞うように心掛けた、会議では口を結んだまま頷き、他人の意見を傾聴している振りをした、頻繁に支店や取引先を訪問しては、本店内に留まる時間をできるだけ短くした、物欲しげな顔をしていると、転がり込んでくるはずの幸運さえ逃げてしまう、それは小学校時代から優等生として生きるしかなかった中で、彼が身に付けた世知だったのかもしれない。銀行内部に残された創業者の親族はもう自分以外にいない、どのような可能性を探ってみても、自分が新社長に就くことは順当なのだ、問題視されるとすれば、若さぐらいだろうか……たまたま重なった偶然に過ぎないのだろうが、娘婿の専務は、誘拐されたときの製菓会社の社長と同じ、四十二歳だった。大手の上場企業であれば四十代で経営トップの座に就くなど考えられないが、同族経営のメーカーや出版社ならば、さほど珍しいことでもない、ならば他にどんな障害があるというのだろう……娘婿の専務は辛抱強く待ち続けた、しかしいつまで待っても、社長就任の要請は来なかった、よい知らせがなかなか来ないときの常で、どこか自分からは見えていない死角に、もう一つ別の可能性が潜んでいたのではないか、その可能性こそが選ばれた現実として、今やすぐ近くまで迫りつつあるのではないかという不安が過《よ》ぎった、すると案の定、ある朝、娘婿とは親子ほど年齢の離れている老いた監査役がやってきて、紐付きの封筒から一枚の水色の紙を取り出し、机の上に置いた。「先代から私が頂いたものです」それは創業者本人のみならず、娘婿まで含めた一族が保有する相互銀行の全株式、二千百六十三万株を監査役に預託するという内容の、創業者の署名入りの念書だった。創業者は大蔵大臣を介して、ある相場師を紹介された、二人は意気投合し、横須賀に本社のある自動車部品メーカー株の仕手戦を仕掛けた、ところが部品メーカーは大手の証券会社に支援を仰ぎ、徹底した防衛に出た、結果、創業者は売り抜けに失敗し、現物株を抱え込むことになってしまった、やむなく大蔵大臣に仲裁に入って貰い、現物株は部品メーカーが買い戻すことで決着したが、仕手戦失敗の穴埋め額二百億円弱を、相互銀行の資金から捻出するに当たっては、創業者一族の持ち株全てを、監査役に預ける旨の念書を入れることを条件としたのだという、その屈辱に押し潰されるように、ほどなく創業者は亡くなった。

自分が所属する組織で、そんな不始末が生じていたことに、娘婿の専務はまったく気づかなかった、その段になって初めて、目を逸らした創業者には本当に後ろめたい隠し事があったのだと思い至り、娘婿は思わず吹き出しそうになったが、じっさい笑う他ないほど、今度こそ事態は深刻だった、声を荒らげたところなど一度も見たことのない、温和な、しかし見上げるほどの長身で、高齢であるにも拘わらずがっしりとした体軀《たいく》を保っている、元警察官僚の監査役は、静かにこういい放った。「ご家族とよく相談なさって下さい。私としても、この念書を実行するなど、けっして本意ではないのです」娘婿にとってみれば、それは脅しの言葉にも等しかった、監査役は、創業者一族を筆頭株主の座から引きずり下ろし、経営から排除しようとしていることは明らかだった。しかしあの男はなぜこのタイミングで、俺に対して、念書を開示してきたのだろう？　長男の入院は恐らく嘘だ、疲弊するのが嫌で、この面倒な問題を放り出して逃げたのだ、だからその落とし前は、残された親族である俺に順送りされた……娘婿の専務は自らの不運を嘆いた、こんな目に遭うのであれば、資産家になりたいという欲など出さずに、堅実に役人を続けていればよかったとさえ思った、それでも一族の持ち株を失わずに済むよう、不承不承、売却可能な資産を調べ始めたのは、責任感というよりはやはり、小さな頃から刷り込まれた優等生気質がゆえだったのだろう、創業者が投機目的で買い集めた日本画や宝飾品は、購入時の四倍以上の価格に吊り上っていることが分かったが、それでも一点数千万から一億円程度で、合計しても仕手戦失敗で銀行に与えた損失を埋めるには程遠かった、資産価値が一番高いのは、渋谷区神山町《かみやまちょう》の邸宅であることは分かっていたが、これを売り払うことはできなかった、この家には今も創業者の未亡人と長男一家が暮らしていた、年に一、二度ではあったが、娘婿夫婦も招かれて、この家の庭でバーベキューをしたこともあった、芝生の敷き詰められた両端にそれぞれ一本ずつ聳《そび》え立つ、クスノキの大木が傘となって夏の午後の日射しを遮り、古びた鋳物のベンチに腰を下ろし、煙草の煙を燻《くゆ》らせる男たちと、コーヒーを飲みながら途切れ途切れの会話を交わす女たちは皆、高貴な家柄の人々を演じながら、自分たちは本当は卑しい出自を持つ、陰で悪口を囁かれる成金一家に過ぎないことを知っている、そんな人々から居場所まで取り上げるような、非道な真似だけはすべきではない。

別荘とゴルフ場会員権を処分し、社債を転売した後、台帳を調べていた娘婿は、銀座の一等地の百坪もの土地が創業者の名義のままになっているのを見つけた、風俗業者になどこの銀行も融資してくれなかった時代に、創業者の一存で、銀座のキャバレーの開業資金を融通することが決まった、もちろんそれは相互銀行としての契約であったはずなのだが、キャバレーが閉店した後、なぜだか土地と建物の所有権は創業者個人へと移管された、しかし買い手は見つからず、五年前から更地になっている土地だった。娘婿は銀座や八重洲の高額物件を専門に扱う不動産業者を訪れ、この土地はいくらならば売れるのか、単刀直入に聞いた。「少なくとも十年、もしかしたら十五年前まで遡っても、銀座の大通りに面したこれほどの坪数の物件は動いていないはずです。だから参考価格などというものは存在しない、売り主と買い主が合意に達するかどうか、それが全てです」石造りの古いビルの五階の、日の射さない北側の小部屋に置かれた革張りのソファーに深々と腰掛ける、油で固めた白髪に鼈甲《べっこう》縁の眼鏡、口髭を蓄えた不動産業者は、客である娘婿の専務に遠慮することもなく、葉巻を吹かし続けた、不必要に高い天井から吊るされたアールデコ調のシャンデリアといい、臙脂《えんじ》色がかったマホガニー材で統一されたテーブルや飾り棚といい、ここは戦前の東京かと見紛うばかりの時代錯誤的な空間だった。恐る恐る、しかし率直に、この物件は百億円以下では売る積もりがないことを、娘婿は伝えた。「二週間ほど、時間を下さい。それで買い手が見つからなければ、諦めて頂く他はないでしょう」ところが驚いたことに、翌々日には、不動産業者は買い手を見つけてきた、名前も聞いたことのない貸しビル会社だったが、バックには大手のデベロッパーが付いているのかもしれなかった。これももしかしたら、死んだ創業者の仕組んだ罠なのかもしれない……そんな考えが一瞬、娘婿の頭を過ぎった、しかしそうであるならば、敢えてその罠に嵌《は》まってやろうじゃあないか！　嘘偽りを現実の人生へと転じてしまうより他に、俺みたいな人間が生き延びる道はないんだから！　交渉らしい交渉もなく、すんなりと契約は成立した、取引は平米単位ではなく坪単位で行なわれた、単位が坪の場合、通常であれば小数第二位までを数えるのだが、この契約では九十八・六八八二坪と、小数第四位までを数えた、現地立ち会いには、この土地を相続した創業者未亡人、娘婿夫婦、貸しビル会社社長の代理人、不動産業者、司法書士、測量技師の七人が集まった、十一月の終わりの、穏やかに晴れた月曜日の午後だった、七人は測量図を片手に屈み込んで、間口奥行きは寸分狂わず図面通りになっているか、隣地との境界に間違いはないか、穴の空くほど地面を見つめていた、すると突然、いかにも場違いな、赤ん坊のような、九官鳥のような、甲高い笑い声が聞こえてきて、皆一斉に立ち上がって空を見上げた、敷地の両脇に建つ十数階建てのビルが、それぞれわずかではあるがこちら側に傾いて、この土地の上にせり出していた、これでは図面通りの幅でビルを建てられないことは明らかだった。

白髪の老婆の預言通り、確かにこれは「よくないこと」だった、これは日本で初めて、坪単価一億円を超えた土地取引だったが、当時としては恐らく、香港の銅鑼湾《どらわん》を上回って、世界で一番高額な地価でもあった、もちろんこんな一つの事例に責任を押し付けるわけにはいかないが、この年以降どんなものでも、家でも、職業でも、学校でも、美術品でも、食事でも、動物でも、一人の人間の一生ですら、金額の大小で表されるようになってしまったのは事実だ、少なくともそれ以前は、我々もそこまで恥知らずではなかった。ところで話は戻るが、キャバレーが「上品で健全な大人の社交場」だったというのは、本当だろうか？　薄い服を着た女性が酒を注いでくれるような場所ならば、自らの淫らな妄想を実行しても、この程度までは許されるだろうと錯覚してしまう初老の男だっていたのではないか？　四十万人もの外国人観光客が来日して、和食器や浴衣、トランジスタラジオなどの土産物を買い漁るだろうと期待されていた東京オリンピック景気だったが、じっさいの大会期間中の訪日外国人の数はたったの五万人に過ぎず、その内九千人は競技に出場した選手や大会関係者だった、旅行中の一人当たりの出費額も平均四百ドルと倹《つま》しいもので、商売人たちにとってはまったくの糠喜びに終わった。「外国人観光客に対しては、日本人客とは異なる特別なサービスを施すように。外国人相手にトラブルを起こすなど、以ての外」警察から指導を受けていた銀座のキャバレーは、英語の話せる大学生を通訳として雇い、無料で配る手土産として東洲斎写楽の浮世絵をあしらった風呂敷を用意していたのだが、来店する外国人は多くても日に三、四組で、一人も見ない日もしばしばだった、しかしそんなことはまったく問題にならぬほど、この頃の店は繁盛していた、一階と二階合わせて八十三卓、二百席は、連日予約で埋まっていた、会員になっていても予約が取れないことが多かったのだが、じつはこれは店の方で客を選んでいただけなのかもしれない、一階の席にはたいていプロ野球選手、作家、時代劇俳優、人気コミックバンドのトロンボーン奏者が座っていた、彼らはそれぞれ二、三人の連れを率いて現れ、一時間ほど飲み食いすると、急な用事でも入ったかのように慌ただしく立ち去った。常連客の車が店の前に停まるだけで、待ち構えているボーイは反射的に扉を開ける、髪の薄い、瘦せて小柄なスーツ姿の男が一人、入り口の階段を飛び跳ねるように軽快に上《のぼ》って、店の中に入っていった、支配人に出迎えられ、何百もの金色の氷柱《つらら》を束ねたかのような豪華なシャンデリアに照らされながら、葡萄色のカーペットの敷き詰められた通路を抜け、一階右手奥の広々としたボックス席へ案内されると迷うことなく、祖父と孫ほども年齢の離れた、鼻筋の通った美しい顔のホステスを指名した、そしてジョッキ一杯のビールを勢いよく飲み干すやいなや、男はホステスの手を取ってフロアに降り、身体を密着させながらチークダンスを始めた、頭一つ分、男よりもホステスの方が背が高かった。

男は政治家だった、農林大臣や自民党の政調会長を務めたこともある人物だった、いつ頃からなのかは定かでないが、郷里が同じ群馬県高崎市であるという理由で、政治家はこの店のオーナーと懇意になった。「歌や手品に興味などないことは承知していますが、一度ぐらい店に遊びに来てくれてもよさそうなものです」当然といえば当然だが、オーナーはそれなりの額の政治献金もしていた、義理を果たすため、政治家は秘書二人を伴って店を訪れた、冬の寒い夜の、十一時も回った時間だった、予想に反してひっそりと静かな、紫色の照明が点々と灯る薄暗い店内を導かれるがままに進み、席に腰を下ろすと、四方八方から次々に女性が集まってきた、はち切れんばかりに膨らんだ、田舎の子供のような赤い頰をした小娘から、瘦せて干からびた年増女まで、四十人余りのホステスが、政治家の周りを取り囲んでしまった。「なっから遅いがねえ、どうしたん?」予《あらかじ》め用意しておいた、取って付けたような上州弁にも腹が立ったし、いかにも水商売に染まった人間の考えそうな、下品なサービスも不愉快だった、政治家の周りに集められたのは全員、群馬出身のホステスだった。政治家の気分は害されていたが、努めて表面には出さぬようにしていた、斜向かいに座った、無言のままうなずき微笑む、一人の女を困らせたくはなかったのだ、わずかに吊り上がった目尻と厚い唇は、女の気の強さを表していた、むき出しの肩から細い二の腕にかけての曲線は、砂金でも塗《まぶ》されたかのように輝いていた、政治家は来年還暦だったが、恐らくまだ二十歳を過ぎたばかりだろうこの女は、なぜだか自分よりも年上のように感じられた。

群馬は群馬でも、そのホステスは県北部の、水上《みなかみ》村の生まれだった、実家は温泉宿を営んでいたが、その収入だけでは家族七人を養うことはできず、夏場は山の斜面でトウモロコシと西瓜を栽培していた、彼女は男二人、女二人の四人きょうだいの次女だった、都会に働きに出ねばならない男と違って、女は田舎に留まり、旧家に嫁ぐという選択肢もあったのだが、彼女は高校を卒業したらすぐに東京で就職しようと決めていた。卒業を三カ月後に控えた年末の夕方、学校帰りのバスの中で、彼女は何者かにいきなり肩を摑まれた、振り返るとそれは彼女の父親だった、渋川《しぶかわ》で行われた会合の帰りだった。「家では気恥ずかしくて、和子《かずこ》にいえないでいたんだが」父親の名前から一文字を貰った、それが彼女の名前だった、バスの座席に並んで座る、父親は上機嫌だった、酒の臭いはしたが、嫌な酔い方ではなかった。「東京に出て、もしもよい機会があったら、映画会社のニューフェイス審査会に応募してみてはどうだろう？」もちろん彼女には女優になる気などなかったし、父親の話も笑って冗談にすり替えてしまったのだが、じつはそのとき初めて、彼女は自らの美しさを自覚した、それまでは痩せぎすで背ばかり高くて、手足がひょろひょろと細長い麒麟《きりん》めいた不恰好さに、引け目しか感じたことがなかったのだ。春になると彼女は、日本橋の百貨店で働き始めた、配属先は子供服売り場だったが、雪深い田舎で縕袍《どてら》を着て育った自分が、さも物知り顔で、麻のワンピースや半ズボンや刺繡入りのセーターを売っていることに後ろめたさを覚えた。仕事が終わると、女子寮のある人形町《にんぎょうちょう》まで歩いて帰った、夕日を浴びて茜色《あかねいろ》に染まる、都会の下町の路地裏は田舎よりも余程のどかだった、大人も子供も何をするでもなく、地べたにしゃがんだまま、ただぼんやりと空と雲を眺めていた、目覚めている時間は常に身体を動かして働き続けなければならなかった田舎とは大違いだった。その上週に一度は、休日まで貫うことができたのだ、百貨店の定休日は毎週水曜日だった、彼女は普段よりも早起きをして、他の女子店員たちが目を覚ます前に、寮の裏口から外へ出た、少し肌寒いぐらいの、薄曇りの春の朝だった、消《け》し炭《ずみ》色のスーツを着た、沈鬱な表情のサラリーマンの行進に逆らいながら、都電通りを東に向かって歩き始めると、すぐに隅田川の堤防の上に出た、泥水のような、粘り気さえありそうな黒ずんだ水面を、一艘の、八人漕ぎのボートが進んでいた、赤いオールの先端が、八本同時に水中に隠れ、再び現れる、延々と繰り返されるその反復を、彼女は立ち止まって、じっと見つめていた。「はいっ！」「あと、二十本！」舵手の掛け声がまるで頭上から怒鳴られているかのように、大きくはっきりと聞こえた。浅草では行き当りばったりで映画を観た、平日の昼間だというのに、映画館はほぼ満席だった、年配の男性客が多いようだった、映画は埼玉の鋳物工場で働く、貧しい家族を描いた物語だったが、映画俳優というのは大人も子供も皆清潔で、澱みなく話し、始終快活に動き回っていて、貧しさのかけらも感じさせないものだとむしろ感心した、父親から勧められた女優という仕事も、案外ふざけた提案ではなかったのかもしれない、父親には済まないことをしたと、今更ながらに反省した。

帰り途、彼女は道に迷ってしまった、人形町の寮に着いたのは夕方だった、人気《ひとけ》がないことを不審に思いながら、彼女は自分の部屋に戻り、結んでいた髪を解《ほど》いた、するといきなり扉が開き、十二、三人もの女子店員が一斉に雪崩《なだ》れ込んできた。「今まで、どこに隠れていたのか？」彼女よりも一年年長の、先輩店員の顔面は蒼白だった、指先は震えこそしていなかったが、冷たく固まって、血液が行き届いていないことが見て取れた。「それほどまでに、合唱の練習に加わりたくない理由とは、いったい何なのか？」合唱の練習が今日行われることを、彼女は知らされていなかった、それ以前にそもそも、合唱クラブへの入部の意思を伝えた記憶など、彼女にはなかった、彼女は幼い頃から歌を聴くのは好きだったが、自分で歌うのは大嫌いだった、救い難いほどの音痴だったのだ、合唱クラブの部員たちが歌うのはなぜだか、『カチューシャ』や『ウラルのぐみの木』といった、物悲しげな曲調のロシア民謡ばかりだった、『トロイカ』でさえも、不必要に悲観と寒さを煽っているように彼女には聴こえた。「ならばどうしてあなたは、裏口からこそこそと出ていくような真似をしたのか？　練習に参加するのが嫌で逃げたのだという、それ以外にどんな理由が成り立つというのか？」それはまるで刑事が容疑者に向かって動かぬ証拠でも突きつけているかのような、そんな言い方だった、しかしだからといって彼女は、翌週の水曜日にはしおしおと合唱クラブの練習に参加しているような、安易に自らを売り渡す人間ではなかった、合唱に参加する積もりはないことをきっぱりと伝え、休日には堂々と表口から外出した、確かに寮での居心地は悪くなったが、しょせんこれは仕事とは関係のない、余暇の過ごし方の問題なのだ。ところがそうともいい切れなかったのは、この一件を境に、百貨店での仕事の方も歯車が狂い始めたからだ、彼女は子供服売り場から包装係へ配置換えになった、人手が足らないという説明だったが、彼女一人が加わったところで大した助けになるとも思えなかった、商品の取り違えが立て続けに起こり、それらはいずれも確認を怠った彼女のミスとされた、豊島区に住む主婦からの、子供服を購入した際の彼女の対応が礼を失していたという内容の苦情の手紙が、今頃になって届いた。「あなたの背の高さも、相手を見下《みくだ》しているような誤解を与えてしまう、一因にはなるのかもしれない」優しい同僚が彼女を慰めてくれた、つまり彼女だって完全に孤立していたわけではない、心情を吐露し合える友達ぐらいはいたのだ、しかしけっきょく彼女は百貨店を退職してしまった、辞表を書いたのは梅雨の晴れ間の、蒸し暑い朝だった、働き始めてまだ三カ月も経っていなかった。

　仕事を辞めた直後は彼女も、自らの取ったほとんど直情的な行動を反省しもしたのだが、しかしこの時代は、職を失うことに人生の終わりめいた絶望感が伴うことはなかった、それは戦中戦後の最悪の時代を生き抜いた記憶が、人々の肉体の奥深くに残っていたからなのかもしれない、別に命まで召し上げられるわけではないし、真夜中に空から焼夷弾が降ってくるわけでもない、今晩食べる物がないわけでもない、それに比べたら失職なんて、人生の時間を費やして悩むべき本当の問題じゃあない、耐性と楽観性が、若い彼女を守ってくれていた。当時のホステスの多くがそうであったのと同様彼女も、次の正式な仕事が見つかるまでのほんの一時凌ぎの積もりで、キャバレーで働き始めた、寮が完備されていることも、この銀座のキャバレーを選んだ理由の一つだった、念のため、休日に参加する、クラブ活動のようなものがあるのかどうかも支配人に尋ねてみた。「女の子によって休日はまちまちだから……まあ、絶対に駄目ということでもないんだが……」政治家に見初められたのは、この店で働き始めて一年半が過ぎたときだった、新聞は運動面と社会面以外は読まない、テレビのニュース番組も見ない彼女でも、名前ぐらいは聞いた憶えのある人物だったが、じっさいに本人を目の前にしたときには、何よりもその小柄さに驚いた、小学生とまではいわないが、碌《ろく》なタンパク質とカルシウムが与えられていなかった、戦時中の国民学校高等科の生徒のような背の低さと痩せ細り方、そして童顔だった、眠そうな目をして、頬の弛《たる》んだ赤ら顔で、膨れた腹を突き出して相撲取りのようにのし歩く、店常連の他の政治家や企業経営者たちとは大違いだった。小さな身体に似合わず、政治家は大食いで、酒も強く、甲高い声でよく喋った、相槌を打つ間も与えぬほどの饒舌だった、政治家がキャバレーに通うようになったのは、「消費は美徳だ」として所得倍増、高度成長政策を掲げる当時の首相を公然と批判したために、自民党三役の座を追われ、しばらく経った後のことだったのだが、その顚末ですら も政治家はじつに楽しそうに、笑いながら話した。「俺の談話が載った新聞を、あの男はハワイのホテルで読んだのだそうだ。そうしたら見る見る内に顔面が青から赤、赤から紫色に変わって、記者たちのいる前で新聞を破って丸め、床に投げ捨てたというのだから、ざまあみろだ！」政治家が引っ切り無しに話し続ける様《さま》は、沈黙の時間を恐れているようにも見えたが、それよりはむしろ、幼い頃から秀才と持て囃《はや》され、当然の如く東大から大蔵官僚へと進む中で、無意識の領域に刷り込まれてしまった、どんな相手、場面であっても必ず自分が主導者となって取り仕切らねばならないという強迫観念だったのだろう。派閥の解消と小選挙区制導入を訴え、自民党の風潮、風土刷新に忙殺されていた時期も、政治家は毎週のようにキャバレーにやってきては、長身の若いホステスを指名した。たいていは日付が変わる間際の遅い時間に、秘書も伴わず一人で現れ、サンドイッチをつまみにジョッキ一杯のビールを慌ただしく飲み干してから、彼女とダンスを踊った。その頃には彼女にとっても、政治家は単なるキャバレーの上客ではなかった、家族にも似た親近感を抱くようになっていた。おかしな話だが彼女はときおり、自分よりも四十歳近く年長のこの異性を、今も水上で実家の温泉宿を手伝っている、二歳年下の弟のように錯覚することさえあったのだ。

オリンピックが終わってほどなく、新しい政権が発足し、その翌年夏に行われた組閣で、政治家は大蔵大臣に就任した、妾を囲うことも金持ちの甲斐性と見做《みな》されていた、愚かなまでに寛容な時代ではあったが、さすがに現職の大臣のキャバレー通いは不味いだろう、しばらくの間はあの老人の姿を見ることもあるまいと諦めていたところが、大臣就任から二日後には、政治家はいつもと変わらぬ上機嫌で、少し猫背のまま右手を小さく上げて、少年めいた、はにかんだような笑みを見せながら店内に現れた。「後ろ指をさされるような場所に出入りしているわけではない。自民党総裁になっても、俺はあなたに会いに来るよ」その発言もまた、相手に小心な人間だと思わせてはならない、腹の据わったところを見せねばならないという義務感がゆえのようにしか聞こえなかったのだが、じっさいに政治家は閣僚になってからも、以前と変わらぬ頻度でキャバレーに姿を見せた、いや、以前と変わらぬ頻度どころか、ほとんど連日のように、国会で公債発行を巡る与野党間の論議が白熱していた、その最中でさえも、政治家はやってきたのだ、それはもちろん、ほんのわずかな時間でも彼女の美しい顔を見つめながら、一緒にダンスを踊りたかったからに他ならないわけだが、大臣に就任してからの政治家が、内臓の奥底に積もっていく疲労と苛立ちを必死に隠そうとしていたことも、彼女は見逃さなかった。

自らの古巣である大蔵省に大臣として戻った初日、政治家は官房長から御進講を受けた、官房長は政治家の主計局時代の部下だった男だが、運動部出身者らしく、縮れ毛に太く濃い眉、怒り肩だった若い頃の面影はなく、別人のように痩せ細って、頭は禿《は》げ上がっていた、声まで変わって、か細い、消え入るような小声で、まっすぐに立ち尽くしたまま書類を読み上げていくその態度は、むしろ慇懃無礼にさえ見えた。政治家は当初、それは立身出世に対する嫉妬なのだと解釈した、もしくは省内の事情に精通している、OBである自分に対する警戒心だろう、役人は誰しも、自らが遂行しつつある仕事に干渉されることを酷く嫌う、彼らは予定調和にしか人生の喜びを見出せない人種なのだから……じっさい大蔵省の職員は、大臣となった政治家に対してどこかよそよそしかった、官房長だけではなく、理財局長も、銀行局長も、報告が終わるやいなや、大臣執務室から逃げるように飛び出ていった、昔馴染みの年配の女子事務員ですら、一刻も早く、この雑談を切り上げたいと視線が泳いでいたのだ、そこでようやく政治家は気がついた。「これはつまり、後ろめたさだな……」三年に亘《わた》って大蔵大臣の座に居座り続けた前任者によって、職員の大半は懐柔されていた、恐らく現金を握らされた者もいるのだろう。後に「戦争」と形容されるまでの露骨な権力闘争を繰り広げるライバルになる、この前任者に対して、政治家は真の意味での、それこそ敢えて挑発的な発言をして激昂させ、新聞を破り捨てさせた、あの前首相に対してのような明確な敵意を抱いたことはまだなかった、新潟の牛馬商の次男坊として生まれ、土建屋の使用人として、金持ちの家に育った自分などは味わったことのない辛酸を味わいながら、この男が代議士となり、ついには大臣にまで上り詰めたという、小説にも描かれないような凡庸な成功譚を、政治家にはむしろ微笑ましいとさえ感じていた、しかしその凡庸さがゆえに、無条件でこの男に共感と期待を抱いてしまうほど、大衆は愚かで単純なのだ、というのも認めざるを得ない現実だった、広い額に赤ら顔、小太りの体型、快活な笑い方も人好きがした、もしかしたら大衆の好みに照らして、自らの人生と外見を捏造していたのかもしれない、自己顕示欲の強さを隠そうともしない、この男の形振《なりふ》り構わぬ行動は、傍《はた》で見ているだけでも恥ずかしかったが、この恥ずかしさをぐっと飲み込んで、開き直れないところに、育ちのよい自分の弱さがあるのだということも政治家は自覚していた、自覚していながら、それでもその弱さを克服できないことに、苛立っていた。米国との沖縄返還交渉の大詰めの時期、政治家は外務大臣に就任していた、正月明けにカリフォルニア州サンクレメンテで行われた日米首脳会談には政治家も随行したが、政府特別機にはどういう理由を付けたのか、そのライバルも乗り込んでいた、ライバルはそのとき通産大臣だった。沖縄返還の期日は、日本の会計年度末となる三月三十一日とするよう、政治家はアメリカの国務長官に要望した、国務長官の回答は、七月一日を考えているというものだった、この手の話は歩み寄ることは困難かとも思われたが、意外にも米国側が譲歩してきたので、最終的に五月十五日に返還ということで合意した。翌日の大統領主催昼食会の会場は、ゴルフ場のクラブハウスだった、政治家の乗った車は、途中で運転手が道を間違え、到着が遅れてしまった、バンケットルームの両開きの扉を開けると、中は一瞬たじろぐほどの騒々しさだった、新聞記者も大勢いた、既にグラスには赤ワインが注がれ、小ぶりなパンと、シーフードの前菜が給仕されていた、メインテーブルの、日米両首脳の隣の、本来であれば外務大臣である自分が座る席には、上気した頬を桃色に染めたライバルの通産大臣が座り、何やら片言の英語で、アメリカ合衆国大統領と談笑しているのだった。

それから半年後、自民党総裁選に出馬した政治家は、ライバルに敗れた、第一回の投票では六票の僅差だったが、二回目の決選投票では、他派閥がライバルの支持に回ったため、百票近い大差での敗北だった、多額の現金、恐らく億単位の現金が票集めのためにばら撒かれたのだろうと噂された、政治家はその堕落を批難したが、額は違えど自分だって同じように金を使って支持を取り付けようとしていたのだから、余り声高に叫ぶのは憚《はばか》られた。総裁選の日は昼間は晴れていたのに、夜になると息苦しいほど蒸し暑くなり、雨が降り出した、深夜零時を過ぎてから、政治家は銀座のキャバレーに現れた、意外にも、さほど疲れた様子も見せずに、右手を軽く上げ、いつもと変わらぬ笑みを湛えながら、早足で店の通路を歩いてきた。「ずいぶんと長い間、ご苦労様でした」長身のホステスは、政治家が傾けたジョッキにビールを注いだ、喉を鳴らしながらそれを飲み干した後もしばらくの間、政治家は彼女と視線を合わせようとしなかった、ソファーに深く腰掛け、前方を向いて、押し黙ったままだった。キャバレーのゴージャスな雰囲気にはそぐわない、戦後ほどない頃に公開されたイングリッド・バーグマン主演のサスペンス映画の挿入歌が、ピアノの独奏で始まると、政治家はおもむろに立ち上がり、彼女をダンス・フロアまで導いて、両手を繋いだまま踊り始めた。そのとき初めて、彼女はある異変に気づいた、ただでさえ低い政治家の背丈が、もう一段低くなっていた、気のせいかとも思ったが間違いない、もともと政治家は彼女よりも頭一つ分小さかったのだが、今、目の前で、ふらふらと力なく、ほとんどパートナーに凭《もた》れ掛かるようにして踊っている老人の頭は、彼女の肩の下にあった、政治家の身長は縮んでいた。「齢《よわい》六十七にして、私は未《いま》だ、私の人生に囚われたままだ……」確かにこれは一種の老化現象なのかもしれなかった、年齢を重ねれば誰しも、自分の足元を見ながら歩くようになる、足腰だけでなく、肩や背中の筋肉も失われて、猫背になって背丈も縮む、しかし総裁選の間じゅう、テレビのニュースや討論番組に引っ切り無しに登場し続けた政治家は、まったくその小柄さを感じさせなかった、ブラウン管の中の、背筋を伸ばし胸を張ったその姿は、もしかしたらこの人は、じっさいに本人を目の前にすれば、見上げるような偉《い》丈夫《じょうふ》なのかもしれない、そんな錯覚を抱かせるにじゅうぶんなほど泰然として、博識で、威厳に満ちていた、そう考えてみると、人間の印象をすり替えることを可能にしたテレビという機械は偉大な発明だと、彼女は思った。いかなる人生も、表側からは見えない、か細い支えによって、かろうじて持ち堪えているものだ……この先何年かかるか分からないが、ここまで来たからには、この男が、一国の宰相になるのを見届けてやろうか……一瞬、そんな誘惑に駆られもしたが、慌ててすぐにそれを打ち消した、最初は当座の生活費を稼ぐために、ほんの一、二カ月の積もりで始めたホステスの仕事だったが、もう十年も続けてしまっていた、彼女はこのとき二十八歳だった、この銀座のキャバレーでも、古株の中の一人になっていた。

自民党総裁選で勝利し、総理大臣に就任したライバルは、それからわずか四年後には、外為法違反容疑で逮捕されてしまうわけだが、それより半年前の一月の末、鹿児島市内の病院で、日本で初めての五つ子が誕生した、生まれてきた子供たちの父親が現役のNHKの記者だったからなのか、それとも単なる偶然なのか、五つ子誕生の第一報は、翌朝六時のNHKニュースで伝えられた。当然のことながらこの種のニュースは、いつも予期せぬ形で、まったく唐突に、何ら予備知識など持たない視聴者に届けられる、確かに珍しい話、身の回りではまず聞かない話には違いないが、「日本で初めて」と大騒ぎするほどのことでもないだろう？　今までニュースにならなかっただけで、日本じゅう広く遍《あまね》く探してみれば、五つ子なんて、十組や二十組は簡単に見つかるのではないか？

いやいや、多胎児が生まれる頻度は、双子の場合、八十回に一回でさして珍しくもないものの、三つ子となると六千四百回に一回、四つ子は五十一万二千回に一回、五つ子に至っては四千九十六万回に一回といわれている、過去に遡ってみても、明治三十四年に福島県で五つ子が生まれたという記録が残っているが、生後数カ月で全員が死亡している、江戸時代中期の奇談を集めた『元禄宝永珍話《げんろくほうえいちんわ》』には、宝永二年に讃岐国丸亀藩《さぬきのくにまるがめはん》で六つ子が生まれたと記されているが、これが真実かどうかは分からない……そんな説明を聞くと、生まれて間もないこの五人の赤ん坊に対する興味と好奇心は、がぜん掻き立てられてしまうのだが、出生《しゅっしょう》体重は、一番大きな第二子でも一八〇〇グラムで普通児の半分程度、一番小さな第五子は九九〇グラムしかない、五人とも骨格が浮き出るほど痩せ細った胴体から大人の人差し指程度しかない短い手足の生えた、見るからに弱々しい未熟児で、無事に生まれてきたまではよかったが、このまま健康に育ってくれるかどうかについては、医師も専門家も言葉を濁す、予断を許さない状況が続いていた。じっさい生後六日目には、第四子の女の子が壊死性腸炎に罹って、極めて危険な状態に陥った、嘔吐を繰り返し、血便が続いた、チアノーゼは手足に及び、呼吸も止まり始めた、腹は大きく膨《ふく》れ、腸管が太くなって皮膚を通して透けて見えるほどだった。可哀想だが、これは、一人は、無理かもしれない……この極小未熟児では、手術に踏み切るという賭けに出ることも許されない、主治医は弱音を吐きたいのを堪えながら、とにかく抗生物質の投与と一分間に三リットルの酸素吸入だけは続けるよう、看護婦に指示した。たまたまこの日の全国紙の一面には、ロッキード社のコーチャン副社長の、大型旅客機を全日空に売り込むため日本の政府高官に多額の賄賂を渡したというアメリカの上院での証言が、大きく報じられていた、これが半年後には総理大臣経験者の逮捕にまで繋がっていく、戦後最大の疑獄事件に発展するわけだが、このときの主治医にとって、そんな事件などどうでもよかった、老いぼれた金の亡者たちのお遊びにしか見えなかった、何千万、何億の金を払ったところで、なけなしの細い糸にすがるようにして、今はまだ何とか生き続けている小さな命を救うことができないのならば、金になんて何の意味もない……私がこれから生きる何十年かの人生の時間と引き換えでもよいから、明日の朝にはこの子を、この重篤な症状から解放してやって貰えないだろうか……為す術もないままに、主治医は保育器の中の動かない赤ん坊を見つめていた。

五つ子の両親はもともと、鹿児島の高校の同級生だった。クラスも三年間別々だったので、ほとんど会話を交わした記憶もないのだが、ただ一度だけ、互いの存在を強く意識させられた出来事があった。地方の進学校らしく、大学受験のことがいつも頭から離れない生真面目な生徒か、そうでなければクラブ活動に打ち込む生徒が多かったのだが、最寄り駅へと至る線路沿いの道の途中に、創業三十五年の、和田乃屋《わだのや》という蒸し饅頭屋があり、生徒たちがそこに立ち寄って買い食いすることだけは、学校側も黙認していた。その日も四人の男子生徒が、未舗装の駐車場に置かれた、赤いペンキが塗り重ねられた鉄製のベンチに腰を下ろし、大振りな蒸し饅頭に齧りついていた。五月の連休明けの、よく晴れた夕方だった。強い西風が吹いていたので、鹿児島市内には火山灰は降っていなかった。一時間に三本しか来ない、二輛編成の橙色の電車が、駐車場の向かい側の線路を、音もなく静かに通り過ぎていった。蒸し饅頭は小倉と白餡の二種類があり、価格はいずれも一個四十円で、食欲旺盛な高校生ならば男女の別なく小倉と白餡の両方を買うのが当たり前だった。男子生徒の一人が放心したように夕焼けの空を見上げた。明るい青の背景の真ん中に、金星だけが孤独に光っていた。風に煽られたわけでもなかったのだが、なぜだかそのとき、男子生徒は右手の握力を緩めた。まだ一口も齧っていない饅頭を手放してしまった。柔らかな白い楕円形はいったんベンチの上に落ち、ゆるゆると転がって、土の地面に落ちた、慌てて拾い上げたが、下半分には褐色の砂が付いていた、まるで白胡麻を塗したかのような、綺麗な付き方だった。「食べないのなら、私が頂くわ」不意を突かれた、一瞬の出来事だった、いきなり男子生徒の目の前に、白い、細い腕が差し出されて、砂の付いた饅頭を奪い去った、ベンチに座ったまま後ろを振り向くと、肩の辺りで切り揃えた髪型の、愛嬌のある丸い目を見開き、口を広げて笑う、背丈はそこそこあるが華奢な体型の、紺色の制服姿の女子生徒が、「どうもありがとう！　ご馳走様」などと、ふざけた、甲高い声で叫びながら、友達と肩を並べて駅の方へ遠ざかっていくのが見えた、それだけでも呆気に取られるにはじゅうぶんなのだが、その上彼女は本当に、その砂だらけの饅頭を食べたのだ。

高校生の男の子が突然そんな経験をすれば、その意味について、あれこれと考えを巡らせるものだろう、好意か、もしくはそれ以上の何らかの性的なメッセージが込められていると解釈したとしても、無理はないのかもしれない、それ以降しばらくの間、全校集会や休み時間の廊下、最寄り駅の改札で、彼の視線はその女子生徒の姿を追っていた。同じ学校の生徒同士なので、ほどなく名前はもちろんのこと、所属するクラブ、出身中学、親の職業、自宅の所在地の町名までをお互いが知るようになったのだが、そこから二人の関係が進展することはなかった、夏休みの間じゅう、男子生徒は自宅から出ることなく受験勉強に励み、翌年の春には東大に合格した、東京での四年間は、都会と、都会に住む人々をひたすら呪い続ける日々だった、ＮＨＫの記者となり、最初の配属先である秋田に赴いたときには、東京にいる間によくぞ自分は憤死しなかったものだと安堵したほどだった。まだ上野駅〜青森駅間を結ぶブルートレインの運行が始まる前だった、同じ秋田支局に配属になったカメラマンと共に夜行列車に揺られて、早朝の秋田駅に降り立った彼は、四月だというのに足元から吹き上げてくる冷たい霙《みぞれ》を浴びながら、この地の、最上級の歓迎を受けているような気がしていた、気候の厳しさが、人間が怠惰と享楽の罠に陥ることを未然に防いでくれているように思われたのだ。ところが職場となる支局は、五人しかいない記者が全員だるまストーブの周りに集まって、ある者は週刊誌を読み耽り、ある者はうたた寝をしている、もしくは無言のまま番茶をすすっている、ここは僻村《へきそん》の役場かと見紛う気怠《けだる》さだった、配属された新人二人に対しても、特に仕事が与えられるわけでもない、仕方なく夕方からは外出したのだが、初めて訪れた場所で行く当てもないので自然と酒場へ向かうことになった。地元の人間しかいない店へ連れていって欲しい、できれば魚の旨い店がよいと、タクシーの運転手には伝えた、窓越しに見える空は、まだ午後の五時を過ぎたばかりなのに真夜中のように暗く、地面は濡れたままだった、夕飯の食材を買う主婦も、下校途中の中学生も、商店街を往く人々は皆、ふざけているのかと思うぐらい着膨れしていた、青白い蛍光灯の灯る中華料理屋の店内に、毛糸の帽子を被った小柄な老人が丼に口を付けて、汁を啜っている姿が見えると、自分もとうとう戻るべき場所に戻ったのだという感慨に浸ることができた。「ここは食べ物でも、着る物でも、何でも安いし、どの通りの店に入っても、怖い目に遭わずに済みますよ」四十代か、三十代の中頃か、もしかしたらもっとずっと若いのかもしれない、運転手の言葉は不思議なことに、訛《なま》りのない、綺麗な標準語だった。「秋田にもヤクザ者はいるんですが、奴らは可愛いものです。ぜったいに人を殺《あや》めたりはしません」だが現実にはそんなわけはなく、この地でも殺人事件は起こった、放火が原因と疑われる火災も起こったし、役人の収賄事件も起こった、暇を持て余していた支局の記者たちも、全国中継されるニュースが入れば、人格が入れ替わったかのようにきびきびと働いた、入局二年目の夏の、県北部米代川《よねしろがわ》下流域の大洪水の取材では、現場に到着していながら堤防決壊の瞬間の映像を撮り損なうという失態も犯した、聞き取り取材をしていても、五十代以上の年配者、特に女性は訛りが激しく、一語もメモを取れないことさえあった、季節に拘わらず雨の日が多く、一日を通して晴れることはまずなかった、郷土料理の焼き魚や寄せ鍋は旨かったが、その旨さを台無しにするほど多量の醬油と唐辛子をかけるのがこの地での常識のようだった。それでも彼は、生まれ故郷の鹿児島とはどこも似たところのないこの地と、この地での仕事を、ほとんど愛していた、東京に戻って経済部や社会部の花形記者になるという出世願望など早々に捨てて、地元の高校を出たばかりの幼い娘と結婚して、子供を作って一軒家を買って、このままここに永住するのもよいと考えていた。しかしその愛着は未来の労苦からの逃避に過ぎないことを見透かされたかのように、秋田に着任してから二年余りで、彼は京都支局への転勤を命ぜられてしまった、京都に到着したのは、夏の盛りの、五山送り火の夜だった、鴨川の流れに沿って生温い風が吹いていた、三条大橋近くの河川敷には大学生が集まって英語の歌を合唱しながら酒を回し飲みしていたが、賑やかなのはその周辺だけで、事件か事故でもあったのかと訝られるほど、観光客の姿は見えなかった。

京都を訪れるのは高校の修学旅行以来だったが、どこをどう歩いても、見憶えのある景色にばかり出会《でくわ》した、それは年がら年中雑誌やテレビに取り上げられている神社仏閣や枝葉の一本に至るまで丁寧に手入れされた庭園、京町家が軒を連ねる映像の刷り込みから来る既視感というよりは、過去のある一点に忘れ難く刻まれた、私的な記憶の残像のように思えてならなかった。すると案の定、彼の新しい職場である支局に、一人の若い女性が訪ねてきた。「長いこと、ご無沙汰しています」もちろんそれは、高校時代に彼の落とした砂だらけの饅頭を食べた、あの彼女に他ならなかった、まっすぐな黒い髪は背中まで伸び、成熟した女性らしい、鮮やかな赤の口紅をさしていたが、痩せて直線的な胸から腰の線と丸い大きな目は、十代の頃と変わっていなかった。「東大に進学した同級生の消息は、誰が教えてくれるでもなく、自然と伝わってくるものです」彼女は高校を卒業後、京都の女子大に進み、そのまま京都の銀行に就職したのだという、休日の午後は彼女に案内されるがままに、京都市内の蕎麦屋やお好み焼き屋、甘味処《かんみどころ》を巡るようになってしまった、彼女に連れていかれる店の料理はじっさい、文句の付けようもなく旨かったし、店内の雰囲気も上品だった、味の濃い、田舎臭い秋田料理を食べ慣れていた自分が恥ずかしくなるほどだった。食事中の彼女は、容赦なく、マスコミを批判した。「国民が知りたいことを伝える義務があるというけれど、そういう需要を喚起しているのも、あなた達マスコミなわけだから……」二十代半ばの、人生でもっとも孤独で臆病な時期に、そんな剛毅《ごうき》な女性が目の前に現れたならば、どんな男性でもあっさりと平伏してしまうものだが、彼の場合はやはり、高校時代の初夏の夕方の、饅頭屋の店先でのあの異常な出会いの時点で、自分の人生の行き着く先は決まっていたのだという諦念の方が勝《まさ》ったのだろう、あるいは彼にそう思い込ませるだけの異性としての魅力を、大人になった彼女が備えていたということなのかもしれない。翌年の九月に二人は結婚し、山科《やましな》疏水《そすい》沿いの平屋を借りて、新婚生活が始まった、それからの二年間は後になって振り返ってみても、不思議に平穏な、判で押したように同じ日課ばかり繰り返された毎日だった、朝は目覚まし時計などかけずとも二人同時に目が覚めて、インスタントコーヒーにトーストの朝食を、小さなテーブルに二人向かい合って取った、テレビのニュース番組を見終えてから、彼は疏水脇の遊歩道を歩いて仕事に向かった、対岸に届くほど長く伸びた桜の細い枝が、水草と苔で深緑色に染まった水の流れに影を落としていた、近くの草叢からはキジバトの声が聞こえた、バスを乗り継いで職場に到着してからも、大きな事件、事故は起こらず、葵祭《あおいまつり》や時代祭《じだいまつり》といった伝統行事か、もしくは文化財の、退屈な取材ばかりが続いた、夕方、朝歩いたのと同じ遊歩道を戻っていくと、疏水に架かる石橋のたもとまで、妻が迎えにきてくれていた、家までの短い距離を二人黙ったまま並んで歩き、夕食も朝と同じ小さなテーブルに、向かい合わせに座って取った。

季節が移り変わっても、夫婦の生活は変わらなかった、休日のたびに散財できるほど裕福ではなかったが、かといって借金があるわけでもなかった、そうした満ち足りた暮らしの中で、彼には気掛かりがあった、少しずつだが明らかに、妻は痩せ続けていた、ただでさえ起伏の小さかった両胸や臀部《でんぶ》は、今では少年のように平らだった、顔色も土気色とまではいわないが、血の気が感じられなかった、ただ食欲だけは以前と変わらず旺盛で、夕飯などは彼よりも彼女の方がたくさん食べていたぐらいだった。念のため、彼が平日に休暇を取得できる日を待って、二人で病院を訪れ、検査を受けた、果たして彼女には肝機能障害があり、しばらく入院して安静にせねばならないという診断結果だった、旅行にでも出かけるような気軽さで、彼女は病院に向かい、そのまま四週間の入院生活を送った、帰宅した彼女の両頬は、見違えるような艶と赤みを帯びていた、体重も増え、これは気のせいだとは思うが身長も少し伸びたように見えた。「私は、排卵が起こりにくい身体らしいの」入院中に受けた診察で、排卵を促進する治療を受けてはどうかと勧められたのだという、しかし肝炎の治療で入院したはずなのに、どうして産婦人科で診察を受けたのだろう？　少なくとも彼の記憶する限り、彼女との間で、そろそろ我が家にも赤ん坊が欲しいという会話がなされたことはなかった、言葉には出さずとも内に秘めた思いとして、子を持つ母親への憧れが彼女にはあったということなのか？　それとも何か別の隠し事があるのか？　どこか釈然としないものを感じながら、彼としても、妻が不妊治療を始めることに反対する理由はなかった、正直なところ、彼は内心、治療を始めたところでそれで簡単に妊娠できるほど、人間の身体は人間の思い通りに作られているわけでもないだろうと、高を括っていたのだ。

　赤と金色で彩られた前懸の刺繍が美しいというよりはむしろけばけばしい印象を与える、その背の高さと重さの余り大きな音を立てて軋みながら先頭を行く長刀鉾《なぎなたほこ》が、群がる観光客を引き連れて通り過ぎた後で、占出山《うらでやま》や鯉山《こいやま》といった小さな鉾が思いがけない速さで見る見る近づいてくる、祇園祭の山鉾巡行を支局の窓から眺めていた彼の机の上の、電話のベルが鳴った、妻からだった、青みがかった光が目に突き刺さるかと思われるほど、眩しい日射しの降り注ぐ、夏の昼前だった。「何も用事がないのならば、今晩はまっすぐに帰宅して欲しい」そんなことを頼まれなくとも、彼は夜な夜な飲み歩くような人間ではなかった、わざわざ妻が職場に電話してきたということは、何が起こったのか、おおよその察しはついたが、それでも彼はまだ半信半疑だった、安易な期待を抱いてしまうことに警戒していたのかもしれない、念のため途中の喫茶店で一服して時間を潰して、完全に日が暮れるのを待ってから、彼は家路についた。「どうやらあなたは、父親になるらしいわよ」まるで他人事のような、責任を転嫁するかのような、あっさりとした妻の言い方が彼の癇《かん》に障《さわ》った、人間が一人生まれ落ちるということがどれほどの大事《おおごと》か、お前は理解しているのか……視線を逸《そ》らす妻の表情にはどこか、しょせんはこれもあなたが自分で蒔《ま》いた種でしょう？　という開き直りが感じられたが、反論のしようもなく、正しくその喩《たと》えの通りであるという事実が、彼に声を荒らげることを思い留まらせた。医師の説明によると、妻が受けた治療で妊娠した場合、ほぼ五割の確率で双子が生まれるらしい、まだ病気の予後を安静に過ごさねばならない身分でありながら、妊娠すること自体危険なのに、いっぺんに二人の子供を身籠もるというのは、どういう神経の持ち主なのか？　いや、まだ双子が生まれると決まったわけではないにしても、妻のあんなに細い、骨格が浮いて出るような瘦せた身体のどこを探しても、出産の激痛に耐えられるだけの体力が隠されているとは、とうてい思えない、まさか妻は自らの命と、残りの人生と引き換えにしてでも、子供を産む覚悟ではないだろうな？　そんなところにまで考えを巡らせる彼の方が、気が動転していたことは間違いないが、妻の妊娠は紛れもない現実だった、彼としては突きつけられたその現実を、それで何が変わるわけではないにせよ、いったん留保してみたかっただけなのかもしれない。

安定期に入ってからの妻の食欲は、凄まじかった、三度の食事は丼飯《どんぶりめし》を平らげたがそれでは足らず、クリームを大量に詰め込んだレモンパイを焼いては、一人黙々と食べていた、軽い運動は続けた方がよいと医師からも勧められていたので、休日の午後は駅前の蕎麦屋まで二人で歩いた、妻はカツ丼を完食したが、まだ食べ足りないようだったので、夫が頼んだ蕎麦も半分分け与えねばならなかった。「私と赤ちゃんの二人分、もしかしたら三人分の栄養を摂らねばならないのだから、胃袋が受け付ける限りは、無理してでも食べておかないと……」じっさい妊娠六カ月を過ぎた辺りから、妻の腹部は目に見えて大きくなってきた、細長い手足や小さな両肩は変わらぬまま、ただ腹だけが尖塔のように突き出ていたので、尚更お腹の膨らみばかりが目立った、臨月なのかと間違われることもしばしばだったが、医師からは、子供が順調に育っている証拠なので、何も問題はないといわれた。「但し、生まれてくるのは双子か、もしかしたらそれ以上であることは、覚悟しておいて下さい」医師は真顔で付け加えた。「これからあなた方夫婦は、試されることになるのです」真夜中、妻の上げる苛立たしげな呻《うめ》き声で、彼は目を覚ました。「痒みが治まらずに眠れないのだが、どこが痒いのかさえもはや自分では分からない、身体が乗っ取られたかのようだ……」電灯も点けぬまま真っ暗な中で話す妻の様子は、けっして取り乱していたわけではなかったのだが、彼を不安にさせた、季節はもう冬に入っていた、息苦しくなるような沈黙が、室内を満たしていた、毎日同じ日課が繰り返される、静かな夫婦生活は、ほどなく終わろうとしていた、迫りくる喧騒の日々を予感しながら、しかしそれがいつ、どんな形で、どこからやってくるのか？　当事者である二人にもまだ分からなかった。そこへ、緊張に小休止を与えるかのように、一つの変化がもたらされた、彼が東京の政治部へ異動することになったのだ、これからは出費がかさむことも目に見えていた、かつては都会を憎んでいた彼だったが、このときばかりは転勤の話を断ることはできなかった、妻は鹿児島に里帰りして、そこで出産することになった、放送局にほど近い、代々木の職員寮を借りて、久しぶりの一人暮らしが始まった。

「順列組み合わせが、ずいぶんと複雑なようです。双子であれば男と男、男と女、女と女の三通りの組み合わせしかないけれど、三つ子となると何通りになるか、分かりますか？　きょうだい、という意味では、生まれてくる順番も大事ですから。市立病院のお医者さんは、私のお腹を見るなりその大きさに驚いて、恐らく三つ子になるでしょうなどと、無責任なことをいうのです」政治部の記者となった彼が担当したのは、キャバレー通いが趣味の、あの小柄な政治家だった、政治家は次の自民党総裁候補と目されていた、覚悟していたことではあったが、政治部での仕事は情け容赦のない激務だった、連日の夜討ち朝駆けで睡眠は一日三、四時間しか取れなかった、記者クラブの机に突っ伏したまま朝を迎えることもしばしばだった、まともな食事をするためのたった三十分が確保できなかった、休みを取らないと疲弊してしまうと分かってはいたが、新聞や他局にスクープされるのが怖かった、男として生まれたからには、一種の通過儀礼として、人生のどこかで、命を削るような多忙な時期を過ごさねばならないという思い込みもあった。「やはり使っている木材が違うのかしら？　実家の古いステレオが、こんなに良い音だったなんて、今日は思いがけない発見をしました。ＦＭ放送を聴きながら、相変わらず私は食べてばかり、横になってばかり、外出はできません。身体に負担をかけるようなことは極力避けて下さい、一日でも長く、母体の内部で子供を育てることが肝要なのです、お医者様はそう仰る」どんな時代の、どんな青年でもそうだが、家族を持ってしばらく経ったところで、実社会での経験もそれなりに積んで、逞しく自立していたはずの自分はいつの間にか、もはや一人では寂しくて生きて行けぬほど、弱く、女々しい男に成り下がってしまったことを知る。この頃の彼も、妻から届く手紙を心待ちにして、彼女の言葉にほとんど寄ってすがるようにして、目の前の一日を何とか乗り切っていた、情けないとは思いつつ、帰宅するなりポストの中に手紙を探してしまっていた、そんな夫の気持ちを察したかのように妻の方でも、三日と置かずに手紙を書き続けた。

正月の三日にようやく休暇を取得することが許された彼は、鹿児島に帰省した、妻と会うのは一ヵ月半ぶりだったが、再会した瞬間思わず彼は絶句した、不吉なまでに、妻の腹部は大きくなっていた、夫を驚かせようと思って、服の中に座布団でも忍び込ませているのかとも思ったが、そんな冗談すら口にするのが憚られるほど、だらしなく足を投げ出したまま座椅子に寄り掛かる、妻の身体は重そうだった、顔付きも変わっていた、瞼と頰は少しむくんで、眉間《みけん》には苦しげな縦皺が刻まれていた、柱に摑まりながらでないと立ち上がれず、家の中を歩くだけでも息が上がった。彼は病院から呼び出されていた、主治医は彼の父親と同年代の、太い眉に鋭い眼光、顎には青々とした髭剃り跡の残る、どこか高校の体育教師を思わせる男だった。「ここにはっきりと三人の頭が見えます。もう一人は、分かり難いかもしれませんが、楕円形の小さな影が四人目になります」折り紙大の薄い紙に印刷された写真は、墨をこぼしたかのように斑《まだら》に黒いばかりで、彼のような素人からすると、そこに生命らしきものは何ら見て取れなかった、四つ子という宣告に驚くよりも先に、厄介な案件を持ち込んでしまったことを、彼は深々と頭を下げて医師に詫びた、そして仮に、子供が駄目な場合でも、母親の命だけは何とか救って欲しいと懇願した。「以前、肝臓を患っていたんです、気の強い女ですが、身体が頑強というわけではありません」すると医師は椅子から立ち上がり、一歩前に歩み出て、彼の正面に仁王立ちになった。「流行性感冒や溶連菌感染症の患者と日々接しながら、どうして医師は罹患しないのか、お分りですか？　それは経験の力です。若い、医療の現場に身を置いて日の浅い医師はしばしば、患者から病気を移されてしまうものですが、経験を積んだ老練な医師であれば、そんなへまはしない。積み重ねてきた時間が、過去が、我々を守ってくれるのです」

虚勢を張ったものの、主治医が取り上げたことがあるのは三つ子までで、さすがに四つ子の分娩の経験はなかった、四つ子の出産は、五十一万回に一回しか起こらないといわれているのだ、多胎妊娠の場合、もっとも注意せねばならないのは早産だ、胎児を一日でも長く母胎内に留まらせ、外界から隔絶された環境で育てることが、出生後の障害を未然に防ぐことにも繋がる。出産予定日まではまだ二カ月近くの時間があったが、わずかな体調の変化も見逃さぬよう、母親は入院させることとなった、病院側でも万全の態勢をもってこの出産に臨む覚悟を固めていた、主治医は、分娩担当と新生児担当の医師四名、看護婦三名、助産婦四名の計十一名を集め、箝口令《かんこうれい》を敷いた。「本件は外部の人間はもちろん、病院内の医師や看護婦、院長や事務長といった関係者に対してですら、いっさい口外してはならない」院長にすら隠し通すなどということが、現実的に可能なのだろうか？　しかし、主治医の表情は真剣そのものだった。「新生児が仮死状態で生まれてきた場合には、一秒でも早く蘇生させること、呼吸不全には酸素を供給することで対処する。子供たち全員の生命を取り留めるのはもちろん、脳や視力に障害を残すようなことがあってはならない。子供たちが享受する人生の幸福だけが、私たちが徒《いたず》らに過ごしてきた膨大な時間にわずかばかりの意味を与えてくれるのだ」まるで厳戒態勢が敷かれたかのような病院内の緊迫感のその中心で、ただ一人、当事者である母親だけがベッドに横たわりながら相変わらずのんびりとラジオの洋楽を聴き、籠《かご》に山盛りの蜜柑を平らげていた。じつは入院後ほどない段階で撮影された超音波断層映像では、胎児の数は更に一人多い五人である可能性が認められていたのだが、そのことは母親本人には伏せられていた。彼女は病院のベッドの上でも、東京で働く夫に手紙を書き続けていた。「帰京して早々の徹夜のお仕事、ご苦労様。風邪でもひいたら、赤ん坊たちにも会えなくなりますから、うがいを励行のこと。病室には先生と看護婦さんが入れ替わりで、ひっきりなしに現れて、気が休まりません、というのは嘘で、どうしてここまで大胆に振る舞えるのかと自分でも不思議なぐらい、人前で堂々とお菓子を食べたり、寝転がったまま布団をめくり上げて太腿まで丸出しにしたりしています。昨日体重を量ったら五十四・五キロでしたから、今の私は十五キロの重りをぶら下げながら生きていることになります」三つ子ではなくて、生まれてくるのはどうやら四つ子のようだ、病院から戻った彼が目も合わせぬまま、しかし声色だけは強いて冷静を保って伝えたとき、妻は驚きもしなかった、こうなったら何人でも一緒よ、と笑いながら返した、その大らかさ、頼もしさに、紛れもなくこの女性は、砂にまみれた饅頭を食べたあの少女と同一人物であることを思い知らされた、もしかしたら本当に医師のいう通り、母親は命を取り留め、子供たちも全員無事で五体満足で生まれてくる奇跡も、虚構ではない現実の世界でならば起こり得ることなのかもしれない、しかしこの段階ではまだそれは、彼の中に芽生えたかすかな希望の予感に過ぎなかった。「鹿児島では今朝、珍しく雪が積もりました。冠雪した桜島の頂上から棚引いている煙は、噴火ではなく、毛嵐《けあらし》という現象だそうです。桜島を眺めているとなぜだかいつも、京都の川沿いの家で過ごした日々が思い出されます。あの二年間は、嘘のように、冗談のように平穏で、無責任で、楽しかった。人生は続きますが、あんな生活はもう二度と再現されないでしょう。ここ数日、酷く疲れます。食べるだけ食べて、後はひたすら、屍《しかばね》のように眠ることに決めています」

一月三十一日土曜日の昼前、ついに陣痛が始まった、瞬時に医師と看護婦は定められた持ち場についた、四名の助産婦も既に分娩室に集まっていた、緊張と沈黙の中へ、ストレッチャーに乗せられた母親が運び込まれた、目を瞑り歯を食い縛って、拳骨にした両手を握り締め、気丈に痛みに耐える、妊婦としては当たり前のその姿に一瞬、その場にいた全員が我を失ってしまった、取り返しがつかない失敗がこれから起きるのではないかという、悲観的な空気に飲み込まれてしまった。するとそれを察したかのように母親は、一同の顔を見渡し、無理して笑みを浮かべて、こう声をかけた。「皆さんお忙しいでしょうから、さっさと済ませてしまいましょうね」そして現実も、彼女の発した言葉に導かれるかのように、その通りになったのだ。十二時三十分に第一子の男の子が誕生、生まれるやいなや大きな産声を上げた、二分後には第二子の女の子、四分後には第三子の男の子が生まれた、第二子と第三子は羊水を飲み込んだことによる呼吸不全に陥っており仮死状態だったが、直ちに蘇生された、第四子の女の子もすんなりと生まれ、第五子の女の子が生まれるまで、たったの九分間しかかからなかった、二十年以上の経験を持つベテランの助産婦でも、こんなに軽いお産は初めてだった、子供たちは、体重こそ普通児の半分以下の極小未熟児ではあったが、指先には爪も生え揃って、頭髪も伸びている、初めて接した外界への好奇心に満ちた二つの黒い瞳が活発に動く、元気な赤ん坊に違いなかった。

父親である彼のところには、陣痛が始まった段階で連絡が入っていた、局内の食堂で昼食を済ませてから羽田に向かい、鹿児島行きの飛行機に乗ったが、病院に到着したのは日が暮れた後だった、正門は施錠されていたので、救急外来の受付に回ろうとしたのだが、どういうわけか、裏口へ至る通路が見つからなかった。「おめでとうございます」暗がりからいきなり話しかけられて驚いた彼は、一、二歩後ずさった、頭の禿げ上がった小柄な男が深々と頭を下げたので、彼も無言のまま会釈した。「どうぞ、こちらへ」促されるがまま、両側を高い壁に挟まれた、暗渠《あんきょ》の上の細い道を通って病院の裏口に回った、案内してくれた男は彼と同じ高校の出身で、現在は地元紙の記者をしているとのことだった。「何といったって、東大に進学した方は、地元の誇りですから」三階の産婦人科病棟で出迎えてくれた義母から、五人の子供が生まれたことを知らされた、不思議なことに彼はこのとき、自分の妻ではなく、色白で華奢な体型の、セーラー服を着た女子高生の姿を思い浮かべていた、筋肉など、背中にも、足にも、どこを探しても付いていないあの細い、幼い身体で、いっぺんに五人もの子供を産んでしまったら、精も根も吸い取られて、後には何も残らないのではないか？　彼女は本当に命まで捧げてしまったのではないだろうな？　そんな考えに囚われていたからなのだろうが、ベッドに横たわったまま上半身を起こし、軽く上げた右手を控え目に振りつつ微笑む妻と視線が合ったとき、不覚にも彼は涙を流してしまった。「よく頑張ったな」「ちょっと、頑張り過ぎちゃった……」出産を終えた妻は肌色もよく、顔付きも朗らかだった、会話もユーモアに溢れ、冷静だった、この調子なら、ここから先の難所も上手く切り抜けられるのかもしれない……しかし保育器の中の子供たちと対面した途端、彼は絶望した、覚悟していたことではあったが、子供たちは余りに小さかった、そして痩せ細っていた、元気よく泣き叫んでいる子など一人もおらず、全身を赤黒く染めながら両手両足を縮こまらせて、固く目を瞑る苦しげなその表情からは、無理やり外界に引きずり出されたこと自体が、この子たちにとっては途轍《とてつ》もない責め苦に違いないことが見て取れた、体重九九〇グラムしかない末っ子の女の子は、自らの連想を不謹慎だと戒めつつも巣の中で親鳥の帰りを待つ雛のように弱々しくて、とてもではないが直視できなかった、この子がいずれ自分の足で立って歩み、言葉を話し始めるなど、とうてい想像できなかった。彼は主治医に歩み寄り、直立不動のまま、意を決して伝えた。「もしもこの中に一人でも、生き残る望みのある子が含まれているのならば、あなた方の限られた時間と労力は、その子のみに集中して、注いでやって欲しい。潔く決断することがこの子たち全員、そして私たち夫婦にとっての希望にもなるのだから」「お前は、どこまで弱気なんだ！」大声で叫ぶと同時に右腕を振り上げた主治医は、さすがに頬を目掛けてではなかったものの、彼の前頭部を思い切り平手で叩いた、未熟児室じゅうに響き渡った、乾いた大きな音に、その場にいた医師と看護婦、職員全員が凍りついた。「既に、とっくに、五人それぞれの人生が始まっていることに、なぜ気がつかない！　毛髪も、爪も、立派に生え揃っているのを、なぜ見ようとしない！　医学に携わる者の最低限の責任として、五人全員を育てるのは当たり前だ！」憔悴し切った表情のまま彼は、我が国で初めて誕生した、世界の歴史を遡ってみても極めて珍しい、五卵性の五つ子の父親として、記者会見に臨まねばならなかった、会見場となった院長応接室には、このときは地元の記者が中心だったが、それでも四十名近くの報道陣が集まっていた、その中には当然ＮＨＫ鹿児島支局の記者とカメラマンも混ざっていた、本来であれば取材をする側の人間である彼がマスコミ各社からの質問を受けるのは、どうにもばつの悪い気がしてならなかった。

二日後、彼は東京に戻った、一晩の内に五つ子は日本じゅうの注目を浴びるようになってしまったが、父親である彼の顔を憶えている人は、まださほど多くはなかった、病院ではソファーに横になってまどろんでも、すぐに悪夢に邪魔をされて、ほとんど眠ることができなかった、階段の上り下りも困難なほど足腰が疲れていたが、明日は早朝から永田町で取材をせねばならなかった、代々木駅前の中華料理屋で簡単な夕食を済ませ、職員寮に帰ると、郵便受けに溜まった新聞に混ざって、妻からの手紙が入っていた、それは出産当日の朝に書かれたものだった。「今日で一月も終わりです。鹿児島は青空が深くて、濃くて、薄暗く感じるほどの晴天です。今、お腹の左下がしくしく痛むのですが、これはいよいよやってきた陣痛なのかしら？　いやいや、それが違うのです。昨日の晩、父があの懐かしの、和田乃屋の蒸し饅頭を四個も買ってきて、そして自分でも驚いたのですが、高校生でも二個食べればお腹一杯になるあの饅頭を、私は貪るように、一気に四個平らげたのです」

日本で初めての五つ子誕生の第一報が伝えられて以降、テレビと新聞は毎日欠かさず、その成長を詳らかに報じるようになってしまった。東京に戻った五つ子の父親は明け方、不躾に唐突な、低く鈍い音で目を覚ます、即座に布団から抜け出し、白い息を吐きつつ寝間着姿のまま玄関のドアを開いて外へ出て、郵便受けに無造作に投げ入れられた新聞の朝刊を取り出す、社会面を開くとそこには、五人の子供一人一人の日々の体重の推移、呼吸数、体温、哺乳量、皮膚の状態、黄疸《おうだん》の有無、啼泣《ていきゅう》の回数、排尿排便の回数までもが、ガラス窓越しに撮影された未熟児室内の写真と共に、細かく記載されている、黄疸が出ている第四子には光線療法を開始したという気になる記述はあるものの、さして重篤な状態ではなく、今日までのところ五人とも順調に育っていることを確認し、安堵した父親は、マッチを擦って石油ストーブに点火してから、同じマッチで煙草にも火をつけ、そこでようやく一服する。それにしてもじつの我が子の成長を、新聞の三面記事を通して知るなどということが現実にあってよいものだろうか？　日本全国に住む何百万、何千万という人々が、五つ子の誕生をまるで自分に初孫が生まれたかのように喜び、祝福し、見守ってくれているというのに、当の両親はまだ一度もその子たちを抱き上げたこともなければ、指先に触れたことすらない！　そんな馬鹿げた事態が、どうして容認されているんだ！　腹立たしさ、もどかしさを感じながらも、情けないことに父親は、毎朝夕新聞の社会面に掲載される五つ子の記事を読まずにはいられなかった、昼過ぎのテレビのワイドショーで流される病院長の記者会見映像に思わず見入ってしまった、じっさいのところ、鹿児島の義母からときおりかかってくる電話で伝え聞くよりも遥かに正確で、具体的で専門的で、最新の情報が、マスコミを通じて父親にはもたらされていたのだが、後の時代からすると考えられないほど、当時の新聞記者やカメラマン、テレビのニュース番組のレポーターは、傍若無人に振る舞っていた、他の入院患者や妊産婦の迷惑を顧みずに、病院の内部にずかずかと入り込み、産婦人科病棟にまで上がってきて、さすがに病室に入ることは止められていたが、廊下で医師や看護婦を捕まえては、有無をいわせぬままマイクを突き付けていた、五つ子の親戚らしき人物を見つけると、その手首を摑んで、無理やり引っ張ったことさえあったのだ。この状況に対しては何か手を打たなければならないと考えた病院は、午前十時と午後三時の一日二回、記者会見を行うことにした、院長もしくは事務長がその日の五つ子の状態について、一本の記事に仕立て上げられるだけの分量の情報を適当に見繕って、記者団に提供した、記者会見は特段伝えるべき内容がないときでも、必ず一日二回は続けられた。記者たちは病院から提供される情報だけでは飽き足らず、まだどこの新聞もテレビも報じていない自社だけのスクープを物にしようと、貨物用のエレベーターに潜んで未熟児室への侵入を試みたり、鹿児島市内にある五つ子の母親の実家に押し掛けたりした、そうした記者たちの振る舞いを、同業者である五つ子の父親は、身内の恥を晒《さら》されるような思いで、赤面しながら見ていたに違いない、咎められたところで彼らはまったく反省などしない、他人の家に土足のまま無遠慮に入り込むことはまるで自分たちに与えられた特権であるかのような、不届き千万な開き直り方なのだ。

しかし当然ながら、そうしたマスコミの取材攻勢にも拘わらず、病院が隠し通していた秘密もあった、出生から六日目の深夜、第四子の女の子が、とつぜん胃の中の乳を吐き始めた、血中ビリルビン値が上昇し、黄疸症状も現れた、前日まで問題は見受けられなかった子供だったので、医師と看護婦はすっかり落胆してしまった、女の子の容体は見る見る内に悪化していった、手足を投げ出したままぐったりと動かず、泣き叫ぶこともしない、苦しげに途切れ途切れの小さな息を吐くばかりだった。五人の未熟児には全員、出生直後から母乳が与えられていた、当時の日本ではアメリカに倣って、粉ミルクによる育児が推奨されていたのだが、主治医の考えでは、人間の子は人間の乳で育てるべきものだった、母乳、特に初乳は、感染症に対して絶大な効果を発揮する、母乳中の免疫体が菌の発生を抑止するのだ、しかも母乳を与えている限り、赤ん坊はなぜだか嘔吐しないことも、主治医は過去の経験から知っていた。四人の子供は順調に育っていたが、第四子の女の子だけは、これは悔しいが感染症の疑いがあった、腹部のレントゲン撮影をすると、腸管が炎症を起こして動かなくなって、ガスが溜まっていた、血液を採取して培養検査を行ったところ、果たして肺炎桿菌《はいえんかんきん》が見つかってしまった。主治医は胃液の吸引と抗生物質の注射を命じた、すると、一人の若い医師が、その指示に疑問を呈した。「肺炎桿菌がこの症状の原因なのかどうか、更に慎重に調べるべきではないでしょうか?」「今、抗生物質を使わなければ、明日にもこの子は死ぬんだ! つべこべいわずに、お前は指示されたことをやれ!」未熟児室内で起こっていたこうした修羅場は、幸いにしてマスコミには漏れずに済んでいた、本音をいえば、主治医も八割方、この子はもう助からないだろうと諦めていた、それほどの重症だった、血の気が失せて、全身が青黒く染まっていた、呼吸も止まり始めていた、痩せこけた胴体の真ん中の、腹だけがはち切れそうに大きく膨らんでいた。極小未熟児で、危篤状態では手術を施すこともできない、何も打つ手が思い浮かばぬまま、酸素吸入と抗生物質の投与を続けた、主治医は一睡もせずに保育器の中の子供を見守った。丸一日半、小康状態が続いた、更なる悪化は止まったが、回復もしなかった、信じ難いことだったが、子供は生き続けていた、それは医学の力ではなく、子供自身による本能的な、原始的な抵抗だった、群青《ぐんじょう》色の空に浮かぶ、星のように小さな太陽を見つめながら、主治医は自らの発した言葉を逆手に取る決心をした。「八割方助からないのならば、残りの二割の確率を実現させるまでだ」けっきょく抗生物質の投与は九日間続けられ、女の子は回復した、いったんブドウ糖液の点滴に切り替えられていた栄養補給も、回復後は再び母乳に戻された。

五つ子が生まれて二週間目に入ったある朝、病院宛てに一通の葉書が届いた、滋賀県在住の、姓名鑑定士と称する六十代の男性からだった、葉書にはボールペンで殴り書きされた五つの名前が並んでいて、馴れ馴れしいというよりもほとんど高圧的な、命令口調で、五つ子にはこの名前を付けなさいと記されていた、しかも男の子二人、女の子三人であるべきところを男の子三人、女の子二人に間違えていた。翌日からは日に二十通から三十通もの葉書や手紙が届くようになってしまった、内容はいずれも、五つ子の命名に関する提案だった、五人には海の生き物に因《ちな》んだ名前を付けて欲しいという、小学生の女の子の書いた手紙であれば微笑ましいと許すこともできたが、見ず知らずの老婦人から五人全員が長寿の、自分たちきょうだいと同じ名前を付けるように勧められても、それはおせっかいを通り越して単に厚かましいばかりで、五つ子の両親は不愉快な気分にならざるを得なかった。しかしそうした事態を招いているのも、子供たちにまだ命名していない自分たちの側に非があるように思えてしまうほど、五つ子の両親は焦っていた、出生届は生後二週間以内に鹿児島市役所に提出せねばならなかった、洋の東西を問わず世界じゅうのどんな親でも、生まれてきた我が子に相応しい名前を探し求めて、さんざん頭を悩ませるものだろう、一人の子供の名前を考えるのだって大変なのだから、五つ子であれば特例として、出生届提出期限の延長が認められて然るべきではないだろうか？　だが行政とそんな交渉を始めてしまったら、それこそ臍《ほぞ》を噛むに違いない、膨大な時間の浪費になり兼ねない、少々安易かもしれないという後ろめたさを感じつつも、しかし名前のみによって、これから何十年にも亘って精神の自由と健康な肉体が担保されるわけではないのだからと、父親は自らにいい含めて、儒教が説く五つの徳目、五常《ごじよう》から取って、第一子の長男は仁《ひとし》、第二子の長女は義子《よしこ》、第三子の次男は礼《あきら》、第四子の次女は智子《ともこ》、末っ子の三女は信子《のぶこ》と名付けることに決めた。

自らの名前を得てからの五つ子は、まるでそれが合図でもあったかのように、急速に成長し始めた。長女の義子の体重が二千グラムを超えると、負けてはいられないと続けて長男の仁も二千グラムを超えた。壊死性腸炎で生死の境をさまよった次女の智子も、体重こそまだ千五百グラムに届いていなかったが、自ら進んで母乳を摂るほどまでに回復していた。どの子も保育器の中を元気よく転がり回るので、しょっちゅうオムツを付け直さねばならなかった。未熟児網膜症の検査でも、視力に異常の見られた子供はいなかった。楽観的になるのはまだ時期尚早だと思いつつも、しかし誰の目にも、五人の生命の危機はもはや過ぎ去ったように映った。出産からちょうど一カ月となる日曜日に、母親は退院することが決まっていた。その前日の土曜日の午後、主治医は子供たちを保育器から出して、父親と母親が自らの腕で抱き上げることを許可した。両親ともまだ一度も自分たちの子供を抱いたことがなかった。我が子にちょくせつ触れるのはこのときが初めてだったのだ。「おい、気をつけろよ。落とすなよ」そう妻に声をかけた夫だったが、主治医に促され、赤ん坊の頭に差し伸べた左腕は震えていた。右手をどの辺りに添えてやればよいのかも分からなかったが、抱き上げた瞬間の、予想外にずっしりとした重みと、赤ん坊の背中からの匂い立つような温もりに、夫はそれまでほとんど忘れかけていた、ある重要な責務を思い出した。この子たちのことは、これからもずっと病院が面倒を見てくれるような積もりになっていたが、よくよく考えてみたら、いずれは俺たち夫婦が家に連れて帰らなくてはならないのじゃあないか……しかしその連れて帰る家というのは、いったいどこにあるんだ……六畳と四畳半の二間しかない代々木の職員寮に、家族七人で住むなど考えられなかった、一軒家を借りるしかないのか？　でも東京都内で一軒家の借家なんて、そう簡単に見つかるものではないだろう、ならば分譲住宅を買うしかないのか？　今の給料で住宅ローンは組めるのか？　頭金はいくら必要なのか？　子供たちのオムツ代や食費、暖房費、水道代はいくらかかるのか？　それより何より、一人の子供を育てて大学を卒業させるまでには、二百万円もの教育費がかかるといわれているのに、それが五つ子だったら、俺はこれからいったいどれほどの金を稼がねばならないのか？　特別な税控除が認められるのだろうか？

フラッシュが立て続けに焚かれ、父親は我に返った、未熟児室の窓越しに、首からカメラをぶら下げた男が二人、身を屈めて逃げ去っていくのが見えた。何て卑しい連中だろう……いくら生活のため、家族のためとはいえ、盗み撮りまでして金を稼いで、自分が恥ずかしくないのか……父親は記者という仕事に就いて恐らく初めて、心の底から同業者を軽蔑した、このときはまだそれをあからさまな態度として表面に出すことはなかったのだが、翌日の昼前、退院する母親に群がった報道陣に対しては、溜まっていた怒りをぶちまけてしまった。ある程度覚悟していたことではあったが、病院の入り口の前には一瞬自らの目を疑うほどの、優に百名を超える数の報道陣が待ち構えていた、通路の両側には脚立《きゃたつ》が並び、頭上から覆い被さるような角度でレンズを向ける者もいれば、地面に這いつくばって、低い位置から退院する母親を撮ろうとしている者もいた、高校球児のような丸刈り頭に、細い目、細い眉の、一人の若い男が警備員の制止を振り切って、自動ドアの正面に飛び出してくると、他局のレポーターも一斉に雪崩れ込んで、次々に五つ子の両親を取り囲んで、ほとんど鼻先に触れるのではないかという至近まで、マイクを突き付けてきた。「義子ちゃんを抱き上げた感想を一言、お願いします」「京都にはもう戻らないのですか？　鹿児島で子育てする決意を固めたのですか？」「ご実家に戻って、一番最初にしたいこととは何でしょう？」回答に窮した両親は無言のまま動けずにいると、黄色いジャケットを羽織った若い女性レポーターが、マイクを掲げながら二人の斜め前に割り込んできた。「せっかく無事に生まれたお子さんたちと離れて生活せねばならないことに、不服はありませんか？」すると何者かが、その女性レポーターの襟首を摑んで、後ろに引きずり倒した、悲鳴が上がり、サイレンのような高音が鳴り響いて、小競《こぜ》り合いが始まった、カメラマンを乗せたまま脚立が倒れ、記者たちは互いを口汚く罵り合った。両親は両手で頭を抱えて、腰を低くして身を守った、病院の事務長の誘導に従って、いったんこの混乱から逃れて病院内へ戻ろうとした、だが父親の脛《すね》にしがみついて離れない記者が、まだ一人いた。「あなただって、あなた方の映像とあなた方の発する言葉を待ち望んでいる人々が日本全国にいることを、知らないわけではないでしょう？」「ふざけるな！　そんな需要を恣意的に作り出しているのだって、お前らマスコミじゃあないか！　そもそも多くの人間が欲するものに、本当に価値があった例《ためし》などない！」恥ずべき行為だとは分かっていながら、父親はその記者を足蹴《あしげ》にしてしまった、傍目《はため》からは妻を守ろうとする夫の正当な防衛行為のように見えていたかもしれない、しかし寄りすがるその男を振り払おうと右の踵を思い切り突き出したとき、父親は明確な憎悪の念に駆られていた、頭に血が上って顔が紫色に染まっていた、そのことでそれからしばらくの間は、彼は自己嫌悪に苦しめられた。

しかしじっさいのところ、これから何年にも亘って、五つ子の両親を苦しめることになるのは、子供たちの健康上の不安でも、教育費や食費などの経済的負担の重さでもなく、マスコミによる執拗なまでの取材攻勢なのだ。東京での住居は、ＮＨＫの人事局が板橋区前野町《まえのちよう》に一軒家の借家を見つけて手配してくれた、南西向きの角地に建てられた、築十五年の小ぢんまりとした二階建てだったが、ペンキの剝げかかった真鍮《しんちゆう》製のフェンスには、切れ目なく赤いつる薔薇が巻き付いていた、以前の住人にも子供がいたのか、庭には小さな砂場があった。今後二十年間、自分たちのことは全て後回しにしよう、体力と気力の限りを尽くし、二人で節制と妥協を重ねて貯蓄をして、この家で子育てに専念するしかない、両親は覚悟を固めた。東京への引越しは五月の連休明けの水曜日に決まった、主治医からは、生後三カ月が経過し、五人ともじゅうぶんに飛行中の気圧の変化に耐えられるだけの体力を獲得していると、太鼓判を押されていた、ところが直前になって万が一の事態に備えて、医師と看護婦を一名ずつ同乗させ、緊急蘇生器を持参した方がよいだろうと、話が変わってしまった、けっきょく両親と祖母、医師、看護婦の五人が赤ん坊を一人ずつ胸に抱きかかえて、鹿児島発羽田行きの飛行機に乗り込むことになった。大人たちの心配をよそに、機中での五つ子は上機嫌だった、長男の仁は離陸時の振動が面白かったようで、声を上げて笑っていたが、ほどなくぐっすりと寝入ってしまった。羽田空港に着陸すると窓の外には、霧雨の降る中、国際線への搭乗を待つ人々の長い列が見えた、だがタラップを降りようとした瞬間、父親は俯《うつむ》き、誰にも気づかれないような小声で悪態を吐いた。「巨大な群れを成している……救い難く愚かな連中が……」待ち構えていた報道陣が、テレビカメラと小旗の付いた棒を突き出しながら、幾重にも重なる行列となって五つ子の家族目がけて殺到するのを、警察官がロープを張り、スクラムを組んで、鬼のような形相で押し止《とど》めていた、目に痛みを感じさせるほどの、何百ものフラッシュが一斉に焚かれた。「立ち止まって下さい、奥さん、振り向いて下さい」「義子ちゃん！　仁くん！　なんて可愛い！」「ご主人、すみません、こちらにお願いします。ご主人！　ご主人！　こちらに！」「鞄を、鞄を下ろして！　早く、早く！」強い風が吹いていた、拍手や歓声、警笛の音も聞こえていたが、もちろん絶対に背後を振り返ってはならなかった、大型のトランシーバーを手にした、紺色の背広の男に守られながら、五つ子一行はタラップに横付けされた五台のハイヤーに分乗した、車はすぐに動き始めたが、信じ難いことに先導しているのは警視庁のパトカーだった。

「これではまるで、ビートルズの来日じゃあないか……」父親は報道陣から、ご主人！　ご主人！　などと馴れ馴れしく連呼されてしまったことに、無性に腹が立って仕方がなかった、やはり家族を東京に連れてきたのは失敗だった……俺は都会から復讐されているのだろうか……自宅近くの公民館には、「五つ子ちゃん、退院おめでとう。ようこそ前野町へ」と大書された、巨大な横断幕が掲げられていた、自宅の門の前では、板橋区長と板橋区教育委員会の委員長に出迎えられてしまった、そして両親が大きな花束を受け取る瞬間をフィルムに収めようと、いつの間にか集まったカメラマンたちは再び、一斉にフラッシュを焚くのだ。

「自分の意思で動いている人などいないのだから、もう放っておけばよいじゃあない」

妻は笑っていたが、冷静に考えて、家を一歩出ればいつもマスコミに付き纏われるような環境で、子育てなどできるはずがなかった、問題はこの状況がいつまで続くのかということだ、一過性の騒ぎであれば遣り過ごすというのがもっとも賢明な対応だろう、しかし自分もマスコミの人間だから分かるのだが、これから先もことある毎に、新聞やテレビは五つ子への興味関心を煽り立てるに違いない、五人の子供たちは小学校に通うようになってからも、密かに記者が後ろを尾《つ》けてきていないか、気にせねばならない、成人して恋人とレストランで食事をしていても、離れたテーブルからこっそりカメラを向けている人物がいないかどうか、始終周囲を見回さねばならない、この子たちは誕生の瞬間から、五つ子の一人という人生を生きることを定められている、いや、この子たちだけではなく俺だって、これから死に至るまで、五つ子の父親であることからは逃れられない……三十手前にして、気が遠くなるほどの長い余生が始まってしまったようなものなのだ……「五つ子に限らずどんな人間だって子供が生まれれば、その人は親であり続ける以外の選択肢など持っていないものです」父親の予想に反して、それからしばらくすると、自宅向かいの歩道に茣蓙《ござ》を敷いて張り込んでいたカメラマンは、一人、また一人と姿を消していった、外出した際に、とつぜん見知らぬ人から呼び止められるようなことも減った。

その年の夏には、外国為替及び外国貿易管理法違反容疑で前総理が逮捕された、これは戦後二人目の総理大臣経験者の逮捕だった、自民党内では前総理の派閥が中心となって、あからさまな政権交代工作が進められていたが、現総理が退陣した後、次に総理になるのは誰がどう見ても間違いなく、五つ子の父親が担当している、あのキャバレー好きの、小柄な政治家だった、最高権力者になる順番が予め決まっているというのもおかしな話だが、この国の政治はそういう仕組みで、極めて少数の人々だけで動かしていることが黙認されてきたのだ、党内の有力者の間では既に密約が交わされているという噂もあった。父親は再び、永田町の記者クラブに寝泊まりする日々が続いた、しかしその間も、老人たちの欲望や怯懦や駆け引きからは何の影響も受けずに、五人の子供は成長し続けた、朝昼晩一日六回のミルクは五人とも勢いよく飲み干したし、少量の果汁から始めた離乳食にもすぐに慣れ、野菜のスープや卵黄のうらごしをもっと欲しいとせがむようになった、五人分の食事となると準備するだけでも一回に一時間半もかかった、当然母親一人では賄《まかな》い切れず、父親方の祖母に上京して貰ったのに加えて、専属のベビーシッターも雇わねばならなかった、オムツの交換一つ取っても、それは一人につき一日十回、合計五十回以上に及んだのだ！　お尻を綺麗に拭き取り、新しいオムツを当てて、嫌がって動き回る手足を押さえてロンパースを着せ直す作業を一日五十回以上、日曜祝日関係なく毎日続けるのだ！　三人の女性たちは起きている間は台所で離乳食を作っているか、赤ん坊を抱っこして寝かしつけているか、もしくは洗面所で洗濯をしていた。食事の時間は野戦病院さながらの混乱だった、五人の顔と両手を濡れタオルでよく拭ってから子供用のダイニングチェアに座らせると、ほんの数秒間の静寂が訪れる、最初の一口目のお粥を長男の仁に持っていくやいなや、礼と智子が二人同時に甲高い声で泣き始める、口元にスプーンを近づけてやると涙を流しつつ口を大きく開ける、一番身体の大きな義子は口の中にお粥を含んだまま摑まり立ちを始めるので、前のめりに椅子から転げ落ちてしまいそうで、大人たちを冷や冷やさせる、その様子に刺激された仁も喃語《なんご》を呟きながら、椅子から抜け出ようともがいたので、テーブルに置いてあった番茶のコップを倒してしまう、子供たちは一瞬たりともじっとしていてくれない、目を離すと何をしでかすか分からない、末っ子の信子だけが黙ったまま、兄姉たちと大人の繰り広げる大騒ぎを、不思議そうに見つめている。十二月に入って朝晩の気温が下がり始めると、義子が風邪をひいて熱を出した、他の四人に移さないよう、すぐに別の部屋に隔離したのだが、翌朝には礼と智子の発熱と下痢が始まり、ほどなく五人全員が同じ症状に苦しめられるようになってしまった。医師からはいったん離乳食は止めてミルクのみを与えるよう指示があり、風邪薬と止痢《しり》剤も処方されたのだが、薬を飲むことを子供たちは頑ななまでに拒んだ。両手で強く押し戻し、泣き叫びながら見上げる抗議の眼差しは、大人たちをさえ一瞬たじろがせるほどだった。

そうした混乱や細々とした心配事、苛立ち、身体の疲弊、それら全てが幸福だったのだ、長い時間が経った後で振り返ってみたとき、両親は痛いほどその幸福を感じた。その中には当時は悩みの種でしかなかった、マスコミからの取材攻勢さえも含まれていたのかもしれなかった。一時期に比べれば自宅前で待ち構えているカメラマンの数は減ったとはいえ、相変わらず新聞や週刊誌やテレビは五つ子の近況を伝え続けていた。何といってもこの五人の誕生は、日本じゅうの多くの人々にとって、その年号と共に思い出される記憶の中ではほとんど唯一といってもよい、覚えず笑みのこぼれるニュースだったのだ。年が明け、五人の体調も回復すると、晴れて日射しの暖かい午後には皆で散歩に出かけることもあった。自宅から地下鉄の駅へ向かう途中にある、大きな池のある公園まで、乳母車とバギーに五人を分乗させて、大人四人で代わる代わる押しながら歩いた。家を出る直前まで騒いでいた子供たちだったが、冷たい外気に触れるなり不思議な緊張に包まれて、黙り込んでしまった。義子と礼は銀色の粉のような光の降り注ぐ、冬晴れの青い空を眩しそうに見上げていた、仁は通り沿いの家の垣根に一輪だけ咲いたサザンカの赤い花を、口を結んだままじっと見つめていた、二人一緒に乳母車に乗せられた智子と信子は不安そうに、母親の顔を振り返ってばかりいた。すれ違うのはなぜだか、灰色や焦げ茶といった、いずれも地味な色合いではあるが恐らく高価なものであろう厚手のオーバーを着込んだ、裕福そうな老夫婦ばかりだった、チェックのマフラーを首に巻いた老婆は五つ子を認めると微笑み、大丈夫、全て分かっているという風に黙ったまま頷いた、顔見知りの新聞社のカメラマンが一人、一行の後ろに付いてきていたが、今日は写真を撮るべきではないと悟ったのか、ほどなく姿を消した。公園では小学生たちが鬼ごっこをしながら、歓声を上げて走り回っていた、不用意に彼ら彼女らの興味を煽らぬよう、両親は視線を落としたまま、ゆっくりと静かに池沿いのベンチまでバギーを押していった。「ほら、見てごらん。鳥さんだよ」音もなく水上を移動する番《つがい》のマガモを指差しながら、父親は仁と義子に話しかけた、その鳥は真冬の午後の西日を浴びて、場違いなほど鮮やかなエメラルド色に輝いていた。「抱っこさせて貰ってもよいですか？」茶色がかった長い髪を後ろで一つに結んだ、痩せて背の高い、白い中綿ジャケットを羽織った、もう少女と呼んでも差し支えないであろう小学五年生か、六年生ぐらいの女の子が、丸い瞳と紅潮した両頬は笑いながらしかしきっぱりとした、堂々とした口調で、五つ子の両親に話しかけてきた、父親が躊躇するわずかな暇も与えず、母親は乳母車から末っ子の信子を抱き上げ、そのまま女の子の中綿ジャケットの柔らかな胸に赤ん坊を預けた。「私も信子なんです。漢字も、同じなんです」幼い弟か妹がいるのか、慣れた手付きで赤ん坊をあやす、我が子と同じ名を持つその少女こそが十年後の成長した我が子本人であるという、奇妙に反転した錯覚に囚われた瞬間、初めて保育器の中の子供たちと対面したあの晩、痩せ細った小さな末っ子を見た自分は絶望し、まるで親鳥の帰りを待つ巣の中の雛のように弱々しいこの子が、いずれ自分の足で立って歩み、人の言葉を話し始めるなどとてもではないが想像できなかった、人生の時間を捨て去ろうとしていた、父親はそのときのことを思い出し、自らの未熟さを深く恥じたのだった。

だが平穏な日々とはいつでも、次なる試練が始まるまでの待ち時間に過ぎない、五つ子の満一歳の誕生日を祝った翌週、母親は持病の肝炎が悪化し、入院せねばならなくなった、日々の家事と子育てからくる疲労と、東京の真冬の寒さが、身体に多大な負担を与えたらしかった、この難局をどうやって乗り切ればよいのか？　自分が仕事を辞めるしかないか？　父親は途方に暮れたが、そんな家族の危機的な状況をさえも、新聞社やテレビ局は暢気に取材しにやってきたのだ。プライバシーもへったくれもあったものではない、思い出してみればみるほど、じっさい酷い時代だったのだ、この時代の人々が果報に恵まれていたなどというのも、本当かどうか怪しいものだ。しかしそんな時代であっても、後の時代に比べればまだまともだった、不愉快な思いに苛《さいな》まれずに済んだ、そう思えてならないのは、けっきょくこの国は悪くなり続けている、歴史上現れては消えた無数の国家と同様に、滅びつつあるからなのだろう、いかなる国家も、愚かで、強欲で、場当たり主義的な人間の集まりである限り、衰退し滅亡する宿命からは逃れられない、我々は滅びゆく国に生きている、そしていつでも我々は、その渦中にあるときには何が起こっているかを知らず、過ぎ去った後になって初めてその出来事の意味を知る、ならば未来ではなく過去のどこかの一点に、じつはそのときこそが儚《はかな》く短い歴史の、かりそめの頂点だったのかもしれない、奇跡のような閃光を放った瞬間も見つかるはずなのだ、それはわずかに半年余り、百八十三日間だけ我々の前に姿を現し、その後は朽ちていく醜態など晒すことなく、ただ一つの建造物を除いて、後腐れなく取り壊され、潔く元の更地へと戻った。

大阪万博、正式名称日本万国博覧会はもともと、後の時代に語り継がれたような高邁《こうまい》な理念を掲げて計画されたわけではなかった、まだ日本での開催も承認されておらず、十九世紀半ばにロンドンで始まったとされる万国博覧会とはいかなるイベントなのか、国際見本市とはどこがどう違うのかも分からぬ段階から、大阪府は、訪日外国人による輸出取引で八億ドル乃至《ないし》九億ドル、観光収入で五億ドル、参加各国の建物建設費で一億五千万ドル、合計十五億ドル前後の外貨収入を見込んでいた、当時はまだ変動相場制に移行する前の一ドル三百六十円の時代だ、それほどの経済効果が期待できるのであれば、周辺他県が黙って見ているはずもなく、兵庫県と滋賀県も会場誘致に名乗りを上げてきた、特に滋賀県は強硬で、「もしも大阪府内での万博開催が強引に決定されるようなことがあれば、琵琶湖の水は一滴たりとも会場へは送らない」と、子供じみた通達までしてきたのだ。その端緒にはヒューマニズムなど微塵も感じられない、政治的な目論見《もくろみ》すらほとんど希薄な、念頭にあったのはただひたすら収支勘定のみの、欲望に導かれた地方自治体の金儲けの手段として、大阪万博という一大行事は始まってしまった。だから仕方がないのだろうが、国側の対応も冷ややかなものだった、担当窓口省を決める際にはたらい回しにされた挙句、仕方なく通産省が引き受けることになったものの、その通産省は、「開催経費についてはその半額を地元の大阪府・市が負担すべし。さもなければ政府予算の執行停止、会場見直しもあり得る」などと、ほとんど脅しとも取れるような要請を突き付けてきた、国会は東京オリンピックのときのような特別委員会を設けなかったし、政府はとうとう最後まで専任の万博担当大臣を任命しなかった。万博はマスコミからもほとんど注目されていなかった、それどころか全国紙などでは、準備期間の短さや財源確保の難しさから本当に実現できるのかどうかは怪しいと疑問視する記事ばかりが目立った。

しかし我々は知っている通り、現実に大阪万博は開催された、三月十五日から九月十三日までの会期中の総入場者数は、事前に予想された三千万人の倍以上の、六千四百二十一万八千七百七十人、この年は三月に入っても雪の舞う日が続くほど冬が長引いたために、開幕当初の出足は低調だったものの、五月の連休頃から来場者が増え始め、夏休みに入ると連日三十万人を超える観客が押し寄せるようになった、迷子の数は合計四万八千百三十九人、日射病や貧血、転倒による打撲などの傷病人の数は八万六千三百三十二人、不幸にして会場内で死亡した観客は八人、出産も一件あったのだが、外貨獲得の手段として期待されていた外国人来場者数は百七十万人ほどに留まり、総入場者数に占める外国人の比率はわずかに二・七パーセントしかなかった、つまり観客は圧倒的に日本人だったのだ。当時の日本の総人口が一億三百万人であったことと考え合わせると、六割以上の日本人が万博を訪れたようにも見えるが、観客の平均入場回数は一人当たり二回を上回っていたので、当時の日本人の二割から三割程度が千里丘陵《せんりきゅうりょう》まで足を運んだ、というのがじっさいのところなのではないか、複数回来場したのは当然近畿圏の在住者が多かった、けっして日本じゅうが熱狂し、あたかも国民の義務でもあるかのように、皆が皆こぞって大阪を目指したわけではないのだ。にも拘わらず、以降何十年にも亘って、万博の記憶は我々を縛り続けた、それはしばしば短絡的に懐古されるような高度経済成長期終盤の、華々しい成功体験としてではない、いつまで経っても実現しない未来と、突如現れ消えた前衛芸術の残像が、後の時代の人々を苦しめたのだ。

会場誘致の問題は、けっきょく知事による会談では決着がつかず、地元選出の国会議員が調整に当たって、大阪府北摂《ほくせつ》地域の千里丘陵とすることに決まった、パリの博覧会国際事務局も、対抗都市と目されていたオーストラリアのメルボルンがどういう理由からなのかあっさりと申請を取り下げてしまったために、実質的に競合相手のいない状態で、日本の開催申請を受理した形になったのだが、それからの五年間は、まるで安易な思い付きを挫けさせるためでもあるかのように、次から次へと難題が立ちはだかった。

万博協会の会長には関西に本社を置く、当時の日本を代表する家電メーカーの創業者社長が就くものと誰もが思い込んでいた、国際的な知名度があり、財界の大物で集金力を持っている、スキャンダルが明るみに出たことがなく、一般大衆からの人気も得ている、それらの条件を満たす人物は他には考えられなかった、そうした期待は当然本人の耳にも届いていただろう、「神様」とまで讃えられた経営者がそれを無下に断るはずがなかった、万博の組織のトップに就くことは、人生の集大成ともなる仕事に違いない、楽観的、というよりは形式的な手続きを済ませる程度の軽い気持ちで、大阪府知事はその創業者社長に面談を申し入れた、一週間ほど経って秘書室から連絡があり、門真《かどま》市の本社を訪ねたのだが、なぜだか社長は不在で、その日は秘書室長に用件を伝えるに留まった、何の返事もないまま それから一カ月近くが過ぎたある日、全国紙の経済面に、社長の万博協会会長就任が内定したという記事が載ってしまった、情報の出所は分からなかったが、さすがにこれでは礼を失するのではないかと不安になった知事は、至急面談を申し入れた、社長は週末は京都の別宅で過ごしているので、ちょくせつそちらに赴いて欲しいということだった。

山に向かって、動物園の裏手の道をしばらく進んだところに、その屋敷はあった、人間の目線を少し超える高さの練塀《ねりべい》に囲まれているので、通行人が内部を窺うことはできない、山門めいて重々しい欅造《けやきづく》りの扉が開かれると、玄関までまっすぐに続く石畳には落ち葉一枚、小石一つ落ちていない、今朝剪定《せんてい》されたばかりのようにさえ見える、刈り整えられたイヌツゲやアカマツの植木も訪れた者を緊張させずにはおかない、梅雨が明けて間もない、日曜の昼過ぎだった、山から吹き下ろしていた風も、この屋敷に入った途端止んでしまった、ここではセミの鳴き声も聞こえなかった。知事と、同行した二人の職員は、四十畳ほどもあろうかという広い座敷に通された、振る舞われたお茶には手を付けず、煙草を吹かしながら、三人は主人の御出座《おでまし》を待った、開け放たれた障子の向こうには、この屋敷には不釣り合いなほど小ぢんまりとした、狭い庭が見えた、芝生の周りに植栽はなく、八つ橋を渡した、小さな池だけが作られていた。するとそこに、紺色の制服を着た、四、五歳の男の子が駆け込んできた、橋の上から池に木の枝を突き刺して何かを採ろうとしている、直射日光を受けて、男の子の薄茶色のおかっぱ髪が目まぐるしく反射している。男の子を追い掛けて、母親であろう背の高い、白いつば広の帽子を被った、若い女が現れた、女は子供を抱き上げ、すぐに立ち去ったのだが、振り向きざま、来客に軽く会釈をしたその顔を見た瞬間、知事と二人の職員は息を呑んだ、それは自らの意思を貫き独立を果たした結果、映画界から追放されてしまった、当時の日本国民であれば知らぬ者のいない絶世の美人女優だった。

「物心ついてから現在に至るまでの七十年余り、自分は常に人から求められるがままに生きてきた人間です、内なる欲望を押し通そうと考えたことはただの一度もありません。しかしながら今回のお話、万博のトップに就けというご依頼だけは、お受けすることはでき兼ねます、それはお受けしてしまったが最後、皆様にご迷惑をお掛けすることが火を見るよりも明らかだからです」健康上の不安、というのが家電メーカーの創業者社長の固辞の理由だった、それは余りに見え透いた嘘だったのだが、本当の理由が伏せられたことによって疑心暗鬼が生まれてしまった、まるで不吉な知らせをもたらす疫病神でもあるかのように、大阪府知事は関西の財界人から忌み嫌われ、万博協会会長就任の打診はことごとく撥ねつけられた、関経連会長を務める高炉メーカー会長からは、高齢を理由にした、丁重な辞退の申し出があった、大阪に本店を置く銀行の頭取からは、面談することをさえ拒まれた、この年の九月には、博覧会国際事務局の定めた国際規約によって、大阪での万博開催が正式決定するのだが、その段においてもまだ会長の人選は固まっていなかった。すると信じ難いことが起きた、とつぜん嫌気でも差したのか、知事はこの問題をまったく白紙の振り出しの状態に戻して、通産大臣に丸投げしてしまったのだ、このときの通産大臣は、後にロッキード事件で前総理の逮捕を決断することになる、徳島の農家の生まれの政治家だった。「本件はいったん、私がお預かりしましょう」もちろん通産大臣にも当てがあるわけではなかった、万博という行事に対する世論は相変わらず批判的だった、税金の無駄遣いだとか、実態は単なる地方イベントに過ぎないという陰口ばかりが飛び交っていた、そうした指摘の何割かは事実その通りだったのだから、そんな中に割って入って、会長の椅子に座ろうなどという奇特《きとく》な人物がいるとは思えなかった、しかし通産大臣はあのキャバレー好きの政治家とは違って、強迫観念に囚われた優等生ではなかった、どんな難問でも自分が引き受けてさえしまえば後は何とかなるだろうという、根拠のない自信を持った楽天家だったのだ。いかにもそんな楽天家らしい対応ともいえるのだが、通産大臣はこの会長人事の問題を棚上げすることにした、当面の対応は会長代行で乗り切っておけばよい、縺《もつ》れてしまった問題というのは、少しの冷却期間を置いてやるだけで、それで頭を悩ましていたことが嘘のように、靄《もや》が晴れるように消え去って、誰しもを納得させるに足る解答がどこからともなく差し出されるものなのだ……

それからの三カ月、未決の難題を抱えていることなど忘れてしまったかの如く、通産大臣は外遊を繰り返した、カナダでの経済閣僚会議に出席し、そのまま南米へ飛んでブラジルのサンパウロで行われた、日伯修好通商航海条約締結七十周年記念式典に参列した、現職総理大臣としては戦後初めての、もちろん当時は返還前の米国統治下の、沖縄訪問にも同行した。小柄だが農民の出らしいがっしりとした体軀を持ち、黒々とした癖毛の短髪、張り出した頰骨にかけた度の強い眼鏡の奥には、懇願するような小さく円《つぶ》らな瞳が仄《ほの》めくこの男は、周囲の人望が厚かったわけではけっしてない、しかし思わず救いの手を差し伸べずにはいられないような、不思議な魅力を備えていたことだけは事実なのだ、そのことがまた、この男の楽観的な性格をより一層高じさせてしまう理由でもあったのだが、万博会長人事の問題でも結果的にその魅力が、彼を窮地から救った。

「とにかく一度、電話を下さい」人選はまったく進展せず、ついには八十歳を超えた政界の長老の名前までが取り沙汰されるに至って、見るに見かねた経団連会長が通産大臣に伝言したのは、秋だというのに初夏のような暖かな日の続く、十一月の初めのことだった、ちょうど臨時国会の会期中だったため、通産大臣は気掛かりを覚えつつもこの対応を後回しにしてしまった、ようやく電話をしたのは伝言を受け取ってから二週間以上が経ってからだったが、そのときには既に、経団連会長は海外出張に発ってしまっていた。するととつぜん爆発的な、激しい後悔の念が、通産大臣の胸中で膨れ上がった、もしかしたら自分は、決定的な、起死回生の契機を逃したのではないだろうか？　致命的な失敗を犯してしまったのではないか？　「地球上の、どんな場所でも構わないから、とにかく今すぐ捕まえてくれ！」秘書に方々に電話をかけさせて、ようやく会長の所在を知ることができた、滞在先は中東のクウェートだった。「八二〇号室を、お願いします」交換台はなかなか電話を繋がなかった、こちらは日本政府だと明かしてしまったことも、事態をややこしくしてしまった可能性があった。「遅くなったこと、申し訳ありません」現地時間の明け方の四時前であったにも拘わらず、御歳七十九の経団連会長は起きていた、八千キロを隔てて聞くその声は、演技めいて若々しく、高揚しているようでもあった。「……いい加減決めてしまわないと、日本政府の信頼に関わる……」当時の国際電話は音声が安定していなかった、相手の声が少しずつ遠のき、聞き取れなくなってしまったかと思うと、おもむろに戻ってきて、耳が痛むほどの大声になる、その周期的な繰り返しだった。「……亡霊が現れて、指図すれば、関西の連中だって……」

「……一肌脱ぐということで、この場を収めて貰えれば……」「……自動車業界としても、この機に乗じて……」会長からは二、三人の候補者の名前が提示されたが、何れもその器ではないことは明らかだった、数秒間の沈黙を挟みながら交わされる会話はほとんど嚙み合っていなかったが、それでも通産大臣は政治家らしい勘で、自分とは親子ほども年齢の離れた、経団連会長を四期連続で務め、財界総理とまで呼ばれるこの男の歓心を買うのは、今しかないことを感じ取っていた。「大事な配役は、どんなに回り道をしたとしても、最後には収まるべきところに収まるものです」「……躊躇しつつの決断には、いつでも後悔が伴うものだが……分かった、分かった。イエス、イエス……」さっそくその日の午後には、経団連会長の万博協会会長就任が発表され、直ちに国際博覧会事務局にも報告された、そこで初めて判明したのだが、パリの事務局では、半年近く経ってもトップの決まらない日本側の協力体制が不十分と見て、開催国を見直そうという議案が、真剣に話し合われていたのだった。

しかしじっさいのところ当時の日本は、万博の実現へ向けた協力体制はもちろん、万博という行事そのものへの理解も、とても十分などといえる状況にはなかった、ようやく会長人事が片付くと、今度は万博のテーマを話し合うための、専門委員会のメンバー選定に入ったのだが、こちらもすんなりとは行かなかった、辞退者が相次いだのだ。ベネチア国際映画祭で金獅子賞を受賞したこともある、大御所の映画監督は、自分に時間と労力を費やさせるには報酬が低額過ぎると伝えてきたので、これはこれで率直で潔かったのだが、日本画家、文芸評論家、文化人類学者、女性エッセイスト、国立大の学長は、裏でこっそりと示し合わせたかのように、理由も曖昧なまま恐る恐る、辞退したい旨を伝えてきた、彼ら彼女らは厄介事に巻き込まれることを怖れた、何を目的として行うのかも分からない、本当に実現するかどうかも分からない、仮に実現したとしても、巨額の赤字を抱えて大失敗に終わるであろう事業になど関わって、自分の経歴を汚したくなかったに違いないのだ。その結果、テーマ委員会のメンバーは、現役を退いてからしばらく経った高齢の学者、経営者、老作家か、さもなくば無名とはいわないまでも、その評判はそれぞれが所属する分野の内部に未だ留まっているような、新進の研究者や政治家、ジャーナリストだらけになってしまった、委員会の座長も欠席裁判で決めてしまうという、酷い決め方だった、メンバーがお互い譲り合った挙句、たまたまその日は歯痛の治療のため委員会を欠席していた、最年長の物理学者の名前を挙げて、賛成多数で委員長に選出してしまった。だから後に小学生でも空《そら》でいえるほどの流行語になり、一方で科学技術礼賛、楽観主義などという批判にも晒された、「人類の進歩と調和」という万博の基本テーマにしても、この調子で、数人のメンバーは違和感を覚えつつ、しかし時間的制約の中で仕方なく、済《な》し崩し的に決まってしまったというのが、本当のところなのだ。

まるで呪われてでもいるかのように、何一つ捗々《はかばか》しく進んだ例がない、そう嘆きたくなるのも無理はないほど、万博の開催準備は障害と停滞の連続だった、万策尽きた、時間切れでいよいよ放棄するしかないかと諦めた、次の瞬間に、かろうじて生き長らえることが許される、明日への逃げ道が見つかる、その繰り返しだった。日本政府は、大阪万博は日本国としてちょくせつ主催する「公式博」ではなく、国から委託を受けた民間団体が主催者となる「公認博」である、という立場を取った、これは万博に出展した外国のパビリオンが何れも、政府として、即ち正式に国家として、参加していたことを考えれば、主催国の当事者だけが日本国ではなく万博協会だったというのは明らかな矛盾でもあるのだが、そんなことまでしてでも、国は、日本政府は、この胡乱《うろん》なお祭り騒ぎの責任から逃れたかった、大損失が発生した後で、尻拭いをさせられることを嫌ったのだ。大阪開催が決定した年の暮れの予算編成で、政府は、会場整備費や基本計画の調査費、人件費として五億二千万円を組み入れると同時に、その半額の、二億六千万円を大阪府・市で予算化するように求めてきた、地元としては今更、翌年の予算の追加計上などできるわけがなかった、すると、あろうことか大阪府知事は、この金額を一時銀行借り入れによってその場を凌ごうとしてしまった、このことを問題視した府議の一人が知事に詰め寄った。「これが前例となれば、これから万博開幕までに何百億、何千億、下手をすれば一兆円に迫るかもしれない経費の半額、地方財政ではとうてい賄えない、目も眩むような金額が、我々府民の両肩にのし掛かることになる！　その重荷を背負い続ける覚悟が、あなたには本当にあるのか！」冷淡、という言葉ではもはや足りない、酷薄ともいうべき政府の対応は、鉄道敷設を検討する際にも問題を拗《こじ》らせてしまった、万博協会の推定では、会期中の来場者総数は上限で三千七百万人、下限で二千八百万人と読んでいたが、これだけの人数を短時間で、滞りなく輸送するには、既存の鉄道を延伸《えんしん》して会場内まで引き入れる以外に方法がないことは、専門家はもちろん、素人の目にさえ明らかだった、つまりこの問題の解答は予め与えられていたのだ。にも拘わらず、当時の国鉄、民営化前の国鉄は、建設費に対して収入が見合わないという理由から新規の鉄道敷設に反対し、万博の来場者など、ターミナル駅から大型バスでピストン輸送してやれば十分だと主張した、ちょうど前年度決算で八千億円を超える巨額の赤字を計上したばかりだった、北海道や東北の赤字路線の整理撤退を進めていた国鉄とすれば、無理のない判断のようにも思われたが、しかし本当の理由は別にあった、政府、そして運輸省の方針をなぞっていただけなのだ。「一部の人間が国家の一大行事かのように騒いではいるが、管轄官庁への事前の相談もないまま、地元への利益誘導のために勝手に始め、計画してしまった、素人考えの無謀極まりない事業なのだから、蹉跌《さてつ》をきたそうが、損失が発生しようが、それは我々の関知するところではない」

それにしてもどうして国は、大阪での万博開催が決定した当初から、これほど敵愾心《てきがいしん》を剝き出しにした、大人気無《おとなげな》い態度を取り続けたのだろう？　東京対大阪の、もしくは東大学閥対京大学閥の、傍から見れば全く無意味だがそれでいて手の打ちようがなく根深い、競争意識、対抗意識もあったのかもしれない、そうした国や中央官庁からの横槍が入るたびに、大阪府や万博協会の担当者は、人生を擦り減らすほどの労力と、幾昼夜もの時間を費やし、家族への愚痴と八つ当たりを繰り返しながら、何とかして打開策を探り当てねばならなかったのだが、しかし本当の意味で、万博に関わる誰もが絶望した、戦争に負けた我が国で、それも大都市の近郊で、万国博覧会を開催しようなどというそもそもの発想が間違っていた、思い上がりだったのだと過去の自分を責めた、頓挫の危機にまで追い込んだのは、用地買収の問題だった。もともと大阪万博の会場候補地としては、千里丘陵ではなく、大阪府東部の、奈良との県境に接する生駒山麓《いこまさんろく》が有力と見られていた、地元の枚岡《ひらおか》市が、万博閉幕後の大型リゾート開発を目論んで、市議会を挙げて誘致キャンペーンを打っていたことに加え、この地区の大地主は関西の大手私鉄創業者一族だったので、土地価格交渉も比較的容易に落とし所が見つかるだろうと考えられていたからなのだが、ところが東京オリンピック開幕を間近に控えたその年の九月の末に、日本列島を縦断し、全国で五十六名もの死者・行方不明者を出した台風二十号のもたらした豪雨で、生駒山の南西斜面に、長さ一・四キロにも亘る大規模な地すべりが発生してしまった、専門家は、脆弱な地盤のこの土地は一日何十万人という観客が訪れる催し物の会場としては不適格、という評価を下した。次に大阪府が候補地として目を付けたのが、北摂地域の千里丘陵だった、すると、これも典型的なお役所流のやり方なのだろうが、千里地区は空の便の玄関口となる大阪国際空港、東海道新幹線の新大阪駅の何れからも、わずか十キロという至近距離にあること、会場のすぐ脇を名神高速道路が走っており、東は東名道路を経て東京とも直結している、西は中国縦貫道を通じて中国地方、九州、四国にも繫がっており、来場客の利便性が高いのみならず、会場建設時の資材搬入の面からも好都合である、またこの高台の近辺には、縄文時代から中世にかけての遺跡が点在している、このことは歴史的、地質学的に見ても、この土地の地盤が極めて強固であることの証明となり得るなどといった、いかにも後付けの理由が、それから何カ月かの時間をかけて、徐々に積み上げられていったのだった。

第一回の現地説明会が行われたのは、もう九月だというのに一年でもっとも暑い時期と変わらぬ、脂ぎった太陽の照り付ける、日曜の午後だった。会場となる村の公民館までは、大阪府知事と、大阪府庁企画部に新たに設置された万国博覧会事業室の職員四名が、二台の車に分乗して向かった、新御堂筋《しんみどうすじ》を北上し、神崎川《かんざきがわ》に差し掛かったところで、知事が乗っていた車の後輪がパンクしてしまった、運転手がタイヤの交換に手間取ったため、到着は約束の時間よりも十五分ほど遅れてしまった。「お忙しい皆さんのお時間を頂戴して、お集まり頂いたにも拘わらず、誠に申し訳ありません！」政治家であれば無理からぬことではあるのだが、その声は余りにも取って付けたような、楽しげで悪びれたところのない、野球場の声援めいて明るく乾いた大声だった、板の間に座布団も敷かず、大きく股を開いて胡座《あぐら》をかき、ひたすら煙草を吸いながら待っていた、日焼けした七十名の住民は全員黙ったまま、ハンカチで首の汗を拭う知事を睨みつけた、途轍もなく長く感じられる、しかしじっさいには恐らく一分にも満たない、沈黙の時間が続いた。この場を何とか収めねばならないという責任感に駆られた万博事業室の室長が、一歩前に歩み出て、知事の顔を振り返った、老人の顔は蒼ざめ、瞳孔は開き切っていた、何種類かの異なるセミの鳴き声がやけに大きく聞こえた、開け放たれた建具の外に視線を向けると、板塀の上には、横長の、シーツのような白い布が干してあるのが見えた、子守りをしながら畑仕事をするような、牧歌的な農民の生活を思い浮かべた瞬間、強い風を浴びて白い布が翻ると、遅刻して気が動転していたとはいえどうして最初に気がつかなかったのかが不思議なほど、黒々と、太く、大きく書かれた、「万博開催断固反対」の八文字を、読み取ることができた。

地元住民が万博に反対するのには、じゅうぶんな理由があった、パリの国際博覧会事務局の承認を得て、大阪での万博開催が正式決定する一年近くも前から、千里丘陵の地名は、関係者以外の一般の人々の間でも、会場候補地として噂に上《のぼ》っていた、本命と見られていた生駒山麓が脱落すると、千里丘陵は地元紙にも、なぜだかたいていは竹林で竹の子狩りをする農夫の写真と共に、しばしば取り上げられ、気の早い、地価の上昇を見越した不動産業者や電力会社の社員までもが視察に訪れるようになってしまった、更に新年度に入ると、分割共催を望む滋賀、兵庫を説き伏せ、万博会場は大阪千里丘陵に一本化することに成功したなどと、新聞記者の誘導尋問に引っ掛かった大阪府知事が誇らしげに答えたものだから、雲海のようにどこまでもなだらかな起伏の続く、広大な台地を思わせる、中国の古典めいたその地名は、たちまち日本全国に知れ渡ってしまった。ところが、この期《ご》に及んでも、当の千里の住民に対しては、何の説明もなかった、大阪府も、万博協会も、もちろん日本国政府も、葉書一枚、電話一本よこすわけでもない、住民は自分たちが毎日寝起きし、畑を耕したり、庭の植木に水をやったり、子供が学校に通ったり飼い犬を散歩させたりしている、足元のこの土地が、万国博覧会なる得体の知れない催し物のために、家屋を壊され、田畑は潰され、竹林は抜き去られ、更地にされコンクリートで舗装された上に、無数の巨大な鉄骨建造物が立ち並ぶことに決まったのだという知らせを、ただ新聞やテレビを通じて、万歳三唱している政治家や役人や大企業の重役連中の写真付きで、断片的に、間接的に聞かされただけなのだ。「中世の農奴でもあるまいし、先祖代々受け継いできた、もしくは住宅金融公庫に借金をしてやっと手に入れた、なけなしの土地と家を、ある日とつぜん御上《おかみ》に召し上げられるなどということが、二十世紀の、世界の先進国の仲間入りをしたこの国で、喩え話ではなく現実に、本当に起こってよいものだろうか？　万博の国内開催は明治以来の宿願だか何だか知らないが、そんな民衆を馬鹿にした権力の横暴には、断固として立ち向かうべきではないか！」

知事が万博会場は千里丘陵に決まったと明言してから、地元住民への説明会を実施するまでには、更に数カ月を要した、府庁内の万博事業室では、該当地域三百三十万平方メートル、五千筆《ぴつ》にも及ぶ区画の土地登記簿謄本全てを入手し、土地の所有者、所有権以外の権利者、関係者の調査を開始したのだが、調べ始めてみるとすぐに、とんでもない実態が判明した、公簿上の面積と、じっさいに現地測量した面積が、まったく一致していなかったのだ。いや、公簿面積と実測面積に食い違いがある土地などはさして珍しくもない、近年の測量技術の向上によって、明治時代の土地台帳作成時とは誤差が生じてしまうのは、ある意味必然ともいえるのだが、この千里丘陵の登記は異常だった、じっさいの面積の方が、公簿よりも遥かに広かった、公簿面積の五倍、六倍はざらで、酷い区画では実測が公簿の十四倍近くにまで及んでいたのだ、ここまで狂うのは、何らかの意図が働いたとしか思えない、戦後の混乱期に、税金逃れのために何者かが登記を操作した可能性もある、しかし、申し訳ないが、万博事業室の職員がそんな職責外の不正調査に関わっている暇はないのだ、五千筆にも細分化されていれば仕方ないのだろうが、土地の所有者も、稲作農家、畜産農家、大阪市内に出荷する大根やキャベツなどの蔬菜《そさい》を栽培する園芸農家、農家は廃業した年金生活者、商店主、開業医、鉄屑《てつくず》業者、運送業者、数年前に分譲住宅を購入したばかりのサラリーマン家庭、公務員、公認会計士まで、うんざりするほど多岐に亘っていた、地権者の総数は六百人を超えていた、職員はその全員と、個別に、膝詰めで交渉せねばならないのだ、更に加えて、戦前から何十年間も相続登記が途絶えてしまっている、現在の所有者が不明の土地も、会場予定地には含まれていた。万博事業室の室長は、むしろこの土地の登記の非常識なまでの煩雑さ、混沌ぶりに、ここが万博会場に選ばれた、何か特別な、後ろ暗い理由が隠されているのではないかと、勘繰りたくさえなった、なぜなら、一般的に公共事業の用地取得の際には、地権者の抵抗が大きく買収が困難と思われる場合には、取得を諦め、一定期間の借地契約を結び、建物や工作物の移転、原状回復費用を補償した上で、更地に戻した土地を元の地権者に返還する方式が取られる、増してや開催期間がわずか半年間という短期の万博なのだから、取得ではなく借地の方が経費処理上の無理がなく、地権者の反感も抑えやすいはずなのだが、今回に限っては、借地方式という安易な選択肢を選ぼうなどとはゆめゆめ考えてはならない、一年という限られた時間の中で、六百人の地権者全員を説得して、是が非でも万博開催に必要な用地を確保するよう、府知事からの至上命令が下されていたからだった。

嫌な予感、という言葉では済まない、取り返しのつかない大失敗に自分は巻き込まれつつあるという、ほとんど確信に近い思いを、室長は抱いていた、これは彼がまだ学生だった頃、日本が敗戦する年に覚えたのとも似た、どこか懐かしく、身に染み付いた感情だった。京都帝大法学部在学中に、学生の徴兵猶予の権利が廃止され、海軍に入隊することになった、帝大の学生はいきなり戦地に送られることはなく、彼も江田島《えたじま》の、海軍兵学校の配属となったのだが、驚いたことにここではまだ英語の授業が行われていた、有名な海軍式の牛肉入りのカレーライスも、週に一度ではあるが本当に提供されていた、花壇には誰が手入れしているのか、水仙の黄色の花と白の花が交互に、整然と並べられていた。赤レンガ造りの校舎や瀬戸内海を渡ってくる潮風の香り、真冬でも日向《ひなた》にいればば汗ばむほどの温暖な気候も影響していたのだろうが、不謹慎にのどかで、貴族的で優美な雰囲気に、校内は満たされていた、これは兵役に服した者がしばしば見せる、諦念とも結びついた、奇妙な落ち着きだったのかもしれない、誰もが自分の幸運を祈りながら、一方ではやはり身近に、極めて日常的に、死の恐怖を感じ続けてもいた、同じく学徒出陣で予備士官となった、東京の私大の学生は、風呂場でこう漏らしたことがあった。「この戦争を、何とか引き分けに持ち込めないものだろうか……」つまりその程度には、戦局を客観的に分析できていた者もいたのだ。休暇日にはその同期生と連れ立って、呉《くれ》の繁華街まで出かけたこともあった、春の初めの、薄く霞が漂うような夕暮れだった、商店の多くはガラス戸を閉ざしたままだったが、闇市に買い出しにきた人々で通りは賑わっているようにさえ見えた、海軍相手のビアホールと映画館だけは営業を続けていた、彼と友人はうどん屋に入り、熱燗を二合だけ飲んでから、朝日町《あさひまち》の遊郭に泊まった。翌朝早くに、空襲警報のサイレンで目が覚めた、それが警戒警報ではなく、いきなり空襲警報であったことで、自分は失態を犯したのだと彼は悟った、友人を探そうとしたがすぐに思い直し、南へ、軍港へ向かおうとしたところで甲高い破裂音が響いた、高射砲の発砲だった、青い空に点々と、可愛らしいとさえ思えるような、綿菓子めいた白い煙が残った、一瞬の静寂の後、轟音と共に西側の山の稜線すれすれのところから、四、五機の、米軍の艦載機が現れた、再び、続けざまに、高射砲と機関砲が打ち放たれると、そのときには既に何十機もの敵機が、港内の停泊艦《こうしよう》と工廠目掛けて急降下していた、呉の街のあちこちに銀色に光る、鋭い金属片が降り注ぎ、道路や商店の瓦屋根に突き刺さった、あの中の一つが身体に当たっただけで、人間は簡単に死んでしまうのだ。「待避した方がいい……」落ち着き払った、よく知る誰かの低い声で我に返り、彼は橋の下に隠れた、腹まで水に浸りながら、恐る恐る空を見上げると、信じ難いことではあったが、グラマン機は日本軍の砲弾よりも速く飛んでいた。「俺は今、初めて戦争を目の当たりにしている……」一機が超低空のまま、まっすぐにこちらに近づいてきた、まさか機銃掃射するのか? さすがにそれはなかった、しかし頭上を通過する瞬間にははっきりと、操縦士のサングラス越しの視線が、橋の下に隠れている一人の臆病な日本兵を認めたことを、他ならぬ彼じしんが感じ取っていた、そしてそれから以降八月十五日までは、彼もまた、自分は日本が敗北すると確信している同類であることを、認めないわけにはいかなかった。

そもそも、戦争と並べることじたいがおこがましい、間違っているのだ、万博の用地買収など不首尾に終わったところで、命を取られるわけでも、投獄されるわけでもない、文字通りのお役所仕事に過ぎないじゃあないか……自分など使い物にならないと見做されれば、これほど多くの人間が生き残ったのだから、いくらでも代わりが出てくるだろう……現地説明会の翌週から、職員は千里地区の住宅を、一軒一軒回り始めた、二日間で八十戸以上を訪ねたが、面会できたのはわずかに四戸だった、住民同士が裏で示し合わせて、居留守を使っていることは明らかだった。住民は、千里地区万博用地対策会議という組織を結成し、建設予定地内に住居を構える全ての地権者とその家族に対して、いついかなる場面、時間帯においても、大阪府職員と個別に面談することを禁じる通達を出していた、じっさいに村の至るところに、監視員まで配置したのだ、監視員の多くは暇を持て余した老人だったが、老人なりの勤勉さで、職員と言葉を交わした住民を見つけると、すぐさま対策会議本部へ通報した、決まり事を守らない住民は公民館に呼び出され、板の間に正座させられた上に、罵倒され、叱責され、吊るし上げを食らうという、不良少年さながらの幼稚さに、この村は支配されていた。対策会議の議長は、六十過ぎの、鉄屑回収業者の社長だった、県道沿いの四百坪の土地を購入し、そこで会社を興してからまだ十年も経っていなかったが、なぜだか羽振りはよかった、外車が珍しかったこの時代に芥子《からし》色のキャデラックを、いつも煙草を口に咥《くわ》え、左肘を窓枠に乗せながら運転していた、ときには自宅の庭で、上半身裸になって恰幅のよい身体を晒して、黙々とゴルフの素振りをしていることもあった。これといった娯楽もない田舎町ではしばしば目にする光景だが、この村にも夜な夜な五人の決まったメンバーが集まる料理屋があった、料理屋といっても国会議員や財界人が利用するような高級な店ではもちろんない、夫婦者が二人だけで切り盛りしている、焼き鳥や漬物、煮物といった、質素な酒の肴を出すだけの店だった、店の奥には小上がりがあり、襖を閉め切って、日付が変わる間際まで四時間でも、五時間でも、秘密の話し合いが続くのだ、鉄屑会社の社長は、とうぜんそこに集まるメンバーの一人だった。

二回目の現地説明会、というよりは大阪府と、現地住民代表としての対策会議の、初めての話し合いの場がようやく持たれたのは、冷たい雨の降る師走の土曜日だった。交渉相手が五人しかいないことは、万博事業室長の予想した通りだった、むしろ意外だったのは、その中にこの日初めて会う、この村の村長がいたことだった、まだ五十代のはずだが頭は禿げ上がって、痩身小柄で猫背、見るからに大人しそうな男だった。対策会議側は、借地方式を主張してきた。「大阪近郊でありながら、開発から取り残されほとんど見捨てられたかのような、未開の荒野同然だったこの千里の山を切り拓き、耕し種を蒔いて田畑を作り、家を建てて子供たちを通わせる学校も開いた、病院も作った、戦中戦後も身体を張って故郷を守り抜いた先人たちの苦労を、今更無に帰するわけにはいかない。明け渡すことなどはとうてい不可能だが、しかし大阪府として、日本国として、世界の厚生のためにどうしてもこの地が必要であるというのならば、一時的な貸地《かしち》であれば検討する用意がある」これが、真っ赤な嘘であることは明らかだった、ひとたび博覧会が開催されればそこには、新たに鉄道が敷かれ、高速道路のインターチェンジが作られ、道路は拡張され、舗装される、電気・水道網も増強される、電話線の本数も増える、都市ガスと下水道も完備されるから、汚水処理の設備だって整う、汲み取り式から水洗便所へと変わる、それらの公共投資によって付加価値が高まった土地を、住民たちが元通りの田畑に戻して再び農業に勤《いそ》しむはずはなく、宅地として、もしくは工業用地として数倍の高値で転売する魂胆であることは間違いなかった、そんなのは仲買業の常套手段だ、その辺りに関しては、万博事業室としても事前に調べはついていた。しかし、なぜ府知事は最初の段階から、あれほど強く全面買収の方針を徹底させたのか？　住民たちに睨まれただけで、縮み上がってしまったのか？　過去を遡ったどこかの時点で、地権者の鉄屑会社社長もしくは村長との間に、接点はあったのか？　その部分だけは、相変わらず分からず仕舞いだった。

　住民一人一人と、腹を割った話をしてみないことには始まらない、万博事業室の職員は手分けして、千里地区の住戸の訪問を再開した、まるで新聞記者のような夜討ち朝駆けの日々が始まった、監視員のいない早朝、農家が作業に出かけるところを物陰に隠れて待ち伏せするのだ。「おはようございます」その中年の農夫は、すまなそうに、軽く会釈だけはしてくれたが、口は真一文字に結ばれたまま、けっして言葉は発しなかった、ビニールハウスに到着するまで、砂利道を歩く十分弱の時間も無言だった。そして日も沈みかけた夕方の四時過ぎ、同じ場所に職員が待っていると、農夫は一瞬大きく両目を見開いて、たじろぎ、表情が曇り、やはり黙ったまま庭の納屋へ駆け戻っていくのだ。それで給料を貰って、家族を養っているとはいえ、宮仕《みやづか》えも大変なことだ、最初の二日、三日は、そんな同情心も生まれるだろう、しかしそれが一週間、一カ月も続くとなると苛立ちも募ってくる、無性に機嫌の悪い日だってある、誰でも心のどこかに隠している、吏員《りいん》は我々の従僕なのだという意識が、表面に出てきてしまう。「公務員のくせに他にする仕事はないのか！　こっちは税金を納めているんだぞ！」ある朝、職員が挨拶するなり、スコップの柄《え》で鳩尾《みぞおち》を突かれて、ぬかるんだ田圃に落とされた、それは悪意など毛頭なかったのだが、たまたま振り向いた拍子に、勢い余って当たってしまったかのように装われた、明白な暴力だった。その時点では、室長を含めて七名に増員されていた万博事業室の職員は、全員何かしらの形で、住民から暴力を振るわれていた、夜の十時過ぎに府庁に戻ってきた職員が、頬骨に青痣《あおあざ》を作っていたり、膝を擦り剝いていたりすることは、けっして珍しいことではなかった、室内では一番若い、入庁三年目の職員がワイシャツを泥と家畜の糞尿だらけに汚して、肋骨にひびまで入る怪我をしてきたときには、いくら人権意識の低かった当時だって警察に届け出れば、傷害罪で訴えることも可能だったはずだ。さすがにこの状況は看過できないと考えた室長は、鉄屑会社の社長に面談を申し入れた、一対一で会う、という条件付きで、社長は日時と場所を指定してきた、それはあの、毎夜対策会議の代表が集まる、夫婦者が営んでいる料理屋だった。

まず最初に、約束の時間よりも三十分も早く店に到着した室長を気落ちさせたのは、相手は一人ではないという事実だった、季節は春の、桜の花が散り切った後だったが、社長はまだ外が明るい内から、対策会議のメンバーと共に、酒を飲んでいたらしかった、顔は紅潮していたが、けっして酩酊していたわけではなかった、室長の姿を認めると、深く頷き、右手で大きな弧を描くようにして、自分の真向かいの座布団を指差した。「他人様《ひとさま》の土地を奪い取る計画を勝手に立てておきながら、詫びを入れるでもない、慈悲を乞うでもない。今の時代の、世の中の常識に照らして考えるのであれば、まずは然るべき地位に就いている万博の責任者、知事なり、大臣なりが、深々と頭を下げにくるのが、それが物事の順番ではないのか？」小上がりの八畳間は、漆喰《しっくい》の壁も、杉材の天井も、塗り重ねられた煙草の脂《やに》で飴色に変色していた、電球の光を柔らかに反射するその輝きは、高価な美術品のようでさえあった。今も部屋の中には紫煙の縞模様が見えたが、禿頭の村長も、同じように老い衰えた他の三人のメンバーも、まるでそれが仕事でもあるかのように、ひたすら煙草を吸い、煙を吐き続けているのだ。「鉄の結束なのだ。村人は全員が、怒りと、悲しみと、信頼の絆で結ばれている。貧しい田舎の百姓なのだから、食っていくことだけで精一杯で、人生に価値など見出せない連中なのだから、虐げられて当然なのだと思っているお前たちには、徹底して復讐してやる！　私たちが舐めてきたのと同じ辛酸を、お前たちにも舐めさせてやる！」鉄屑会社社長の話を、他のメンバーは黙って聞いていた、煙草を吸い続けてはいたが、視線は焦げ跡だらけの畳へ落とし、鈍痛に耐えているかのように眉間には深い皺を寄せて、顔は明らかに肝臓を病んだ人の黄土色で、四人ともこのまま気を失って倒れたとしてもおかしくはない、その様子に気づいた社長は、一瞬困惑した表情を浮かべたが、仲間を見捨てて振り払うように卓の端にあった台拭きを摑み取り、猪口《ちょこ》の上で、両手で強く絞った、泥水めいた灰色の雫が滴り落ちた、その盃を、社長は正面に差し出した。「侮るんじゃあないぞ、庶民を！」やはり知事からの指示の通り、借地契約など許してはならない、全面買収しかない……こいつらを金輪際、この土地から追い出さねばならない……敗北そのものよりも、敗北の後に来るものを恐れるが余り、事態を悪化させて失われずに済んだはずの命まで失わせてしまった分だけ、我々の罪は重いのだ……室長は盃を一気に飲み干し、そのまま座を立った。

ところが、その鉄の結束はある日を境に、あっけなく緩んでしまったのだ。三カ月後、大阪府は万博用地の買い取り価格を、一坪三・三平方メートル、一万九千五百円とすることを発表した。この頃にはまだ、建設省による全国主要地点の地価公示は始まっていなかったが、大阪市内の住宅造成地の実勢価格と比べてみても、一万九千五百円はかなり奮発した価格といえた。その上更に、公簿面積と実測面積の差、いわゆる縄延分《なわのび》として、坪当たり五千円を全区画一律で加算するという好条件まで提示した。大阪府の発表は新聞の小さな記事となり、ラジオのニュースでも読み上げられた。するとさっそく、その日の晩、万博事業室に一本の電話が入った。「日本万国博覧会に使う土地の、買い上げについて聞きたいのですが……」坪単価と条件面での確認、引き渡し時期の交渉可否などに関する、簡単な質問だった。電話の主は名乗らなかったが、千里地区の住民であることは間違いなかった。翌日以降も、日に二、三本ではあったが、現地住民からの問い合わせが続いた。明らかに地元では動揺が走っていた。自分が住んでいる襤褸《ぼろ》屋と畑を手放してさえしまえば、一生を費やしても稼げないような、四百万円もの大金が手に入る。それも危ない橋を渡って手に入れる、後ろめたい金ではない、お役所が三つ指ついて口座に振り込んでくれる、合法的な、綺麗な金なのだ。そんな幸運には、今までの人生で一度も巡り合わなかった……離反者が続出した。対策会議の通達に背いて、個別交渉に応じる住民が次々に現れたのだ。しかししょせんは行政が正式に告知する、公共事業用地の買収価格だ、後の時代の土地転がしのような、恣意的に、非常識なまでに釣り上げられた高額ではない、その程度の金でも目の前にちらつかされれば、あっさりと喰いついてしまう、鉄屑会社社長のいった通り、確かに彼らは今までずっと虐げられてきた、悲しい人々だったのかもしれない……もちろん住民の中には、もう一声《ひとこえ》上の価格を期待して、交渉を保留する者もいた。「どうせ今更、他の場所に会場を変更するなんてできっこない。粘れるだけ、粘ってみる価値はある」そういう欲深い連中に限って、当座の端《はし》た金の必要に迫られて、けっきょく交渉に応じてしまうものなのだ、約束の一年が過ぎる頃には、九割以上の地権者との買収交渉妥結の目処《めど》が立っていた。

最後に残ったのは会場用地南端部分に位置する、分譲住宅に住む、五十四戸の住民だった、彼らの多くは近隣の工場や公共施設、学校で働く勤め人で、わずか二年前に、他ならぬ大阪府が宅地分譲した土地を借金して買って、念願のマイホームを建てた、普通の人々だった。それがどうして同じ大阪府から、お前が住んでいる土地を明け渡して別の場所に移り住めなどと、一方的に命令されなければならないのか？　役所内での連携が不十分で、事前の調整がなされなかった皺寄せを、今になって自分たちに集めているだけなのではないか？　ほんのわずかな可能性としてでも、このような事態を予見できていたのであれば、自分たちに土地を売ることは中止すべきだったのではないか？　彼らの主張はもっともだった、知事も、万博事業室長も、もしも立場が違ったならば、彼らの考え方に同意していたかもしれない。農民たちとは違い、彼らは金では動かない人々だった、彼らの要求は金ではなく、いわば失われた時間を返して欲しいというものだった、理屈でいい負かすことはできない、手強い交渉相手であることも間違いなかった、時間をかけて、下心を持たずに誠実に、地道に説得を続ける以外に方法はなかったが、時間をかければかけた分だけ、互いの人生の時間は更に失われてしまうという、後悔を先取りして積み上げるかのような話し合いを、延々と繰り返さなければならなかった。冬になり、年が明けて、年度が改まっても、膠着状態は変わらなかった、たまたまその頃、吹田《すいた》市内にビール会社が所有していた五ヘクタール余りの土地を、公園用地として市が買い上げることになった、世論の反発は避け難かったが、この機を逃したら大阪での万博は本当に中止になり兼ねないと考えた万博事業室長は、知事に掛け合って、半ば強引に、ここを千里地区五十四戸の住民の転居先とすることを府議会に認めさせた。

それでも、用意されたその土地への引っ越しを受け容れた住民は、半分以下の、二十戸にも満たなかった、残りの住民は頑なに、木造平屋建ての、小さな我が家に住み続けた。更に一年が過ぎた、万博事業室の室長も、職員も、十歳も年老いたかのように疲弊し切っていた、万博にせよ、成田の飛行場にせよ、国が自由に個人の土地を取り上げることのできた時代はとうの昔に終わったのだと、自嘲気味に語る者もいた。これ以上の前進は諦めていたが、住民も同様に参っていた、春になり、梅の白い花を見れば見たで、来年の同じ季節に自分はどこにいるのか、何をしているのかも分からないような、緊張を強いられる生活には、人間はそう長く耐えられるものではない、毎月何組かの家族が、きょうだいや親戚の伝手を頼って、この土地を離れていった。最後に一軒だけ残ったのは、独身の、地元の中学校の美術教師だったが、大阪府の職員も、もはやこの家に説得に訪れることはしなかった、それは敗北を確信していながらそれでも自分の信じるところを貫く相手への、せめてもの敬意だった。それからもう一年待ったが、美術教師からの転居了解の連絡はなく、やむなく土地収用法に定められた、強制収用を執行した、足掛け四年に及んだ万博用地の買収は完了した。

その日、少年が目を覚ましたとき、まだ夜は明けていなかった、家族も皆、静かに寝ていた、しかしその静寂の向こう側からかすかに聞こえてくる、たぶんスズメやシジュウカラだろう、鳥の鳴き声に、日の出が近いことは察せられた、少年は布団に入ったまま、天井の常夜灯を見つめた、橙色の小さな光は、早く起き上がって外に出てみるよう彼に促していた、寝間着のまま素足にサンダルを履いて、大それた悪事でも働いているかのように、慎重にねじ鍵を回し、少しずつ玄関の引き戸を開けて、抜き足で家の前の通りまで歩み出た。四月の終わりの日曜日だった、風は吹いていなかったが、息を吐けば白く残るほどの空気の冷たさだった、頭上には二つの大きな星が交互に点滅していた、南の空には作り物めいた黄色い三日月が浮かんでいた、もうしばらくは真夜中が続くようにも思われたが、鳥たちは確信を込めて、より一層大きな声で騒ぎ始めた、するとそれに応えたわけでもないのだろうが、正面の、東側に広がる雑木林の輪郭が白く縁取られて、白から青、青から紫、紫からピンクへと、見る見る内に色を変えたのだ。その変化には裏で人間が操作しているかのような、どこか演出めいたわざとらしさがあった、だがこれから少年が歩む長い人生においては、何度かは、夢とも見紛うそうした奇跡を目にすることだってあるのかもしれない、赤々と染まった東の空の、その中央の小さな一点となって、太陽は現れた、光は白く冷たく、弱々しく、じっと見つめていても目が痛くなることはなかった、少年はもう七歳だったが、肉眼で夜明けを見るのは、このときが生まれて初めてだった。

同じ日の昼の飛行機で、少年は父親と大阪へ向かうことになっていた、一学年上の、近所の遊び友達からは、大阪万博を見てきたという自慢話を飽きるほど聞かされていたが、いよいよ少年にも万博見物に行く機会が巡ってきたのだ。幼い弟と母親は留守番だった、少年の家はけっして裕福ではなかったが、かといって月末の食費を削らねばならないほど貧しくもなかった、父親は生命保険会社に勤めるサラリーマンだった、自家用車は持っていなかったが、千葉県内の戸建て３ＤＫの社宅には、カラーテレビも、真新しい二槽式の電気洗濯機もあった、それでも片道六千八百円の羽田発伊丹行きの航空券を四枚も買うことは諦めねばならなかった、当時の日本の中流家庭の暮らし振りというのはそういうものだったのだ。浜松町まで出て、そこからモノレールに乗り換えて羽田空港へ向かったのだが、普段乗り慣れた在来線とははっきりと違う、パンタグラフのない細身の車輛の内部に、プラスチック製の椅子が入り組んで配置された、海上に渡された高架をゴム製のタイヤで滑らかに走るこの乗り物からして、七歳の少年にとってみれば、追体験のための旅が既に始まっていた、それはテレビの映像や新聞の写真、子供雑誌のイラストでのみ見たことがある乗り物や建物が本当に存在することを、自らの目で確かめるという作業に他ならなかったわけだが、もちろんその実在を疑ってなどはいなくとも、ホームに入線してくるモノレールの先頭車輌が、赤と白に塗り分けられた、写真でよく見知った通りであることが分かることによって、その感動は何倍にも膨らむのだった。それは飛行機にしても同じことだった、少年はまだ一度も飛行機に乗ったことはなかった、しかし今更飛行機に乗って大阪へ行っただなんて、学校の友達に話したところで驚かれやしない、少年の両親だって新婚旅行の宮崎へはプロペラ機に乗って行った、もうとっくにそういう時代だった、この年から国内線にも就航したDC8《ディーシーエイト》の大きな機体が目の前に現れても、ジャンボジェットに比べれば胴体がずんぐりとしている上にどこか古めかしくさえ見える、生意気にもそんな印象すら持ったのだ。それなのに窓側の座席に深々と身を沈めて、シートベルトのアルミ製のバックルをわざわざ大袈裟な音を立てて閉めた瞬間、目の前の視界の色調が青白く変わった、少年は不安に囚われてしまった、滑走路を走る車輪がわずかな段差を越えるたび、その振動は直に尻を突き上げてきた、どこか不具合でもあるのではないかと疑いたくなるほどの、金切り声めいたモーター音が客席じゅうに響き渡ると、乗客のみならずスチュワーデスまでもが、緊張した面持ちできつく身体を座席に縛り付けた、急な角度で離陸するなり機体は左に大きく傾き、少年は思わず父親の腕にしがみ付いた。「ほら、窓の外。東京湾が見える」海はまたしても人工的で単調な、百貨店の包装紙めいた藍色だった、春の午後の日射しを浴びた海面には無数の三日月形の白波が浮かび、その中を進む一隻の漁船が見えた、しかしこの景色は明らかにおかしかった、漁船も、白波も、湾岸に長く延びる直線道路を走るトラックやバスも、工場の煙突から吐き出される黒灰色の煙も、全てが時間が止まったかのように、固まったまま動かなかった。「飛行機が時速何百キロという、物凄い速さで動いているから、遠く離れた地上のものは皆、静止しているように見える」父親の説明にも納得はできなかった、そもそも見ている側のこちらの視点は凄まじいスピードどころか、こんなにもゆっくりと移動しているじゃあないか？　そう、じっさいに乗ってみて初めて分かったが、飛行機とは焦れったいぐらいに少しずつ、悠長に、のんびりと進む乗り物だったのだ、ところがこのときでさえ少年は、不思議な既視感を覚えていた、夢の中で見た光景などという借り物の説明では足りない、薄々気持ちのどこかでそうなのではないかと思っていた通りのことが、現実に、次々と起こり続けていた。

大阪に到着すると、ちょくせつ万博会場には向かわず、宿泊するホテルに荷物を置きに行った。木目調の壁に囲まれた、ずいぶんと薄暗い感じのするエレベーターは、停止するたびに宿泊客が乗り込んできて、身体と身体が密着するほどの混雑だった、全員が押し黙り、ときおり後ろめたげな、短く途切れる囁き声だけが聞こえた。少年の前にはアメリカ人の男が立っていた、もちろん本当に米国籍かどうかなど分からない、外国人の本物を見ることじたい初めてなのだ、年齢は少年の父親と同じか少し下ぐらいだろうか、光沢のある茶色いズボンを穿き、シャツはカウボーイが着るような鮮やかなブルー、口の周りと顎には縮れた髭を蓄えていたのだが、容姿はともかく、この男は途轍もなく大きかった！　背丈はエレベーターの天井に頭をぶつけるのではないかと心配になるほど高く、腰回りも日本人の大人二人分はあろうという太さだった、この男こそ大男、巨人と呼ぶに相応しい！　まさかとは思うがサンフランシスコに行って街を歩けば、こんな巨漢と一日に何度もすれ違うのだろうか？　二十年後の、大人になった自分は、奴らから向けられた視線を逸らさぬだけの体格と自信を得ているのだろうか？　ようやくロビー階に到着してドアが開き、詰め込まれた宿泊客が一斉に解き放たれた、皆が並んでカーペットの廊下を歩き始めたところで、あろうことか、アメリカ人は腰を曲げ、頭を深々と下げて、少年の父親に話しかけてきたのだ。「ターン、ライト！」父親はその方向に右手を差し出しながら、不自然なまでにはっきりとした発音で応じた、勝ち誇っているかのような甲高い声だった、後にも先にもこのときほど強く、少年が父親に尊敬の念を抱いたことはなかった。じっさいには中之島のビル街や万博会場へと向かう阪急電車の車内でちらほらと見かけた欧米人観光客のいずれもが、必ずしも驚かされるほどの大柄ではなかった、それどころか日本人の成人男性の体格とさして違いはないようにさえ感じられたのだから、ホテルで出会ったあの縮れた髭の巨人は、アメリカンフットボールの選手か、もしくはファンが見つけたならば握手を求めて走り寄るような、有名なプロレスラーだったのかもしれない。しかしそんなことより、万国博西口駅に近づき速度を緩めた電車の窓越しに、少年誌の特集に載っていた写真から想像していたのよりも遥かに高く、鋭く、急角度で聳え立つ、尖塔の頂点には金色の鎌とハンマーの国章が輝くソ連館の、赤く塗装された正面ではなく真っ白な背面が見えた瞬間、七歳の子供であれば無理からぬことではあるが、それまでのいっさいを忘れさせる問答無用の強引さで、少年の興味と期待はこれから訪れる非日常的空間へと惹き付けられてしまったのだ。

大阪万博の開会式はそれより一月半前、敦賀《つるが》原発一号機が営業運転を開始したのと同じ、三月十四日土曜日に行われた、前日の金曜日にはこれで通算五回目となる、全ての式次第を通しで実演するリハーサルが予定されていたのだが、この日の大阪地方は早朝から、台湾付近に発生した低気圧の影響でシベリアの寒波が西日本一帯に流れ込み、三月半ばとは思えぬ酷寒に見舞われていた、最低気温は零度に迫り、日中もそこからほとんど上昇しなかった、更に昼過ぎからは粉雪がちらつき始め、やがてそれは重々しい雪片の降り注ぐ牡丹雪《ぼたんゆき》へと変わった。午後四時二十分には大阪、京都、奈良の三府県に大雪注意報が発令された、会場内を周回するモノレールの軌道に氷結が付着したため、自動列車制御装置が作動し、六台の車輌が駅間で立ち往生してしまった、仕方がないといえば仕方がないのだろうが、春季から夏季にかけての開催を前提としているイベントなので、降雪対策は講じられていなかった、翌日の開会式では天皇皇后両陛下、皇太子夫妻、総理大臣、万博協会会長が着席することになるロイヤルボックス付近にも、お祭り広場を覆う大屋根の中央やや南寄りに開けられた直径五十四メートルの大穴から、雪が吹き込んでいた、積もった雪は職員がシャベルで掻き出さねばならなかった。前日の突貫作業で何とか開幕までに間に合わせようと考えていた諸々の準備も、積雪のために滞ってしまった、カナダ館の中庭には十文字形に造型されたプールが掘られ、十九世紀にバンクーバーへ輸出された新潟県産の錦鯉の子孫、五十匹がそこで泳ぎ回るという演出が施されたのだが、道路の渋滞で予定の時間を六時間過ぎても錦鯉を積んだトラックは到着しなかった、大阪万博では会場案内に当たる女性スタッフのことを、アテンダントでもコンパニオンでもなく、キャバレーの女性給仕と同じくホステスと呼び、当時の日本人はその呼び方に疑問すら感じていなかったようなのだが、カナダ人のそのホステスの一人は、北米の雪に比べて日本の雪は湿気を含んでいる分重く、粘り気があり、冷たく不快に感じられると漏らした。エチオピア館ではツクールと呼ばれる、同国南部に伝わる、竹を丸く編み上げて造る独特の工法の民家が二棟、入り口の前に設置される予定だったのだが、このためだけに遥々《はるばる》現地からやってきた十一人の職工は、雪の冷たさに可哀想なほど動揺し、頭まで毛布を被ったまま座り込んで動けず、民家の展示は断念せざるを得なかった。かと思うと、道路を挟んだ斜向かいのインターナショナル・プレス内にあるガーナ館では、民族舞踊団のダンサーとして来日した、日本であれば小学校に通っているであろう年頃の、皆お揃いの朱色のオーバーコートを着た子供たちが、生まれて初めて体験する雪に大喜びで、降りしきる雪片の中を両手を広げて走り回り、その味を確かめようと空に向かって大きく口を開き、舌を突き出していた。

降雪によって大小さまざまな、傍から見ればそれが欠けたところで大した不都合があるとも思えない、どこか微笑ましくさえ感じられる、しかし当事者にとっては人生を左右するほどに深刻な、今すぐ対応策を捻り出し行動に移さねばならない事態が会場内のあちらこちらで発生していたが、開会式前日の、最後の仕上げとなる五回目の総合リハーサルは予定通り行うと、万博協会本部は関係各所に通達した。午後の一時三十分には出演者二千五百六十六人がそれぞれに割り振られた持ち場に就き、本番さながらに、元子爵の指揮者が編曲したという雅楽「越天楽《えてんらく》」の、NHK交響楽団による仰々しい演奏で、前日リハーサルは始まった。ロイヤルボックス内では職員が貴賓の代役を務めていたが、前経団連会長でもある万博協会会長だけは本人が、リハーサルの冒頭から参加していた。前回開催国カナダの、この日の大阪上空の雪雲を思わせる紫灰色のコスチュームに身を包んだ長身のホステスが四人、ステージの中央のマイクの前まで進み、「グッド・モーニング」「ボンジュール」と、英語とフランス語の二カ国語で挨拶をしたのだが、その立ち居振る舞いは見るからにだらけていた、隣のホステスと何やら早口で囁き合いながら、大股で踵を引きずるように歩き、挨拶が終わるとロイヤルボックスに向かって小馬鹿にしたような笑みさえ浮かべたのだ。続く韓国のホステスも、アメリカのホステスも、同じように気怠《けだる》そうだった、口角を上げてはいても両目は笑っていなかった、両肘をくねらせながら尻を振り振り歩く様子はふざけているようでもあったので、彼女たちの背後で一糸乱れぬ隊列を組み、身長の倍以上もの高さの国旗を垂直に掲げ持つ、日本人警備員の今にも泣き出しそうな、悲壮な表情との対比が、連合国軍占領下の屈辱的な記憶をさえも呼び醒まし兼ねなかったのだが、そのこと以上に許し難く不愉快だったのは、異星人めいた不気味な顔から蛸《たこ》の触手を四方八方に生やした、どんな説明が付されたところで不吉な印象は免れ得ない、あの「黒い太陽」と呼ばれる巨大なレリーフが、というよりも要するに太陽の塔の臀部が、よりによってロイヤルボックスの真上に位置していることだった！　明日の開会式ではご着席されている天皇陛下の頭上に、黒い蛸の化け物が大写しになって、何と恥ずかしいことに全世界に生中継されてしまうのだ！　忌ま忌ましい、狂った芸術家がこんな馬鹿でかいモニュメントさえ建てなければ、屋根にだって大穴を開けずに済んだのに……その穴から引っ切り無しに吹き込む雪粒が、来賓席を水浸しにしている……それでも万博協会会長は努めて感情を表面に出すことは控えた、今ここで声を荒らげてしまえば、五年半の長きに亘って延べ一万人以上の関係者が神経と時間を擦り減らしながらようやく実現に漕ぎ着けた明日の開会式を、会長である自分だけが晴れ晴れとした達成感からは程遠い、心拍がちょくせつ耳の鼓膜を打ち続ける、苛立たしい緊張の中で迎えねばならなくなる……そのとき一瞬、会長の視界の隅に、一人の老人の姿が入った、見てはならないものを見てしまったような気がして、会長は慌てて視線を逸らした、しかしまさかそんなはずもあるまいと思い直し、もう一度恐る恐る振り返ると、雪の舞うなか傘も差さず、黄土色のギャバジン生地のコートの胸に点々と沁みを作りながら観覧席の最前列に一人立つ、無造作に後ろに撫で付けた銀髪、骨が浮き出るほど痩せこけた両頬と首筋、そして外国人ホステスの長い足が目の前を通り過ぎていくのをぼんやりと見遣る、ぎょろりとした大きな目玉は紛れもなく、当時の日本人では唯一の、ノーベル文学賞作家その人だった。なぜ作家がこんな時間の、こんな場所にいるのか？　明日の開会式にはもちろん招待されている、ロイヤルボックスのすぐ隣の席を用意された賓客なのだから、前日のリハーサルを見学に来ていても不思議はない。だが会長が驚いたのは、その佇まいの、いまにも消え入りそうな線の細さだった、歴史に名を残す文学者の威厳など露ほども感じられない、褒賞だらけの無様《ぶざま》な人生が一日でも早く終わってくれることだけを待ち望む、投げ遣りで弱々しげな、末期の眼差しだった。付き添いもなくたった一人で、次の瞬間にも地面に崩れ落ちそうな筋肉の削げ落ちた身体を、一本の杖で支えてかろうじて持ち堪《こた》えている、風が吹き上げてコートの裾が捲《まく》れ返り腰と下半身が露わになってしまうと、その立ち姿はステージ上で警備員が掲げている旗竿と変わりがなかった。

開会式翌日の日曜日の朝から、万博会場は一般の観客にも公開された、物珍しさもあり、初日は少なくとも五十万人、多ければ七十万人近くが押し寄せるだろうと見込まれていた、入場できない観客が騒ぎを起こした場合に備えて、中央口付近には機動隊まで待機していたのだが、じっさいのこの日の入場者数は、予想の半分の、二十七万人ほどに留まった、開会二日目の月曜日の入場者数は更に大きく減って、たったの十六万人だった。さすがに万博開幕がその原因というわけでもないのだろうが、仲春《ちゆうしゆん》らしく、徐々に温暖な気候の日が増えていくという気象台の予報に反して、この年の三月下旬は真冬に逆戻りしたかのような、朝晩は道路の水たまりに薄氷が張るほど冷え込み、日中も墨色の雲が垂れ込めてほとんど日の射す時間帯のない、ときおり小さな雪粒さえちらつく、遠出しようという旅行者たちの気持ちを挫けさせる天候ばかりが続いた。だが地球が公転し、上空の大気が循環している限り、どんな異常気象だって永遠に続くことなどあり得ない、四月に入ると、相変わらず曇りや雨の日は多かったものの気温は平年並みに戻り、重苦しいオーバーを着込まずとも屋外で長い時間を過ごせる陽気になった、その暖かさに促されるようにして、万博の来場者数も日に日に増え続けた。しかし小中学校の春休みが終わり、新学期が始まってしまえば、家族連れの足も遠のくだろう、再び会場内が閑散とする事態が危惧されたが、不思議なことに一日当たり二十万人から三十万人の来場者数は維持されていた、開幕直後のような大きな落ち込みは起こらなかった。遅ればせながらようやくこの頃からマスコミも万博を積極的に取り上げ始め、在京の民放テレビ局が外国パビリオンを紹介する二時間半の特番を日曜日の午後に組んだことや、ジオラマという言葉はこの頃はまだ一般的ではなかったが、「組立て万国博大パノラマ」と名付けられた厚紙で作る万博会場のミニチュア模型が学習雑誌の付録になったことで、当時の子供たちの興味と憧れが掻き立てられて、自分も大阪へ連れて行ってくれと両親にせがんだことも大きかったのだが、新学期が始まっても来客数が減少しなかった本当の理由はそれだけではなかった、日本全国の多くの小学校で、万博見学が理由であれば児童の欠席は容認されていたからだった。文部省から明文化された通達があったわけではないのだが、幼少期の子供を公園の砂場で遊ばせることの効用を説いた新書のベストセラーを持つ教育評論家が、テレビの討論会でこんな発言をした。「子供たちが深緑色の黒板を眺めて過ごす何時間かを、樹氷のように美しいスイス館の建築を見上げる時間や、せんい館の真っ赤などぎつい内装に前後左右を囲まれる不穏な時間と置き換えることができるならば、その方がどれほど彼ら彼女らの精神の成長に有効なことか、後々の人生を彩り豊かに変えることか、考えてもごらんなさい」素朴なまでに従順で無知だった小学校の教師たちは、この言葉を真に受けてしまった、子供たちは堂々と学校を休んで、家族と一緒に万博を見に行くことが許されるようになった、千葉県からやってきた七歳の少年と父親も、全国に何十万人もいたであろう、そうした親子連れの中の一組だった。

真新しい縞模様のニットのシャツに半ズボンを穿いた少年と、一張羅《いっちょうら》のスーツ姿の父親は、混雑する中央口は避けて西口から入場することにした。少年はこの半年間、大事に抽斗《ひきだし》にしまって、指紋を付けぬよう手も触れぬまま眺めてきた、花弁のようでもありヒトデのようでもある、奇妙な形のホログラムが描かれた入場券を鞄から取り出し、男《おとこ》物《もの》のような水色の開襟シャツを着た、受付の若い女に手渡した、すると女は父親の分と重ねて二枚をいっぺんに、一瞥もせず無造作に引きちぎってしまった。ほとんど反射的に、少年の胸に激しい憎悪が込み上げた、他人の気持ちを理解できないこの馬鹿女は、ほどなく醜く老いて、一人寂しく死んでいくに違いない、それは彼女の積み重ねてきた愚かな行為に対する当然の報いなのだ……しかし、ここでそんな不愉快な感情に飲み込まれては全てが台無しになってしまう、父親に促されて入場ゲートをくぐり、高架橋をエキスポ大通りに向かって直進した少年の目の前に広がっていたのは正しく、厚紙を折り曲げて作った掌大のミニチュアが、どこか中途半端な倍率で等身大に突如姿を変えて、整然と配置し直された光景だった、右手には電気釜の蓋を被せた形にそっくりの、パビリオン全体が企業のシンボルカラーの橙色に統一された日立グループ館があり、その入り口となる四十メートルもの長さの空中エスカレーターの前には、順番待ちの観客が並んでいる、背後には濃紺から青緑、黄緑から黄色へと変化するグラデーションの綺麗なみどり館の半円型ドーム、そして天平時代、東大寺大仏殿前に建立されたと伝えられる七重の塔を再現した、聳え立つ樅《もみ》の木のような古河パビリオンも見える、通りを挟んだ左手にはジャンク船を模して屋根の上に十四本の大きなマストを立てた、当時はまだ英国領だった香港館があったのだが、それらの建築物は何れも、ブラウン管に映し出された映像と、子供雑誌の特集記事で見た写真の実物として現れた、それまでは単なる知識もしくは又聞きの情報でしかなかったものが、その瞬間に現実の、手を伸ばせば直に触れて、表面の冷たい凹凸《おうとつ》を感じることだってできる経験へと置き換わったのだ。近代以降に生きる人間は追体験にのみ感動する、だからこそ、このときの少年も唸り声を上げて歓喜した、まだ知らぬはずの性的な歓びとも見紛う興奮だった、ところが本当をいえば少年は同時に、大人とは異なる洞察によって、かすかな違和感も覚えていた、どの建物を見ても重みが感じられない、鉄骨やセメントを使って築き上げているとはとうてい思えない、もちろん資材の問題ではないのだろうが、しょせんは仮初《かりそ》めと割り切っているかのような、舞台装置めいた軽さ、嘘臭さが、この空間のそこかしこに漂っている……しかしむしろ、その嘘臭さこそが現実なのかもしれない、大人たちが完成させつつある世界、未来の世界なのかもしれない……矛盾はときとして、抗し難い魔力を帯びているように見えるものだ、少年はまっすぐにお祭り広場まで延びる、エキスポ大通りを睨んでいた、街路樹として植えられたマロニエはまだ幼く、ひょろひょろと細く貧相で、ここを往き交う何千もの観客を照りつける強い日差しから守ることなどとうてい不可能なように思われたが、アスファルトで舗装された濃紺の道路は触れれば火傷《やけど》するほどの高熱を湛えて、圧倒的な存在感を誇示していた、どこを探しても継ぎ目など見当たらない、一枚岩のような平面には点々と微細なガラス粒が埋め込まれていて、反射した無数の光線が、この会場に足を踏み入れたばかりの観客の両目を射抜いて驚かすのだ。

親子が万博を訪れたこの日の大阪の天候は曇りときどき晴れ、日中の最高気温は二十三度、最小湿度は四十五パーセントで、絶好の、とまではいい難いが、行楽日和であることに異論は挟ませないような好天だった、この日は日曜日だったので入場者数も三十五万人が見込まれていたが、既に午後三時の時点でほぼ同数が来場していた。この時代の日本人にはまだ、多くの人間が集まる場所ならば、そこにはきっと金と労力を費やして、多少の犠牲を払ってでもじっさいに訪れるだけの価値があるに違いないと、自ら進んで信じ込むような無邪気さが残っていた、仕組まれた罠だと薄々感づいていながら敢えてそれに嵌まって、苦笑しながら嘆いてみせるだけの時間的な余裕もあった、アメリカ館やソ連館といった人気パビリオンの前では、入館まで二時間から三時間待ちの長蛇の列が作られていた、西口から入ってすぐの場所にある英国館も覗いてはみたが、床下に灯された照明がわずかに足元を照らすばかりで、館内はお化け屋敷のように真っ暗で、ようやくその暗さに目が慣れてきて周囲を見回すと、やはりここも日本人の観客同士、肩と肩が触れ合わんばかりの混雑であることが分かるのだった。「比較的空いているパビリオンから先に回って時間を潰して、頃合いを見計らって、アメリカ館の月の石を見に行くより他に仕方がないだろう」人の流れから逃れるように、親子は脇道へと逸れた、そしてそのまま奇《き》を衒《てら》ったところのまるでない、斜めに渡した鉄骨の隙間を白壁で埋めてスレート葺《ぶ》きの屋根を被せただけの、どことなく田舎の公民館めいた建物へと入ってしまった。館内は水蒸気のような、柔らかな自然光で満たされていた、二階まで吹き抜けになっている広々としたホールの奥まった場所には、バロック様式の微細な装飾の施された祭壇と、二脚の古びた椅子が置かれているばかりで、展示物の少なさによって、大国による略奪が繰り返されたこの国の歴史と、今なお続く国民の食うや食わずの貧しい生活を訴えかけてきているようで、見ているこちらが物悲しい気分にさせられるのだが、よくよく見てみれば、祭壇も、二脚の椅子も、表面は全て金で、いくらか腐食が進んでくすんではいるが紛れもない本物の金箔で覆われているのだった。「ようこそ、コロンビア館へ」胸元が大きく開いた黄色いドレスを着た、背丈はそれほど高くはない、長い髪を二つに結んだ浅黒い肌の女が、いきなり少年の右手を握った、外国人の発した日本語に虚を衝かれてのけぞり、恥ずかしがって後退《あとずさ》ろうとする少年の手を女は放さず、それどころか大人の強い力で引き寄せて、開いた手のひらに赤いマジックペンで、螺旋を描く筆記体の文字を書き込んでしまった。「私の、名前」それはまるで、年配の女医が痛みを感じる暇も与えぬほど素早く予防注射を済ませるときのような、一瞬の出来事だった。館内にまばらに散っていた観客は、頰を紅潮させた少年からは視線を逸らしてくれていた、皆堅く口を結んだまま、分かり切った事実を言葉にすることは互いに禁じ合っているかのようでもあった。

訪れた先々のパビリオンで、少年は外国人ホステスにサインをねだった、彼女たちは自国の民族衣装を現代風に、細身にデザインし直したり、帽子からブーツまで、宇宙服のような分厚い弾力性のある素材で揃えて全身を包み込んだり、国旗と同じ配色で合成繊維を縫い合わせたりした、それぞれに趣向を凝らしたコスチュームを纏っていたが、それらはお洒落とか、未来的というよりは奇抜、もっと忌憚《きたん》なくいわせて貰うのであれば滑稽、道化、そう表現せざるを得ないほど、やり過ぎの感が強いものが大半だった。メインゲートとなる中央口近くの、お祭り広場に隣接する位置にあったフランス館で出迎えてくれた、アルミ箔めいた光沢を持つ生地を大胆に裁断して作られた、しかしどう見てもサイズの大き過ぎるエプロンのようにしか思えないコスチュームを着た、金髪碧眼のフランス人ホステスにも、透かさず少年はサインを頼んだ、持参した学習帳の白紙のページを開いて、ここに名前を書いて欲しいと、身振り手振りで伝えたのだ。後から考えてみれば恥ずかしくて堪らない、こうした振る舞いに及んだ日本人は、もちろんこの少年に限らなかった、大人も子供も年齢に関係なく、男女を問わず多くの万博見物客が、外国人ホステスを見つけるやいなや近寄っていって握手を交わしたり、サインをせがんだり、記念撮影と称して一緒に並んで写真に収まって貰ったりしていた、まるで銀幕のスターのような扱いだった。それにしても当時の日本ではまだそれほどまでに、外国人が珍しかったのだろうか？　それともやはり、我々の気持ちの奥底の卑屈さ、劣等感と結びついた、欧米的な美意識への服従だったのだろうか？　ホステスという呼称が示唆していたような、淫らな性的な妄想が、外国人ホステスの、大柄で健康そのものの肉体へと向かうよう、日本人を駆り立てていたという可能性は考えられないだろうか？　一つだけ確かなことは、少なくとも当時の子供たち、男の子たちに関する限り、そうした奇天烈なコスチュームを装着したホステスたちから連想したものは、大人たちとは異なっていた、大手の映画会社が毎年夏冬春の年三回、子供向けの興行として低予算で制作していた怪獣映画や、毎週日曜の晩に民放で放映されていた特撮テレビ番組に登場する、なぜだか人間の言葉を、それも日本語を話す異星人の着ぐるみの背中のファスナーや、いわゆる「地球防衛軍」に紅一点として入隊を許された女性隊員の、胸の膨らみや臀部の線、脇腹の脂肪までもがくっきりと浮き出てしまうほど胴体に密着させた、青灰色のビニール製の衣装を見るときの、あの気不味《きまず》さを、思い出さなかった者はいないということだ。

ホステスに導かれるがまま、親子は展示館の内部へと進んだ、薄暗い通路の両側には、人形《ひとがた》に刳《く》り貫《ぬ》いた樹脂製の板が並べられていたが、それらはじっさいの人間の関節とは異なる、胸部や大腿部といった不自然な箇所で彎曲《わんきょく》させられていたために、見る者に徒らな不安を与えた、その上中央のホールでは、紫色の肌をした、切れ長の瞳に団子鼻の付いた大きな面が暗がりに浮かび上がり、恐らくこれはシャンソンなのだろうが、長い時間聴いている気にはとてもなれない陰気なメロディーを小声で口ずさみ続けていたのだ。「こんな顔が美形と見做されているのかしら？」「ヨーロッパの亡霊に呪われているみたいだな」こうした薄気味の悪い、作り手の自己満足としか思えない展示は、子供にとってはもちろん、大人にとってもとうてい楽しめるものではなかった、観客を喜ばせたのは、日本人はまだ誰も実物を見たことのなかった、先端が鳥の嘴《くちばし》のように折れ曲がることから、フランス語で鶴を意味する名称が付いたとまことしやかに信じられていた、英仏で共同開発された超音速旅客機コンコルドの、全長四メートルを超える真鍮製の模型であったり、どうしてこんなに何枚もの小皿に分けてちまちまと配膳するのか、お子様ランチのように、一枚の大皿に纏めて盛れば済む話ではないのかと農協主催の万博見学ツアー客が訝しんだ、生まれて初めて食べるフランス料理だった。核の平和利用の模範例として、原子力発電が盛んに持《も》て囃《はや》されていた当時のことだから、フランス国内で建設中だった高速増殖炉フェニックスの、原子炉内を巡るナトリウムを順番に点滅していく赤い豆電球によって表現した、中学校の理科室に置いてありそうな模型でさえも此れ見よがしに飾られていたのだが、申し訳ないがこの分野に限っては、日本だってけっして負けてはいなかったのだ。「国策民営」会社として設立された日本原電が運営していた東海発電所では、黒鉛減速ガス冷却炉がこれよりも四年前から稼働していたし、その後世界の原子力発電の主流方式となる軽水炉を備えた敦賀原発一号機も、大阪万博開催に間に合うよう、工事着工からわずか四年で建設して、わざわざ開会式と同日の三月十四日に営業運転を開始していた。そう！ 二つの日付は偶然重なったわけではない、明確な目論見があったのだ！ そしてじっさいに、原子力によって起こされた電力は、福井から百四十キロ離れた千里丘陵へと送られ、お祭り広場に設置された電光掲示板に、黄色い文字をぼんやりと浮かび上がらせた、開会式に参列していた全員が、その瞬間を目撃したのだ。因みに万博が開催された年の、日本の下水道普及率は十六パーセントだった、つまり当時この国ではまだ、十軒中八軒の家の便所が汲み取り式だったわけだが、毎日汲み取り便所で用を足しているその同じ人間が、原子力発電所を設計し、建設し始めた、その事実の重さにくらくらと目眩《めまい》がする、便所の水洗化と排水設備の設置は後回しにしてでも、世界最先端の原発技術の導入は優先された、けっきょく我々は、背に腹はかえられないと思い込まされて順番を入れ替えた！ 以降何百年も続く災厄の種を蒔くために、このときから血税を使い始めてしまったということではないか！

税金の使い道ということでいえば、大阪万博の日本館には、リニアモーターカーの模型も展示されていた。車体を磁力によって浮上させることで、時速五百キロもの高速での走行が可能となり、東京〜大阪間をわずか一時間で結ぶというこの未来の乗り物はその後、半世紀にも亘って数千億から一兆円ともいわれる開発費用が公的資金から投入されながら、いつまで待っても具体的な実用化の目処は立たず、こんな乗り物など誰も必要としない、飛行機と新幹線という移動手段があるのだから、もうそれで十分ではないかと思われ始めてしまうわけだが、それでもこの、日本館四号館の中央に設置された直径十八メートルの周回軌道を滑らかに、それでいて意外な、もたもたとしたスピードで走り続ける、運転席の二つの紺色の窓が爬虫類《はちゅうるい》の目のようで愛らしくさえ見える、白い流線型の三輌編成の模型は、この日万博を訪れた七歳の少年に、自分がいずれ大人として生きる人生と、それを取り巻く時代は、睡眠の如く穏やかで満ち足りたものになるだろうと確信させるにじゅうぶんだった、米ソの冷戦はほどなく終結する、世界は一つの国家に統合されて、人類の月への移住も本格的に始まるだろう、月には無尽蔵の地下資源が埋まっているのだそうだから、動力源を石油や石炭などの化石燃料に頼る必要もなくなる、大気も、土壌も、水も浄化されて、公害病も伝染病も根絶される、癌の治療薬も開発されて、人間の平均寿命は百歳を超え、百五十歳にまで迫ることだろう……そんな都合のよい変化ばかりが起こるとは思えない、思えないからこそ、それは予見に対する裏切りとして、現実として、時間の延長線上できっと我々を待ち受けているはずなのだ……救い出し難いほどに彼もまた、あたかも自分たちは特別な強運に守られているかのような、何ら根拠のないまま楽観的な将来像を思い描くことができた、最後の幸福な世代の一員なのだった。ちょうどそのとき、リニアモーターカーの模型に群がる人混みの中で、少年は一人の若者とすれ違った、ほんの一瞬目が合い、蒸し暑い室内なのに防寒用の茶色いジャンパーを着込み、大きなショルダーバッグを胸に抱えているのを少し奇異に感じただけで、さして気にも留めず、そのまま父親に手を引かれて、壁一面の大スクリーンで映画が上映されている五号館に移動してしまった。若者の方は日本館を出て、東大通り《ひがしおおどおり》を進み、お祭り広場へと向かった、日は既に傾きつつあったが、テーマ館の周りは幾重にも広がる人間の輪で取り囲まれていた、歩けるようになったばかりの幼児から、制帽を被った中学生たち、和服姿の老婆まで、日本人も、外国人も、老若男女、種々雑多な、今日という特別な一日を味わい尽くそうとする物見遊山の集まりだった、若者も大人しく、従順にその人々の輪に加わって、入館を許されるまでの長い時間を待った。

テーマ館の地下には「過去―根源の世界」と題された、蛋白質やデオキシリボ核酸の分子模型、受精卵を模した半球型の多面体スクリーン、旧石器時代の洞窟住居、マンモスの亡骸《なきがら》、棍棒《こんぼう》や槍、縄などの狩猟道具、細い煙の棚引く焚き火跡、日本国内のみならずミクロネシア、アフリカ、中南米からも寄せ集められた五百五十点余りの仮面が、順不同のまま、雑然と、支離滅裂に並べられた広場があった。そこから奥に進み、内壁には死者たちの手形が無数に残る、暗いトンネルを抜けると、いきなり視界が開けて、観客は真っ赤な炎熱の光に包まれる、海底溶岩のような赤みを帯びた大地にはウミユリが生い茂り、ポリプが仄光《ほのひか》る触手を伸ばしている、一千倍に拡大された鞭毛虫《べんもうちゆう》と半透明のアメーバが蠢《うごめ》くその真ん中に、太陽の塔内部に張り巡らされた、三十八億年の生物進化を辿るオブジェ、「生命の樹」が聳え立っている。図太い幹のすぐ脇には、怪しくピンク色に発光するクラゲと太陽虫が、実寸など無視した同じ大きさとなって、仲良く並んで浮かんでいる。それらの原生類時代の生物を右手に眺めながら最初のエスカレーターに乗ると、次に観客は、群れを成して幹にへばりついているグロテスクな三葉虫と、そこからほとんど真横に突き出した橙色の枝の上に並ぶ、思わず床屋の三色サインポールを連想してしまう、赤白青に彩色されたカラフルな巻貝、アンモナイト、鋏《はさみ》状の前肢を掲げたサソリ、烏賊《いか》類の祖先なのであろうキルトセラスデクリオやオルトセラスペルキドウムといった、三葉虫時代の生物と会うことになる。上の枝に乗っているのは、櫂《かい》のような平たい前脚を持ち、胴体は硬い甲羅に覆われたボスリオレピスと、肉食の大型両生類、マストドンサウルスなのだが、その両生類はどことなく縮尺がおかしく、二基目のエスカレーターで上昇する観客からは、近くを泳ぐ魚類ともさして変わらない大きさに見える。ここでは絶えず地響きのような、唸り声のような低い声が聞こえ、ときおり女性の悲鳴も混じってくる、三基目のエスカレーターを降りると、いよいよ恐竜たちが現れる、夕焼けの空を泳いでいるかのように優雅な、エメラルド色の首長竜、クリプトクリドゥスは憐れみを湛えた潤んだ瞳で、二十世紀の人間たちを見つめている、長い首を上下に振りながらしっかりと尾を樹に巻きつけて、赤い枝を一本丸々占領しているのは、体長二十メートルを超えるブロントサウルスなのだが、やはり縮尺が狂っている、明らかに小さ過ぎる、この樹上にあっては、進化の時間が進めば進むほど、生物は小型化してしまう。最後のエスカレーターからは哺乳類が見えるのだが、牙を剝いたマンモスも、大きく口を開け、胸を拳《こぶし》で連打して近づく者を威嚇するゴリラも、猫か子犬のように小さい、そこから更に上部の梢近くには、チンパンジーとネアンデルタール人、クロマニヨン人の姿も見えるが、その影はまるで蟻のようだ。

ここから観客は順路に従って、太陽の塔の右腕部分に設けられたエスカレーターに乗り換え、大屋根内部の空中展示へと進まねばならない。ところがその列から一人、大きなショルダーバッグを抱えた若者が抜け出した、視線さえ合わせなければ、誰も咎める者はいない、施錠されているはずの機械調整室のドアノブを回すと、どうしてなのか、この日に限って鍵は掛かっていなかった。そこから侵入した若者は修理用の鉄梯子《てつばしご》を伝って、頂上を目指した、途中で梯子を持つ手が震えていることに気づいたが、それは怯懦ではなく、高さに対する恐怖であるはずだった。梯子を登り切ったところで、ほぼ地面と水平に取り付けられた、人一人がようやく通り抜けられる太さのパイプを見つけた、腹這いになってその中を進み、金属製のハッチを二度、三度、両手で強く押してみると、いきなりそれは開いた、目の前には桃色に染まる夕方の空だけがあった、冷たい、強い風が心地よかった、パイプから這い出た若者は、いったん目を瞑って息を吸ってから、大きく目を見開いた、エクスポタワーの多面体キャビンがすぐ近くに見えた、その向こうには青々とした竹林、そして遠く、蛇行する淀川の流れと、灰色に霞む大阪の街が見えた。地上六十五メートルの高さから恐る恐る真下を覗いてみると、相変わらず幾重にも連なる見物客の行列が残っていたが、それら一人一人は、クロマニヨン人の人形とは違った、背丈、服装、男女の別、年齢、表情の違いだって認めることができた。若者は今、太陽の塔最上部の、「黄金の顔」の右目の中にいた、万博期間中に起こったもっとも忘れ難い事件として後々語られることになる、彼がその目玉男だった。

目玉男は、終戦から四年目の夏に、北海道旭川市で生まれた、北海道では、夏の間に母親のお腹から生まれ出てやることが最初の親孝行だといわれるが、昔はそれぐらい、雪の降る季節の移動は難儀だった、橇《そり》を引かせるにしてもそもそも馬を持っている家が限られていた、当時は市の中心部には市電も通っていたが、これは日本最北端の電気軌道でもあった、積雪のため市電はしばしば故障し、運休した。農業か林業、もしくは製紙業に従事する家庭がほとんどの中で、目玉男の父親は電球工場に勤めていた、これは戦火を避けて、東京から設備と資材と従業員を丸ごと疎開させたものが、戦後もそのまま旭川に留まり、社名を変更して操業を続けていた工場だった。農家であれば男女を問わず大人は、夜明け前から畑に出て、作業をしなくてはならない、目玉男の家では、家族全員が卓袱台《ちゃぶだい》を囲んで、一緒に食事を取った、それも朝夕だけではない、正午のサイレンが鳴り響くと父親は走って家に帰り、子供たちの顔を見ながら妻の作ったうどんか、もしくは水団《すいとん》を掻き込み、熱い番茶を一杯飲んで、それからまた急いで工場へ戻ったのだ。日曜は朝早くから子供の笑い声がした、傍からは少々奇異に見られていたのかもしれない、確かにそれぐらい仲のよい家族だった、目玉男には三歳年上の姉がいたのだが、男の子よりも背が高く、じっさい男勝りの性格で口喧嘩では負けず、近所の子供たちは誰も彼女には逆らえなかった、この姉のことを弟は慕っていた、姉が出かける場所ならば、弟はどこへでも付いていった。愛する我が子なのに、自転車も、人形も買ってやれない、貧しい時代ではあったが、子供が遊ぶ場所には事欠かなかった、何しろ勝手口を出れば、そこには畑でも、牧場でもない、所有者が誰なのかも分からない、緩やかな起伏の続く草原が広がっていたのだ、姉は近所の子供、四、五人を引き連れて、踝《くるぶし》を濡らす朝露の草の中を進んでいった、とうぜん弟もその後を付いていった、今日の夕飯のおかずにする、フキノトウを探すということになっていたが、誰も真剣に探している者はいなかった、ラジオで聴いた浜村美智子の『バナナ・ボート』を皆で口ずさみながら、片手に枯れ枝を持ち、何となく草を突いているだけだった。するとぬかるんだ泥の中で、拳ほどの大きさの、青光りする何かが動いたのが見えた、亀かもしれない、しかし北海道の、それもこんな奥まった草地に亀がいるはずはなかった、石を見間違えたのだろうか？　それとも蛇、アオダイショウだろうか？　ちょくせつ手で触れるのは恐ろしく、弟はがむしゃらに棒で突き回したが、生き物の気配は消えてしまった。顔を上げ、周囲を見回すと、子供たちはもう同じ場所にはいなかった、しかし姉だけが一人、気が遠くなるほどの彼方の、小高い丘の上に立って、こちらに向かって手招きをしていた。姉は当時としては珍しく、男の子のように髪を短く切り揃えていた。草に足を取られ、転びそうになりながら、弟は必死で走った、ズック靴は濡れ、自分でも知らぬ内に涙も流れていた。「真剣に走ってさえいれば、いつかは必ず追いつく」姉はそのまま歩き続け、弟も小走りで付いていった、母親が待つ家はもうとっくに見えなくなっていたが、そろそろ帰ろうとはいわせない、頑なな雰囲気がこの日の姉にはあった。やがて二人は立派なアーチ橋の架かる、広々とした河川敷に出た、川を遡った遥か上流には、雪の残る大《たい》雪山《せつざん》系が見えた、土手を下りるとき、ようやく姉は弟と手を繋いでくれた、そしてあともう少しで川岸に到達するという場所まで来て、そこで初めて、流水に太い脚を浸している、巨大な生物の存在に気がついたのだ。八頭の、本物のインド象が水浴していた、長い鼻で大量の水を吸い上げ、一気に吐き出して自らの背中を濡らすと、その硬い皮膚は、午後の日射しを受けて銀色に輝き始めた。

　これは目玉男が六、七歳の頃の記憶だから、姉は九歳か十歳の小学生だったということになる、後から調べてみると、このとき見たのは常磐《ときわ》公園で催された、世界動物博覧会に展示された象だったようなのだが、その象が石狩川で水浴していたのは真夏のはずなので、フキノトウを探しに行った春の記憶と、どこかで混ざり合ってしまったのかもしれない。旭川はもともと、屯田兵を母体とする陸軍第七師団《だいしちしだん》が本拠を置いた、いわゆる「軍郷《ぐんごう》」として栄えた街だったので、終戦を迎え陸軍が解体されれば、こんな最果ての寒冷地の商店街や歓楽街は一気に衰退すると、他ならぬ地元住民じしんが覚悟していた、何しろここは明治三十五年一月二十五日に氷点下四十一度という、未だかつて破られたことがない、今後もけっして破られることはないであろう、地元住民の間では密かな誇りでさえある、日本最低気温を記録している街なのだ。ところが不思議なことに、戦後も旭川の人口はほとんど減少しなかった、減少するどころか、むしろ急増し始めた、この理由は定かではないのだが、一つには旭川が全国でも珍しい、ほとんど例外的な、日本軍の拠点がありながら空襲には見舞われずに済んだ街だったからなのかもしれない、いや、正確には一度だけ、終戦の一ヵ月前に米軍の艦載機三百機が旭川上空にも飛来し、国策パルプ工場と木材工場を爆撃した、長らくこの空襲による死者は兵士一名のみとされていたのだが、民間人一名も死亡していたことが、終戦から五十年も経ってから判明した。いずれにせよ目玉男の子供時代は、この街に居住する世帯の数が増え続け、市電が廃止されて代わりに道路が舗装され路線バスが走り始め、商店街がアーケードで覆われ、六階建てのデパートが開店した、デパートは家族連れで賑わい、その屋上には遊園地が作られた、そうした時期と重なる。目玉男の家族も休日にはデパートを訪れ、昼前から夜までほぼ丸一日をそこで過ごした、東京近郊に住む家族が銀座や日本橋のデパートに買い物に行くときのような、よそいきの服を着込んだ畏《かしこ》まったおでかけではなかった、子供の足だと多少時間は掛かるが、デパートは歩いて行ける距離にあったのだ。工場労働者の薄給で家族四人が生活していたのだから、散財などはけっして許されないはずだ、なのになぜだか父親と母親は、毎回大量の下着と陶磁器、乾麺、そして子供服を買い込んでいた、必要のないはずの上下揃いの背広とネクタイを、父親が購入してしまったこともあった、大人が買い物に耽っている間、子供たちは暖かく安全なこの建物の中を自由に闊歩することができた、かくれんぼで試着室の中に隠れたり、地下の食料品売り場でチーズの試食を腹一杯になるまで食べ尽くしたり、エスカレーターを逆走したり、それこそやりたい放題だったのだ、もちろん「この、悪餓鬼！」などと店員から雷を落とされることもしばしばだったが、そうした不躾はけっきょくそのまま放置された、大人だって昔は皆、粗野で無作法だった、大通りや乗り物の中でも大声で怒鳴ったり、煙草の吸殻や痰を足元に吐いたりしていた、子供を叱ることは自らを戒めているに等しかった。

デパートの六階にはペット売り場があった、犬や猫はまだ、知り合いから貰い受けるか、どこかしらで拾ってくるものだったので、売り場には小鳥とウサギ、熱帯魚ぐらいしかいなかった、目玉男はしゃがんだまま動かず、鳥籠の一つを見つめていた、白い羽に桜貝のような嘴を持つ一羽のジュウシマツが、細い止まり木を摑んだまま、小首を傾げていた、黒く光る瞳は、少年に何かを強く訴えかけていた。「魔人が現れたのだ……」小鳥にとってみれば自分はそれほどまでに巨大で、圧倒的な力を持つ強者なのだ、ならば自分はこの、素手で触れればすぐに砕けてしまいそうな、見るからにか弱い生き物に向けて、どんな施しをしてやれるのか……瘦せて背の高い、銀縁の眼鏡をかけた若白髪の店員が、露骨に怪訝な眼差しを、鳥籠の前から離れない子供に送り続けていた、背中でそれを感じながら、目玉男はじっと耐えて、時機が来るのを待った、店員が他の客の応対に回ってくれることを期待したが、これほど混雑しているデパートの中で、なぜだかペット売り場にだけは人が寄り付かなかった。ずいぶんと長い時間同じ場所に留まっていたような気もするが、じっさいにはほんの数分だったのかもしれない、目玉男が後ろを振り向くと店員は消えていた、このとき目玉男は八歳になったばかりだったがそんな子供でも、社会的な意味での悪事を働くことにもちろん躊躇はあった、しかし二度とは訪れないであろうこの好機を逃すわけにはいかなかった！　動物の運命は自分に委ねられているのだ！　籠の開閉口に人差し指を引っ掛けて留め金を外し、鉄線の扉を押し上げてやった、小鳥は一瞬、疑うような目付きで少年を見上げたが、彼の頭が頷くよりも前に、肉眼ではとうてい見ることのできない、風の速さで飛び立った、白い鳥はいったん天井の配管に留まったが、すぐに野生の動物として生きる覚悟を固めて、恩人には一瞥もくれずに、窓の外の大空へと去っていった。

目玉男の両親はジュウシマツの代金を払わされた上に、雪が降り積もるこんな土地では小鳥は自力で餌を探すこともできないし、雛を育てることもできない、そもそもジュウシマツという鳥はもともと野生には存在しない、愛玩《あいがん》を目的として人工的に作り出された家禽《かきん》なのだ、それを逃がしてしまったあの男の子は、鳥を殺したも同然だと、店員からはさんざん嫌味までいわれた。目玉男は落ち込んだが、このときも姉だけが苛立たしげに、弟を睨んでいた。「あなたは男の子なのだから、そう簡単に反省してはいけない」女の姉がそういうのだから、それは男も女も関係ないことは明らかだった、まだ思春期に入る前の、人間がもっとも無防備な時期に、どうにも返しようのないこんな文句を突き付けられたら、誰しもその文句を発した人間の影響下に置かれてしまうものだろうが、目玉男の場合もまったく同じだった、幼い頃にも増して、目玉男は姉の存在を仰ぎ見るようになってしまった、姉の行く先々に子分のように付き纏った、姉の後を追い掛けることができなくなったのは、ほどなくその姉が交通事故死してしまったからだった。亡くなったときの姉はまだ小学五年生、十一歳だった、両親と目玉男は絶望し、狂ったように嘆き悲しんだ、この底なしの悲しみから抜け出すことは生涯できないだろうと恐れ、じっさい恐れたその通りになった。加害者の砂利運搬トラックの運転手には、業務上過失致死罪が科されたが、執行猶予付きだった、審理では、交差点でとつぜん飛び出してきた子供を咄嗟に避けることは難しいという意見も出たらしかった。近所付き合いのあった人々、父親の工場の同僚、小学校の教師もとつぜんの悲報に驚き、一緒に涙を流してくれたが、「可哀想だが運が悪かった」「近頃は乱暴な運転をする車が多いから気を付けなさいと、あれほど繰り返し注意しておいたのに」「生身の人間が鉄の塊にぶつかっていっても、勝ち目はない」という声も聞かれた。この年の、全国の交通事故による死者の数は八千二百四十八人で、その内千九百二十七人が十五歳以下の年少者だったのだが、当時は日本じゅうどこの学校でも、夏休みが終わり新学期が始まると、一学年下の男子生徒が交通事故に遭って、未だに意識不明で入院中らしいという噂が流れてきたものだった、じっさい旭川のような田舎町でさえ、目抜き通りを三輪トラックやバスにバイクが引っ切り無しに走っていた、しかもその隙間を縫って、自転車とリヤカーも入り込んでくるのだ。交差点に信号は設置されておらず、路面には車線も引かれていない、歩行者を守るガードレールはもちろんないという滅茶苦茶さだったが、雪が降り積もると道路の状況は更に悪化した、除雪などされる気配もないまま茶色く汚れた雪は道路の両側に堆《うずたか》く積み上げられた、そのせいで道幅が極端に狭くなり、すれ違えなくなった車はどこまでも数珠《じゅず》繋ぎに渋滞するのだ。

一周忌を迎えても、目玉男の家族は悲しみに打ち沈んだままだった、日中それぞれ別の場所にいる間はまだ持ち堪えられたが、夕飯の時間に三人が顔を合わせ、誰か一人が泣き始めると三人とも泣き崩れて、けっきょく食事どころではなくなる、毎晩その繰返しだった。あれほど姉を慕い、病的なまでに姉に付き纏った自分なのに、どうして事故が起こったときに限って、一緒にいてやれなかったのか……車体が当たる間際に姉の背中を突き飛ばして、身代わりになって死んでやれなかったのか……覚醒している時間は常に、目玉男は自問し続けた、いや、睡眠中も自分を責めていたのかもしれない、両親は眠りながら嗚咽《おえつ》している息子を見た、しかしだからといって、何もしてやれることはなかった。姉は本当に「運が悪かった」のだろうか？　姉の死の事実以上に目玉男が受け容れ難かったのは、交通事故という人為的に引き起こされた災厄が、人知を超えて避け難く起こる、地震や洪水、落雷による感電と、あたかも同列であるかのように語られていることだった。どう考えたって、そんなのはおかしいじゃあないか！　自動車などという発明さえなければ、間違いなく、姉は死なずに済んだ！　姉だけではない、去年の交通事故による死者八千人全員が、死なずに済んだはずなのだ！　しかもその死者の数は年々増え続けている、ほどなく一万人を超えてしまうだろう、政治家と役人と大企業は、砂利道を舗装して、車社会の到来に備えることが日本経済の成長のためには必要不可欠なのだと主張している、交通事故で人が死ぬのも仕方がないと割り切っている、いや、庶民だって、そういう犠牲があって世の中は成り立っていると思い込んでいる、いったんその中に身を浸してしまったが最後、ぬるま湯のような便利さから抜け出すことはできないと諦めている。しかし考えてもみて欲しい、一つしかない命を危険に晒してまで、雨に濡れずに買い物に行きたいと考える馬鹿がどこにいるのか？　手塩にかけて大事に育ててきた我が子の命を奪われてまで、猛スピードで配達せねばならなかった荷物とはいったい何なのか？　ほんのつい、二、三十年前まで、我々は自動車なしでじゅうぶん幸せに暮らせていたじゃあないか！　簡単に凶器にも変わり得る自動車などという乗り物は、パトカーと救急車や消防車といった緊急車輌を除いて、全て使用禁止にしてしまうべきだ、皆で徒歩圏内での生活に戻って、どうしても遠方まで出かけねばならないときには鉄道を使えばよいのだ。世の中の隅々まで、これほど行き渡ってしまったものを今更取り除くことなど不可能だと思うかもしれないが、そんなことはない、明治九年の廃刀令《はいとうれい》では、それまで何百年にも亘って武士は携帯していて当たり前だった刀を没収することに成功している、アメリカでは開拓時代の名残で未だに拳銃の個人所持が認められているというが、それも今後数年の内には禁止されることとだろう、何しろアメリカは、酒を飲むことさえ禁じていた歴史を持つ国なのだ。

それから十年後、銀座やニューヨークで実施されるのに先駆けて、旭川の駅前通りが自動車やバイクをいっさい締め出した歩行者専用の道路、いわゆる「歩行者天国」となるのだが、これは目玉男の荒唐無稽な夢想とは何の関係もない、単なる偶然なのだろう。中学を卒業した目玉男は、市内では一番歴史のある伝統校へ進学した、自動車に対する怨悪《えんお》は相変わらずで、他の生徒が路線バスを利用している距離を、片道四十五分かけて徒歩で学校まで通った、最高気温が零度まで届かない、脛まで雪で埋まる日も、学生服の下にセーターを一枚着て首にマフラーを巻いただけの格好で、目玉男は歩き続けた、部活は柔道部に入部した、古い学校らしく校内には専用の柔道場があったが、そこは恐ろしく寒かった、学校じゅうで暖房器具のない部屋はそこだけだった、冷え切った畳は沼に張る氷よりも冷たく感じられた。ほとんど出家するような気持ちで、目玉男は柔道部への入部を決めた、練習は朝の一時間、授業が始まる前に行われたが、一年生はひたすら、天井からぶら下げた麻縄を腕の力だけでよじ登る、綱登りばかりをやらされた、上級生によれば柔道で強くなるために一番必要なのは握力で、綱登りはその握力が鍛えられるのみならず、腹筋背筋、体幹の強化にも効果があるとのことだった。学校帰りの目玉男は柔道部の友人と連れ立って、中華料理屋に入ってラーメンを食べて空腹を満たすこともあった、やはり目玉男といえども丸っ切り孤独な思春期を送ったわけではないのだ、それどころかほんの二、三人ではあったが、彼らとならば偽らざる心情を吐露し合える、その関係は生涯変わらずに続くだろうと思えるような、親友さえいた。「手のひらが擦り剝けないよう皮を厚くするには、紙やすりで擦ってやるとよいらしい」「『山月記』の隴西《ろうせい》の李徴《りちよう》は、同僚官吏の出世に嫉妬している段階で既に、詩人としての資質を欠いている」「どこまで逃げても満月が追い掛けてくるように見えるのは、いったいなぜなのか？」会話の内容などどうでもよかった、内容がなければないで、むしろその方が好ましかった、本当であれば帰宅して勉強せねばならないところを、無駄に時間を浪費しているというその後ろめたさが、抜け出し難いほどに心地よかった、十代の男子に有り勝ちな錯覚なのだろうが、使っても使っても、時間と精力だけは無尽蔵に湧き出てくるように思われた。夜の八時にラーメン屋が閉店するまで居座っても、誰からも文句はいわれなかった、彼らは地元の名門校に通う、いずれは東大や北大に進学するかもしれない優等生だった、彼らは大人たちから大目に見られていたのだ。

それでも、花の咲き誇っていた道がある日とつぜん荊《いばら》だらけの道に変わってしまうこともある、目玉男が高校二年になった年の、七月の晴れた午後だった、ちょうど旭川空港が開港して、札幌経由で東京まで飛行機が飛ぶようになったのと同じ日だった。放課後の教室で柔道部の友人が二人、窓枠に凭れながら校庭を眺めているのを見つけた、何かについて真剣に話しているようだったが、内容を聞き取ることはできなかった、たわいもない悪戯《いたずら》の積もりで、目玉男は身を屈めて静かに近づき、いきなり立ち上がって二人の背中を押した。「触るな！」それは侮蔑の混ざった、冷ややかな低い声だった、すぐさま冗談にすり替えてしまうような、気の利いた一言を発するべきだったのかもしれない、しかしそんな言葉は見つからず、沈黙がその場を支配してしまった、二人の友人はそそくさと立ち去った。その日以降、友人たちは目玉男と視線を合わせなくなった、三人とも柔道の練習には参加し続けたが、終始無言が貫かれた、悪戯で驚かせただけで、そこまで怒るはずはないだろう、彼らは喧嘩が生きがいの不良少年ではない、数学の積分の問題を解くこともできれば、柴田《しばた》天馬《てんま》訳の『聊斎志異《りょうさいしい》』も読む、聡明で無闇矢鱈と相手を攻撃したりはしない、将来のこの国の指導者たちなのだ。過去のどこかの時点で、彼らの怒りの種を目玉男が蒔いているはずだ、ここ数日の会話の内に、彼らを不愉快にさせるような尊大な発言はなかったか？　朝練の段取りで、不手際があったのではないか？　自分でも意図せぬところで、彼らの両親を嘲笑ったりはしていないか？　しかし記憶を遡ってみても、友人たちを憤らせた理由は見つからなかった。「予期せぬ事態が起きたとき、自分に原因があると考える、その自己中心的な態度こそが不遜なのだ」もしも姉が生きていたら、きっとそういうだろう、目玉男にとって死後の姉はある意味、生きていたとき以上に身近な、聞きたいときにいつでもその声を聞くことのできる指南役となっていた。

友人を失った目玉男は、スタルヒンの孤独に思いを馳せることもあった、帝政ロシア出身の、プロ野球創成期の伝説的名投手、ヴィクトル・スタルヒンは目玉男の通う高校の先輩に当たった、九歳のときに家族と共に日本に亡命し、旭川に住み着いたスタルヒンは、子供の頃からずば抜けて背が高く、その不恰好なまでに長い手足を駆使すれば当然なのだろうが、徒競走は同年代の子供たちがまったく相手にならないほど、圧倒的に速かった、運動会の百メートル走ではスタルヒンだけは百二十メートルを走らされたが、それでも一等を勝ち取った。流暢な日本語を話し、性格は内向的で温厚、静物画を描くことを好んだ、翡翠《ひすい》色の皿の上に林檎が垂直に三つ積み上げられた、奇妙な構図の水彩画が市内の絵画コンクールで入選したこともあった、日露戦争の敗戦国の子と揶揄《やゆ》され、いじめっ子から小突かれていたが、けっして反撃に出ることはなかった、何をいわれても笑みを絶やさず、自ら道化を演じ、子供たちの間の均衡を崩さぬよう気を配った、それでも本当に悔しかったときは、大きな身体を三和土《たたき》に投げ出して号泣したという。放課後は家業のロシア料理店を手伝った、一個五銭の自家製パンを籠に入れて町中を売り歩いた、小学校の校庭に差し掛かったとき、スタルヒンは高等科の生徒たちが野球の練習をしているのを見つけた、もちろん野球という球技は知っていた、小学校のチームの試合を見たこともあった、しかし自分もあの白いボールを右手に握って、思い切り腕を回して投げてみたいという衝動に駆られたのは、そのときが初めてだった。手のひらの中のボールは思いの外大きく、重く、胡桃《くるみ》のように固かった、コントロールが異常に悪く、最初は満足にキャッチボールもできなかったが、あらゆる名投手がそうであるように、生まれて初めて投げた一球目から、球だけは嘘のように速かった。スタルヒンはまだ尋常小学校の四年生だったが、高等科の野球部への入部が認められた、スタルヒンが投げれば一試合で十六、七個の三振を奪ったので、面白味に欠けるほどチームはあっけなく勝った、大人のチームから対戦を申し込まれることもあったが、スタルヒンの球をまともにバットに当てる打者はいなかった。プロスポーツの存在しなかった戦前、学生野球は国民的人気を集めていた、旧制中学に入学したスタルヒンもチームメートと共に北海道の地区予選を勝ち抜いて、甲子園の全国大会に出場することを目指した、この頃既にスタルヒンは、旭川では知らぬ者のいない有名人になっていた、スタルヒンが投げるとなればスタンドの女学生から声援が送られたが、観客の多くはなぜだか中高年の労働者や商店主、仕事中に抜け出してきた勤め人たちだった、バックネット裏には新聞記者の姿も見えた。旧制中学二年のときにはノーヒットノーランも達成している、スタルヒンの好投によって、チームの甲子園出場はほどなく実現されるのであろうと地元の人々は信じていた。

そこで、まったく唐突に、事件は起きる。スタルヒンの父親がロシア料理店の女性従業員を殺害し、逮捕される、父親はロマノフ王朝の将校だった、教養もあれば分別もある、一時の感情に流されて暴力を振るうような人間ではなかった、新聞は「痴情か利害のもつれか。あるいは思想の対立か」と書き立てたというが、それほどの人物がロシアから遠く離れた国で新たな人生を歩み始めた後で、痴情や思想的対立という理由だけで、人を殺めるものだろうか？　けっきょく父親は懲役八年の刑をいい渡され、投獄される、残された家族は困窮し、スタルヒン本人も中学を中退して、意に反した職業野球入団を受け容れることとなる、さもなければ家族は全員、国外に追放される危険があった。甲子園出場を目指していた少年が、ある日とつぜん「殺人者の息子」になる、生涯の親友となるはずの人が、理由も分からぬまま豹変し口も利かなくなる、小説や映画ではない現実の世界でそんなことが起きるとは信じられなかったが、それは確かに起こったのだから、その事実はそのままあらゆる可能性は実現し得るという法外な保証のように、目玉男には思われた、つまり彼にとって自らの疎外は希望でさえあったのだ。旭川から逃げるようにして東京に向かう間際、スタルヒンは世話人だった画家を訪ねて、「野球を捨てて、絵描きになりたい」と漏らしたという、しかし画家は野球を続けるよう彼を諭した。

　北海道出身の秀才の多くと同じように、目玉男も北大に進学したが、授業にはほとんど出席しなかった、教壇に立って講義をする教員たちは権威的で、自らの既得権益を守ろうとするばかりで、絶望的なまでに魅力の乏しい人間に見えた、入学式妨害に端を発する北大紛争が始まるのはこの翌年だが、小規模な学生集会は既に始まっていた、目玉男も遠巻きにその演説を聞くことはあっても、輪の内部に入り込んでいくことはなかった、もう無理をしてまで友人を作ろうとは思わなかった、もっぱら寮の自室に籠もって、一人で本を読んでいた。『葉隠入門《はがくれにゅうもん》』の作者の姿は一度、たまたま入った食堂のテレビで観たことがあった、刈り上げた短髪に長く残した揉み上げ、眉間の皺、瞬《まばた》き、敢えてそれを強調したいのであろう、極端に肌に密着させた半袖シャツは大胸筋の形そのままに膨らんでいる、常に腕を組み、二の腕を太い状態に保とうと努めている、そうした外見とはそぐわない甲高い声、頭の中の考えを一刻でも早く吐き出してしまいたいかのような多弁、ソファーに深々と腰掛けているので断言はできないが、恐らくそれほど高くはない身長、それら全てがどうしようもなく演技めいていて、嘘臭かった、見せかけばかりで、いかにも運動神経が悪そうだった、もしこの相手と組まされても、開始三十秒で大外刈《おおそとがり》を決めて仕留める自信が、目玉男にはあった。「原子爆弾の死でさえも、あのような圧倒的な強いられた死も、一個人一個人にとっては運命としての死であった」「いま若い人たちに聞くと、ベトナム戦争のような誤った目的の戦争のためには死にたくないが、もし正しい国家目的と人類を救う正しい理念のもとに強いられた死ならば、喜んで死のうという人たちがたくさんいる」「この快楽をおびやかす死の不安は、『生きているかぎり死は来ず、死んだときにはわれわれは存在しないから、したがって死を怖《おそ》れる必要はない。』という哲理で解決した」「あるイギリス人にとっては、自分は紅茶《こうちゃ》茶わんに先にミルクを入れて、あとからお茶を入れるべきであるにもかかわらず、もし人が先に紅茶を入れて、あとからミルクを入れれば、自分のもっとも重大な思想を侵される第一歩と考えるにちがいない」およそ本気で書いているとは思えない、狂気というよりはむしろ滑稽、諧謔と受け止めるしかない文章が、『葉隠入門』には並んでいた、独善的な美意識、ナルシシズム、自らの死後も世界は存続することへの無関心、無責任に至っては、読みながら吐き気さえ覚えた。にも拘わらず、やはりこの場合も嘘臭さと本当らしさの取り違えが起きたのか、矛盾に魅了されてしまったのか、目玉男はこの本を読み終わった後、もう一度最初のページに戻って、再読し始めたのだ、じっさいこの本に貫かれた、経済合理主義と芸能全盛の現代に対するあからさまな蔑視、批判を恐れぬ開き直り、そして人間をじっさいの「行動」へと駆り立てる、内的情熱への賛美に、目玉男はすっかり取り込まれてしまっていた。「獅子《しし》が疾走していくときに、獅子の足下に荒野はたちまち過ぎ去って、獅子はあるいは追っていた獲物をも通り過ぎて、荒野のかなたへ走り出してしまうかもしれない。なぜならば彼が獅子だからだ」外出するときにはいつでも、目玉男は茶色いジャンパーのポケットにこの本を忍ばせて持ち歩くようになった、そして授業間の中休みや駅のホームでの列車待ちのわずかな時間に取り出し、無作為に開いたページからいきなり読み耽るのだ、それはこの作家の愛読者としては、さして珍しい態度ではなかった。

後から考えてみると何とも不思議な話ではあるのだが、日本で万国博覧会が開催される計画があることを、目玉男はまったく知らなかった、三月の、開会式のテレビ中継を観たときに初めて彼は、大阪万博というイベントを知り、太陽の塔なるモニュメントの存在を知ったというのだ、それほどまでにその頃の目玉男は友人も作らず、アルバイトもせず、俗世間との交流を絶った、自分だけの巣穴に閉じ籠った生活を送っていたということなのだろうが、全国的に見れば、地元関西から遠く離れた北海道や東北のような場所では、万博は開催直前まで本当に注目されていなかった、新聞や週刊誌も意地悪でもしているかのように万博の話題を取り上げなかった、という理由もあったのかもしれない。ファンファーレが鳴り響き、祝砲が放たれ、皇太子がボタンを押すと同時に噴水が高く立ち上って、大屋根からは一瞬視界が暗くなるほど大量の紙吹雪と折り鶴が降り注いでくる、開会式の映像を観たとき、目玉男は強い違和感、嫌悪感を覚えたわけではなかった、むしろ相手がどこの誰かも分からぬまま手を繋ぎ、輪になって踊る子供たちの姿に、まだ姉が生きていた頃の幸福だった旭川の幼少時代を思い出し、感傷を覚えてしまった、太陽の塔にしても、当時としては斬新だったほぼ曲面だけで構成された、素人目にも愛嬌が感じられるデザインに、好感を持ちさえしたのだ。それでもやはり、このイベントが掲げる「人類の進歩と調和」というテーマ、人間が対峙するいかなる難題も、必ず人間の知恵によって解決され得るという楽観主義、未来志向、科学技術信奉に対しては、一言物申さねば気が済まなかった、人類初の月面着陸に成功したからといって、人間が風邪をひかなくなるわけではない、寿命が百五十歳まで延びるわけでもない、大気汚染が解消されるわけでもなければ、戦争がなくなるわけでもない、むしろ東西冷戦の緊張度はより増している……そして愚かなこの国は、戦死者を上回る数の、何万もの命が自動車事故によって失われている現状を「交通戦争」などと呼ぶばかりで、対策を講じようともせず放置しているのだ……「けっきょく皆がちやほやする新しいものなんて、金の匂いがするから人が寄ってくるだけで、価値を反転させる新しさがあるわけではない」目玉男を千里丘陵に向かわせたのは、『葉隠入門』の作者への共感ではなく、亡き姉からの叱咤だったのかもしれない、麻のロープ、短めの角材を二本、大学で拾った赤いヘルメット、小型のトランジスタラジオ、カメラ、水道水八リットルを入れた帆布製キャンピングバッグ、トイレットペーパー一巻き、水色のタオル一枚、大学ノート一冊、ボールペン、キャラメル一箱を、旭川から引っ越すときに母親が持たせてくれたショルダーバッグに詰め込んで、いよいよ寮の部屋を出ようとしたそのとき、そのバッグの、肩に喰い込む重さに、目玉男は怯《ひる》んでしまった、力なく床に座り込んで、考え込んでしまった。俺はそこまで本気なのか？　大学を中退して、定職にも就かず、残りの人生を前科者として生きていくだけの覚悟が、本当に固まっているのか？　下手をすれば、命だって落とすかもしれないのだぞ！　目玉男もまた、後先省みず、衝動に任せて走り出すような人間ではなかった、何といったって彼は現役で北大に合格した、地元旭川の誇りの秀才なのだ。ところがその秀才らしい、冷静で小賢《こざか》しい計算が、怖気付《おじけ》いた目玉男に再び勇気を与え、開き直らせてしまった、落ち着いて考えてみれば、時限爆弾を仕掛けるわけでもないし、人質を取ってハイジャックをしようというわけでもない、ただお祭り騒ぎに酔い痴れている人々、科学技術の進歩が人間に一律に果報をもたらすと信じて疑わない素朴な人々を、太陽の塔の前で、ほんの二、三分立ち止まらせて、不安な気持ちにさせてみたいだけなのだ、苦笑いさせてみたいだけなのだ、逮捕されたとしても命まで取られることはない、威力業務妨害罪《いりょくぎょうむぼうがいざい》か、住居侵入罪《じゅうきょしんにゅうざい》しか適用されないだろう、赤軍派の連中が犯した凶悪な事件に比べたら、俺のしようとしている悪戯なんて、可愛いものじゃあないか……

最初に異変に気づいたのは、テーマ館のガードマンだった、巡回中に七階の機械調整室の扉が開いているのを見つけた、念のため内部を見回ったが変わったところはなかった、死角になっている頂上付近から金属音が聞こえた、鉄梯子を四、五段登って上方を見遣ったが、恐らくカラスか鳩だろうと思い、扉を施錠してその場を後にした、じっさい野鳥が迷い込むことはそれまでにもときどきあったのだ。しかし控え室に戻ったガードマンは大事な忘れ物をしたような後悔に駆られた、余りにあり得ないので却って気づかないような、致命的な見落としがあったのではないか？　もう一度機械調整室に上がってみると、鍵を閉めたはずの扉がまた開いていた、薄気味悪さを感じながら大急ぎで地上に降りたのだが、そのときには既に何人かの観客が、太陽の塔のてっぺんを指差して騒ぎ始めていた、夕暮れの薄紫色の空を背景に映える、「黄金の顔」の右目には、確かに黒い人影が見えた、丸い目の縁の部分に腰掛け、下ろした両脛を交互にぶらつかせながら、こちらに向かってお辞儀をするような姿勢で、上体を前後に揺すっていた。ガードマンは直ちにテーマ館事務局へ通報し、テーマ館事務局の職員は万博協会本部へ連絡した、ものの五分も経たない内に、十四名もの職員が塔の足元に集まってきたが、背広姿の中年男たちが呆けたように天を見上げている、そのただならぬ様子が騒ぎを大きくしてしまった、一人の観客が双眼鏡を覗きながら、どことなく楽しげな口調で職員に伝えた。「ありゃあ赤軍派ですよ。間違いない。真っ赤な鉄兜《てつかぶと》を被っているもの」ほどなく到着した大阪府警会場警察隊の警官も同様の見解だった、過激派であれば、爆弾か凶器を所持している可能性がある、警官の一言で現場には緊張感が走った。「無闇に挑発したり、刺激したりしないようにして下さい」安全無事をまず第一に考えねばならない、観客をここから離れた場所に避難させるべきではないだろうか？　万博協会の職員は判断を迫られた、ところがそこで、赤いヘルメットの男は意外な行動に出た、脇に置いたバッグからカメラを取り出し、太陽の塔に群がってきた二、三十人の観客に向かって、何度もシャッターを切り始めたのだ、カメラを向けられた観客は喜び、大きく両手を振って応えた、跳び上がって歓声を上げる者もいた、すると男の方でも右手の拳を頭上に掲げて、八の字を描くように往復させて、地上からの声援に応答したのだ。それはある意味、日本全国、世界各国から多種多様な人々が集うこの祝祭の場に相応しい、のどかな、和気藹々《わきあいあい》とでも表現したくなるような交流だった、この場にいる誰もが例外なく幸福で、欺瞞《ぎまん》も悪意も入り込む余地などないかのようにさえ見えた。

しかし当然ながら男をそのままにしておくわけには行かなかった。万博協会職員と警官の二名が太陽の塔の頂上まで登り、閉ざしたままの金属ハッチ越しに、その場所に留まること自体が業務妨害になる、速やかにそこから降りるよう男に伝えたが、男は応じなかった。「万博を中止にしてくれるまでは、死んでもここから動きません」この日は日曜日で、好天だったことも重なり、三十五万人近くが来場していた。騒ぎを聞きつけた観客がお祭り広場に押し寄せ、ラッシュアワーの満員電車のような、無秩序な混乱状態が生じつつあった。大阪府警は百七十二名の警官を動員し現場の整理に当たった。太陽の塔の周囲にはロープが張られ、一般人の立ち入り禁止区域となった。やがて日没を迎えた、「黄金の顔」の目玉部分には、直径五十センチ、消費電力五キロワットの大型サーチライトが内蔵されており、毎夕六時にそれが点灯されると、あたかも太陽の塔そのものが両目から光線を放っているかのように見える仕掛けになっていた、もしも目玉の内部に人間がいる状態でそれを点灯すれば、高熱で焼け死ぬか、そうはならないとしても強い光によって網膜障害を起こして失明し、そのまま六十五メートル下の地面まで転落する可能性が高かった。「勝手に自分で登ったのだから、そんな奴は焼け死ぬのうが、失明しようが、こちらの知ったことではないでしょう。一見して明らかな通り、あいつは過激派学生ですよ、これから先何をしでかすか分からない、危険分子ですよ」しかしテーマ館の事務局長は、今晩は照明を点灯しないことを決断した、彼もまた、当時の公務員の管理職層の多くがそうであったように、陸軍士官候補生として終戦を迎えた人間の一人だった、小さな子供を連れた家族連れも歩いているその同じ場所で、死人など出したくなかった、流血事故ももう見たくない、うんざりだったのだ。機動隊員を頂上まで登らせたとしても、直径二メートル、奥行き一メートルしかない目玉の内部で取っ組み合いになった場合、男もろとも転落する危険があった、ならば持久戦に持ち込んで説得を続けて、男が自ら投降してくるのを待つ方が確実だろう、片目となった太陽の塔からは、夜空に向けて一本だけ、白く細長い光が発せられていた。こういう面白い事件、後の時代であればぜったいに起こり得ない、人に語って聞かせたくなるような事件がじっさいに起こった分だけ、やはり当時の世の中はまだまともだった、そう思いたくもなってしまう、核エネルギーの平和利用は可能であると主張し、交通事故死の急増も繁栄のためには免れ得ない犠牲と諦めていた、有機《ゆうき》水銀《すいぎん》化合物をそのまま海に垂れ流しても希薄化されるのでさしたる問題はないと信じ込むほど、我々はじゅうぶんに無知で、蒙昧ではあったが、自分たちの理解を超える事象に対してまで恥ずかし気もなく知ったか振りをするほどは、傲慢ではなかったということなのか？

最初に「黄金の顔」の右目の中から眼下を眺めたとき、目玉男は自分の行動を悔いた、もしも靴を滑らせたり、内壁に頭をぶつけてよろめいたりすれば、柵も窓ガラスもないこの場所から落下して全身を地面に叩きつけられて、自分は簡単に死んでしまうのだという事実に内腿から力が抜けた、思わず失禁しそうになった、ところがそんな高所の恐怖にはすぐに慣れてしまった、最大の敵は、北国育ちの目玉男からすれば意外なことに、寒さだった、この晩の最低気温は十二度台だったが、「黄金の顔」の設置されている地上六十五メートルでは、風速八メートルから十メートルの北西風が常に吹き続けていた、周囲に風を遮る物はなく、目玉男は吹き抜ける風をもろに浴びねばならなかった、体感温度は恐らく二度近くまで下がっていただろう、高校時代は旭川の豪雪の中を毎日徒歩で通学していた目玉男なので、寒さに耐える力には自信があった、このときは防寒着まで着込んでいたのだが、寒風が体温を奪ってしまうと、後頭部と背骨が痛み出して、一晩じゅうほとんど眠ることができなかった、身体をロープで照明の台座に固定して、タオルを首に巻き、歯を食い縛って寒さと戦いながら、日の出が熱を分け与えてくれるのをひたすら待った。目玉男は自分の起こした事件が大きく報じられることを期待していたのだが、ラジオのニュースではごく簡単に、太陽の塔によじ登った男子学生が籠城を続けていると伝えられただけだった、東京でFM放送局が開局したことと、これからのラジオはステレオ音声での受信が可能となるFM放送が主流になるであろうことを、なぜだかアナウンサーは延々と事細かに説明していた。万博に浮かれている人々を目覚めさせるため、安穏とした世の中に一石を投じるために、残りの人生を台無しにして、両親や地元の人々の期待を裏切ってまで決行した犯罪なのに、けっきょく自分はこのまま黙殺されてしまうのではないかと、目玉男は恐れた、しかし翌朝九時三十分に中央口が開錠されるやいなや、お祭り広場には続々と人が集まってきた、アメリカ館やカナダ館といった人気パビリオンには見向きもせず、先を争うようにして、巨大な消し炭色の群れとなって太陽の塔に駆け寄ってくる彼ら、彼女らは明らかに、万博中止を訴えながらその万博のシンボルである塔に立て籠もっているという、狂った若者を一目見ようとやってきた人々に他ならなかった、その人数は昨日とは比べものにならない、軽く千人は超えて、千五百か、二千人にも迫ろうことが見て取れた。「おい、目玉男、頑張れ！負けるなよ！」「そこからの見晴らしはどうだ？」「登ったからには簡単に諦めて、降りてくるんじゃあないぞ！」野次馬からのそうした野卑で馴れ馴れしげな、無責任な呼び掛けが、目玉男は自分でも情けないと思いつつ、無性に嬉しかった、そんなわけはないことは分かってはいたが、自分は一人前に認められて、鼓舞されているような気がしてしまったのだ。目玉男は立ち上がって、右手にタオルを握って、何度も大きく振り回した、タオルが描く水色の楕円を見た千人を超える観客は一斉に歓声を上げ、拍手をした、その音は地鳴りとなってお祭り広場を覆う大屋根に共鳴し、高さ六十五メートルの「黄金の顔」にまで伝わってきた、黒い制服制帽姿の中学生の団体が見えた、父親に肩車されたおかっぱ髪の女の子の笑顔まで見えた、飛び抜けて背の高い外国人が吹く指笛の甲高い音も聞こえた、これでもう引くに引けなくなった、どこまで行けるのかは分からないが、行けるところまで行くしかない、目玉男はようやく腹を括った。

警察と万博協会の職員は代わる代わる大屋根に登って、拡声器を通して、今すぐに投降するよう、さもなければ建造物侵入罪に問われることになると同じ警告を繰り返したが、目玉男は沈黙したまま応じなかった、籠城を始めて二日目の晩、大屋根の上には、双眼鏡を覗く初老の男がいた、「黄金の顔」の右目の奥の暗がりで落ち着きなく動き回る若者に、まるで監視でもしているかのようにじっと見入っている、猫背で小柄なその男こそ、テーマ館の展示プロデューサーであり、太陽の塔の設計者でもある芸術家だった、芸術家は自分でもどう鎮めたらよいのか分からないほどの、激しい嫉妬を感じていた、本来であれば、自分こそがあの高い場所に、目の中の暗がりにいるべき人間なのだ、こんな安全を確保された場所から、こっそりと双眼鏡を覗いているという行為そのものが、屈辱以外の何物でもなかった。芸術家は幼い頃から、徹底して権威を憎み、反抗してきた、子供は皆怠惰なものだと決めつけ、罵倒する教師には、鞭で叩かれても頭を下げなかった、近所の主婦が車座になって不在者の陰口を叩いているのをどうしても見過ごせず、一人で食って掛かっていったこともあった、芸術家がまだ尋常小学校に入学して間もない、六歳の頃の話だ。学校にはまったく適応できず、何度も退学、転校を繰り返したが、本人も自分を曲げてまで適応しようという考えはさらさらなかった、媚びたり、妥協したりして生きることは人生ではなかった、どうしてこんな人間になってしまったのか、自分でも不可解だったが、物心ついたときには既にそうだったのだ、作家だった彼の母親もまた、病的なまでに潔癖な人だった。フランスに留学し、帰国したときには芸術家はもう三十間近だったが、召集され中国戦線に送られた、軍隊生活四年と収容所での一年の計五年間は、間違いなく、人生最悪の日々だった、入隊早々「自由主義者」というレッテルを貼られたのだが、日本軍においては、こういう奴はもっとも恥ずべき、下劣な人間で、性根から叩き直さねばならないと見做されたに等しかった、朝から晩まで血反吐《ちへど》が出るまで殴られ続けたが、芸術家は負けなかった、そんなに殴りたいのだったら、他人の分まで殴られてやると悪態を吐《つ》いた。命を召し上げられても、長い物に巻かれてはならなかった、勝ち目のない、孤立無援の戦いの中にこそ、生気に満ち満ちた時間があり、芸術もそこで生まれるはずだ、その信念だけを寄ってすがる杖として、今まで生き長らえたのだ。なのに、人生終盤の一番肝心なところで、芸術家は自らを欺《あざむ》いてしまった、資本主義に加担してしまった、権力に利用されることを予見できていながら、テーマ展示プロデューサーなどという役職を引き受けてしまった、自由に使ってよいという十億円の予算を差し出されて、思わず俯き、目を瞑ってしまったのだ……目的を達成するためであれば手段において妥協すること、権力や資本家におもねることは、何ら恥ではない……芸術家の犯した過ちは、後の時代の作家や音楽家、建築家、映画監督の犯す過ちの雛形となった。

芸術家は一晩じゅう双眼鏡を覗いて、「黄金の顔」の右目を見張り続けたが、目玉男の方ではもちろん、大屋根の上から動かずにいる、小柄な老人になど気づくはずがなかった、この晩も一向に吹き止むことのない強風に、体温と体力を奪われていたが、加えて空腹が、著しく目玉男を消耗させていた。飲料水は八リットルも持ち込んだのに、どうして食料を用意するのを忘れてしまったのか？　いや、じつをいえば、忘れたわけではないのだ、キャラメル一箱あれば何とかなるだろうと踏んでいた、それぐらい短い、きっと数時間か、一晩か、長くても丸一日あれば決着がついてしまうであろう、これが絶望的な負け戦《いくさ》であることは、他ならぬ目玉男本人が一番よく分かっていた。放水されるか、催涙ガスで燻し出されるかして、早々に自分は排除されるものだと思っていたのに、どういう理由からなのか、警察は冷静な言葉で語りかけてくるばかりで、一向に強硬策に打って出ようとはしないのだった。なけなしのキャラメルで食い繋いで、籠城三日目の朝を迎えた、分厚い黒ずんだ雲が垂れ込めて、やがて雨まで降り始めた、気温も上がらず、目玉男は防寒着に身を包んで、湾曲した内壁に力なく寄り掛かったまま震えていた。その日はどこかのパビリオンで子供向けのイベントでも開催されていたのだろうか、赤や水色の、法被《はっぴ》姿の子供たちが太陽の塔の正面に集まってきていた、子供たちに呼び掛けられると、目玉男も起き上がって、笑顔を作って、手を大きく振って応えないわけには行かなかった、内心馬鹿にしていても、軽蔑していても構わない、それでも子供だけは絶対に落胆させたくなかったのだ。「体調の方は、大丈夫ですか？　怪我はありませんか？」とつぜん閉ざされた金属ハッチの向こう側から、若い、恐らく目玉男と変わらぬ年頃であろう男の声がした、命令口調ではない、その柔らかな、親しげな物言いに、目玉男は動揺してしまった。「必要な物があれば、持ってきますから、教えて下さい」食パンか、握り飯を差し入れて欲しいと、ほとんど喉まで出かかったのだが、かろうじて堪えた、代わりに、撃ち落とすなり、煙攻めにするなり、いくらでも方法はあるだろうに、どうして警察は力尽くで自分を逮捕しないのかと、疑問をぶつけてみた。

「自らの意思で、あなたが地上に降りてくるのを、皆が待ち侘びています」若い男は警視庁第二機動隊のレンジャー隊員だった、柔道部員だったかつての自分、毎日綱登りで上腕筋を鍛えていた自分にも、いま扉の向こうにいる、きっと背が高く、厚い胸板の青年なのであろうこの男のような人生を歩んだかもしれない可能性が、確かにあった、なぜだかその可能性は目玉男をもう一度勇気付けた、そこに天と地ほどの違いがあるわけではない、塔といったって、たかだか六十五メートルだか七十メートルだかの、お祭りが終わればあっけなく取り壊される、しょせんは張りぼてに過ぎないじゃあないか！

人間は食物を消化、分解することで熱を得る、その食物を全く摂っていなければ、体温は下がる一方だ、目玉男は日に日に衰弱していった、意識が朦朧とすることはなかったが、観客からの声援に立ち上がって、手を振って応えることも、もう億劫になってしまった、横になったまま、極力体力を消耗しないように心掛けた。うたた寝で見る夢にはとうぜん、幼くして死んだ姉も現れた、今の目玉男より十歳近くも年少の、ベージュ色のカーディガンを羽織ったショートカットの少女は相変わらず偉そうに、突き放したような口調でこういった。「あなたは男の子なのだから、一度決めたことは、そう簡単に諦めてはいけない」もしかしたらそのとき聞こえていたのは、どこの誰とも知れない野次馬からの掛け声だったのかもしれない、それでも夢の中で姉と出会えただけで、目玉男は幸福な気持ちで目覚めることができた。若いレンジャー隊員は毎朝開場前に、目玉男を訪ねてきた。「戦前の川崎でも、労働者の不当な解雇に抗議するため、紡績工場の煙突に登ったまま六日間も降りてこなかった人がいたそうです。もっともこの人は、途中で水や食料を受け取っていたようですが。このときも一万人の見物客が集まりました」レンジャー隊員がやってきて、金属ハッチ越しに短い会話を交わすことを、目玉男は心待ちにしていた。籠城五日目には、恐らく自分はここで死ぬことになるだろうと覚悟を決めていたが、いよいよ衰弱死したとしても、最初に死体を見つけてくれるのはこの隊員のはずだった。「単なる偶然かもしれませんが、戦前の煙突男も、北海道出身なんです」自分の身元が割れていることに、もはや驚きはなかった。今頃嘆き悲しんでいるであろう両親も、遠い異国の他人のようにしか想像できなかった。けっきょく世の中には、人間を落胆させ怯えさせる仕組みができ上がっているのだという諦めの気持ちしか起こらなかった、そんな風にしか考えられないほど、目玉男の肉体は疲弊し切っていた。

夜通しラジオを聴いていても、目玉男の起こした事件はまったく報じられなくなってしまった。「我が知恵《ちえ》一分《いちぶ》の知恵ばかりにて万事をなす故、私となり天道に背《そむ》き、悪事となるなり」「盛衰《せいすい》を以《もっ》て、人の善悪は沙汰《さた》されぬ事なり。盛衰は天然《てんねん》の事なり。善悪は人の道なり。されど、教訓の為《ため》には盛衰を以《もっ》て云ふなり」「時代の風《ふう》と云ふものは、かへられぬ事なり。段々《だんだん》と落ちさがり候は、世の末《すえ》になりたる処《ところ》なり」寝転がったまま、防寒ジャンパーのポケットから『葉隠入門』を取り出し、ページを繰ってみたが、目に入るのは安っぽい処世訓のような文章ばかりだった。本を放り出して、目玉男はひたすら眠った、冬山で遭難したり、極地を探検していて猛吹雪に見舞われて身動きが取れなくなったりした場合には、どんなに眠くても眠ってはいけない、いったん眠ったが最後、心臓の活動が弱まり、血流は滞って、急激に体温が低下して死に至るという、しかし目玉男の場合は、眠り続けることによって何とか命を繋いでいたのだ、深く眠っている時間に限っては、空腹から解放され、悪寒に震えずに済んだ、不安に苛まれて背中や腹を狂ったように掻きむしることもなかった、眠りに落ちる間際、もう次は目覚めることがないのかもしれないという考えも過ぎったが、差し当たっての苦痛から逃避できるならそれで構わなかった、そんな考えが起きる間は、まだまだ本当の終わりは現実とはならないような気もした。

頭の上を、誰かの手のひらで軽く撫でられたような感触で、目玉男は目覚めた、太陽の塔に登ってちょうど一週間が経った日曜日の、雲の隙間から薄日が射し込む夜明けだった、頭を起こすと目の前に制帽を被った警官がいることを恐れたが、警官はいなかった、いたのは一羽の白い、小さな鳥だった。肌色の細い、しかし鋭い爪の生えた二本の足でしっかりと照明の外枠に摑まり、大きく膨らんだ胸からまっすぐな背中、長い尾までは染み一つ、汚れ一つない純白の羽毛で覆われている、桜貝の嘴を持ち、黒く丸い目で横になったままの人間の方を恐る恐る窺っている、この鳥は紛れもなく、幼い頃の目玉男が旭川のデパートで籠から逃がしてやった、あのジュウシマツだった。あの鳥が帰ってきたのだ！　旭川から大阪まで、千五百キロ以上を飛んで、目玉男を迎えに戻ってきてくれたのだ！　いや、もちろんじっさいにはこの白い鳥は、万博の開会式で大空に向けて放たれた百羽の鳩の中の一羽だったのかもしれない、しかしそんなことは目玉男にとってさしたる問題ではなかった、死んだ姉が十年の歳月をかけて、この鳥に姿を変えてやってきたと思い込みたい誘惑に負けるほど、目玉男は自分に甘い人間ではなかった、しかし一羽の小さな鳥でさえも、群れを作らず、孤独に、自らの本能と肉体だけを支えとして生きていけるのであれば、人間である自分も、たった一人で、世間との付き合いを絶って、金の力なんかに屈服せず、過ぎ去った時間に守られながら生きてゆけないはずがなかった、つまりそのとき目玉男は、自分は大人の振りをしている七歳の子供に過ぎないことに、初めて気がついたのだ。

若いレンジャー隊員がやってくると目玉男は、今日これから地上に降りる旨をハッチ越しに伝えた。「一つだけ要望がある。ほんの一、二分でよいので、会場内にいる観客たちの前で、話をさせて欲しい」隊員は万博協会本部と相談するといい残してその場を離れたが、ほどなく戻ってきた。「会見の準備をするそうです。あなたは残りの力を振り絞って、パイプをくぐり抜けて、こちら側に戻ってきて下さい」それは励ましの言葉のように聞こえた、暗いパイプの中を腹這いになって進んでいると、ここを通り抜けて「黄金の顔」の目玉に辿り着いた一週間前が、もう何年も昔の、それこそ子供の頃の記憶のように遠く、途切れ途切れに思い出された、ふらつく足で何とか鉄梯子を下って、機械調整室に降り立つと、そこで初めて容姿を見る、若いレンジャー隊員が待ち受けていた、金属ハッチ越しの声から想像していた通り、背が高く、肩幅の広い筋肉質の体型で日焼けした赤い肌、親しみを感じさせる小さな細い目、低い鼻、顎にはうっすらと青く髭剃り跡が残っていた。「威力業務妨害、建造物侵入の現行犯で逮捕します」その台詞を合図に、隠れていた警官二人が同時に飛び出してきて、目玉男の両腕を押さえ、素早く手錠をかけた、目玉男は膝から崩れ落ち、額を床に押し付けたまま、大声を上げて泣き続けた。

百八十三日間の会期を終えて、大阪万博は九月十三日の日曜日に閉幕した、一カ月、二カ月が過ぎ、日没の早さに冬の到来を感じる頃には、同じ年に開催されていた万博のことなど、まさか忘れてまではいないのだろうが、誰も今更話題にはしなくなってしまった。千葉県内の社宅に住む親子も、何も変わったことの起きない、同じ一週間が繰り返される生活を送っていた、七歳の少年は小学校から帰宅するとすぐに、三歳年下の弟を連れて、社宅裏手の空き地へ向かった、その日はよく晴れて日射しは暖かかったが、十一月の終わりらしく空気は一日じゅう冷たかった。「風が吹いていないから、大丈夫」ついこの間まで、大人の背丈さえ超える高さの雑草が生い茂ってジャングルのようだったその場所は、ある一日を境に、薄茶色の枯れ草が柔らかに敷き詰められた、この兄弟専用の遊び場へと変わった、真ん中には、半年前に父親がシャベルで掘った、深さ五十センチほどの大きな穴があった、弟を残したまま少年はいったん自宅へ戻り、片方の手には一抱えほどもある大きな紙袋を、もう片方の手には古い竹箒を持って、小走りで戻ってきた。「よく燃える、新聞紙だけ、最初に穴に入れて」後に日本じゅうの地方自治体がダイオキシンの排出を理由に禁じてしまう家庭廃棄物の野外焼却、いわゆる野焼きだが、この時代は、野焼きはまだ子供たちの仕事だった、火の扱いには気をつけるようにと付け加えながら、大人も当たり前のように子供にライターやマッチを渡していた、他の家事からは逃げてばかりいるくせに、なぜだか野焼きだけは、子供は自ら進んで手伝うのだった。少年がマッチを擦って、灯された炎に新聞紙の端をかざすと、炎は弾けるように扇型に広がる、灰になって崩れ落ちる寸前、穴の底へ投げ入れ、上から枯れ草を被せてやる、すると炎は一気に膨れ上がり、橙色の火柱は兄弟が見上げるほどの高さになる、しかしその火力もすぐに落ち着いてしまう、紙袋から取り出した塵を、兄弟は順番に、炎目掛けて投げつける、ときおり青い炎や、ピンク色の炎が現れる、夕焼けの空に向かって垂直に、青白い煙が立ち昇っていく、兄弟は自分たちの額や頬が熱くなっているのにも気づかずに、口を半開きにしたまま、放心したようにその様子に見入っている。

日が沈んで、しばらく経ってから兄弟が家へ戻ると、父親は既に帰宅していた、普段であれば夕飯間際に帰ってくるので、この日の早い帰宅は妙だった。「何か分からないが、大きな事件が起こったらしい」父親は少し興奮しているようにも見えた、誰かに尋ねるでも、同意を求めるでもない、どこかいい澱んでいるような、おかしな口調だった、母親も何も返さぬまま、夕飯の支度をしていた。やがて夜になり、テレビで七時の時報が鳴った、ＮＨＫのニュースが始まるとその冒頭で、『葉隠入門』の作者が自衛隊市ヶ谷駐屯地に乱入し、割腹自殺を遂げたことが報じられた。

『葉隠入門』の作者の自決から一年半後には、大阪万博の開会式に出席していたノーベル文学賞作家も、神奈川県逗子《ずし》市のマンション四階の自室で、ガス管を咥えて絶命しているのが発見された、同じ年の少し前には、その日は月曜日で平日であったにも拘わらず、犯人逮捕時のテレビ局各局の生中継が合計で八十九・七パーセントという異常な高視聴率まで記録してしまった連合赤軍浅間山荘事件があり、アジアで初めての冬季オリンピックも札幌で開催されているのだが、それらの事件や出来事以上に、当時の人々に、咄嗟に安易な反応を返すことを躊躇わせるような驚きと困惑を与えたのは、グアム島のジャングルの奥深くで、日本が戦争に負けたことも知らぬまま、二十八年間も洞窟の中に身を潜めて暮らしていた元日本兵が発見されたという、その年の初めに入ってきたニュースだった。現地の病院での診察を終え、ほどなく帰国するというその元日本兵に対して、とりあえずは長い間お疲れ様でしたと慰労するにしても、次に続けてかけるべき言葉とは何なのか？　何はともあれ五体満足で帰ってきて、祖国の土を踏めたことへの祝福であるべきなのか？　それとも、体力的にも、精神面でも、人生でもっとも充実した生活を送ることができたはずの三十代、四十代を失い、どう足掻いてもその時間と経験は取り戻せないことへの憐れみ、同情であるべきなのか？　もちろんそんな問いに対する答えなど誰も持ち合わせないまま、羽田空港に降り立った元日本兵は、厚生大臣と記者団、そして三千人もの人々に出迎えられ、けっきょく下世話な興味に晒されることになってしまった。もし子供がいたとしたら、その子供もとっくに成人して子を持つ親となっていたであろう二十八年もの長い年月、いったい何を食糧として生き延びたのか？　木の実や獣の肉、昆虫も食べたのか？　それともただ単に、戦争は今でも続いていると信じ込んでいただけなのか？　グアム島上空を飛ぶジェット旅客機を見て、時代が変わったことに気がつかなかったのか？　望郷の念や人恋しさ、ときには性欲だって覚えることもあったのではないか？　勲章か、多額の年金でも貰えるのだろうか？　何しろ、三十年以上もの兵役を勤め上げたのだから……こうした、答える必要のない質問にまで、元日本兵は律儀に、正直に答えてしまった、車椅子の座席に埋もれてしまいそうな小さな身体からは、長い潜伏生活の艱難辛苦《かんなんしんく》が偲ばれた、恐らくそうした人柄や容姿も手伝ってのことだろう、彼は新聞やテレビで名前を見ない日はない有名人となり、記者会見で発言したとされる、「恥ずかしながら帰って参りました」という、国家への忠誠心よりもむしろ人の良さ、田舎者らしい朴訥《ぼくとつ》さを感じさせる一言が、その年の流行語になってしまった。

しかし三十年近くも文明から隔絶された、限りなく太古の人類に近い生活を送っていた人間が、いきなり現代の日本に投げ込まれたならば、とうぜん心身に不調を来すことが危惧されるだろう、ところがこれは周囲の誰しもが驚いたことなのだが、苦もなく、素早く、今や世界第二位の経済大国となったこの国の流儀に、元日本兵は適応してしまった、新幹線に乗っても、揺れの少なさに感心はしても、その速さを怖がるようなことはなかった、東京都心の高層ビルや繁華街を往き交う何千という通行人を見ても、無感動に押し黙ったままだった、戦争が始まる前、一升当たり四十銭だった米の価格がほぼ一千倍になっていることを知ったときにも、物の値段なんて、そんな程度のいい加減なものだろうという反応だった、見合いをして、結婚もした、食事も、洋食であろうと中華料理であろうと、他の人と同じ物を文句もいわずに食べた、ただ生魚にだけは、けっして箸をつけなかった。元日本兵は日本じゅうを講演して回るようになり、雑誌の対談記事やテレビのワイドショーにもしばしば登場した、じっさい帰国から一年が過ぎても、マスコミからの取材依頼は途切れることなく続いていたのだ。ところがそれから更にもう一年が経った春に、フィリピンのルバング島の山中で、元日本陸軍少尉が発見された、元少尉は自分は今でも軍人であり、上官から命令された任務が解かれない限りはぜったいに投降しない、戦闘を続けるといい張ったため、かつての上官がわざわざ現地まで赴いて、文語文で書かれた任務解除命令、投降命令を読み上げて、ようやく帰国の途についた。グアム島に二十八年間潜伏していた元日本兵が最後の未帰還兵だとばかり思っていた。

いた当時の人々は、更にその上がいたことに啞然としたが、じっさいにはこの二人に限らず、終戦後も日本には帰らず、現地に留まった日本兵は大勢いたのだ、戦争中にベトナム人女性と結婚し、二人の子供を授かった下士官は、妻子を捨てて帰国しようとしたのだが、引き揚げ船の出航直前に気が変わり、下船してそのままハノイに住み着いた、古参将校から理不尽な暴力を振るわれていた軍属は、終戦を知らされると同時にその将校の右肩を蛮刀《ばんとう》で斬り付けて、マレーシアの密林へ逃げて行方をくらました、軍人、そして日本軍という組織そのものに幻滅して、嫌気が差して逃亡し、現地に残留した兵士、戦犯になることを怖れて帰国しなかった兵士は少なからずいたのだが、中には日本政府が約束したインドネシアの独立を、たとえ自分は一人になっても支援し続けると宣言して、危険を冒しながら同国独立派に日本軍の武器を横流しした学徒兵もいた。こうした現地残留日本兵の総数は、一万人とも、それ以上ともいわれているのだが、理由はそれぞれに違ってはいても、彼らは皆、戦争の終結、日本の敗戦という事実を知った上で、自らの判断で現地に留まることを選択した兵士である、という意味では同じだった、日本が戦争に負けたことを知らぬまま、もしくはその事実を頑なに受け容れぬまま、何十年も潜伏生活を続けたグアム島とルバング島の二人は、やはり異常だ、常軌を逸しているといわざるを得ない。

我々第三者からすると、ルバング島の元少尉が帰国してからというもの、グアム島の元日本兵はどことなく影が薄くなってしまった、羽田空港に特別機が到着したとき、ルバング島の元少尉はタラップの上から、出迎えの人々が振る日の丸の小旗に向かって右手を高く上げて応え、身体を半回転させてもう一度右手を上げげた、綺麗に刈り込まれた短髪、微笑みながらも鋭い眼光、日焼けした浅黒い肌、真っ白いワイシャツ、濃紺の背広を着た背筋はまっすぐに伸びて、タラップを降りる足取りも軽快だった、凱旋将軍とも見紛う帰国だった、飛行機から降りるなり弱々しく車椅子に座り込んでしまった、頬のこけたグアム島の元日本兵とは大違いだった。「そりゃあ、あの方は将校だから、陸軍中野学校出身のエリート軍人なのだから、ずっと穴に隠れていた臆病な下士官なんかと一緒にして貰っちゃあ困る。少尉と伍長では、文民に置き換えてみたら貴族と下町の商人ぐらいの身分の差だ。だいたいグアム島の元日本兵は、戦争前は仕立屋だったそうじゃあないか……」確かに元日本兵はもともと、洋服の仕立職人だった、父親が洋服屋だったから、自分も同じ職業を選んだのだ。元日本兵が生まれた頃には既に、両親は折り合いが悪く、母親は生後三カ月の乳飲み児を籠の中に置き去りにして、書き置きも残さずに実家へ戻ってしまった、洋服屋だった父親は仕事熱心な、真面目な男ではあったが、子供には興味がなかった、もしかしたら自分の子ではないのかもしれないという疑念を拭い切れなかったのかもしれない、父親は妻の実家を訪れた、たまたま妻は不在だったが、忘れ物だといわんばかりに義姉に産着に包んだ赤ん坊を押し付けて、逃げるように帰ってしまった、母親は母親で、子供が再婚の妨げとなることを怖れていた、そうでなくとも「出戻り」というだけで、隣近所から陰口を叩かれるような時代だったのだ。

母親は意を決して父親に会いに行き、いずれこの家の跡取りとなる息子なのだから、あなたが責任を持って面倒を見るようにといい放って、何も返せずにいる父親の胸に赤ん坊を預けた、帰り途、これでもう死ぬまで、あの子の顔を見ることはないだろうと思うと涙がこぼれた。ところがそれから一週間後、父親は赤ん坊を連れてきたのだ、真夏の蒸し暑い午後だった、顔じゅうを真っ赤に染めて、涎《よだれ》を垂らしながら泣き叫ぶ汚らしい我が子を見て、母親は暗澹《あんたん》たる気持ちになった、こいつに人生を食い潰されそうな気がした、再び父親に赤ん坊を突き返したが、父親も受け取りを拒否した、気の毒なことに子供は両親の間を二往復半もさせられた後で、けっきょく根負けした母親の実家で引き取ることとなった。

幼い頃の元日本兵は、背丈も小さく、無口で、しょっちゅう風邪をひいてばかりいた、そういう子供が受ける仕打ちは、昔も今も変わらない、近所の子供たちからは「親なし子」と呼ばれ馬鹿にされ、履物を隠されたり、背中を小突かれたりして苛められてばかりいた。母親は息子を実家に置いたまま、名古屋の材木問屋に女中奉公に出てしまっていた、絹《きぬ》という名の、元日本兵にとっては従姉《いとこ》に当たる五歳年上の少女が唯一、面倒を見て、可愛がってくれた、下腹が痛いと唸りながら、廊下の隅でうずくまっている従弟の背中を、絹は優しくさすってくれた、腹痛はなかなか治まらなかった。「ここで横になって、待っていなさい」医者か、薬屋でも連れてくる積もりなのであれば、むしろ子供が恐れたのは、痛みがあっけなく消え去ってしまうことの方だった、しかし半日経っても、絹は戻ってこなかった。夕方になって彼女から手渡されたのは、薄い半透明の紙に包まれた、炭を砕いたような茶色い粉だった。「熊の胆《くまい》だから、我慢して飲みなさい」しかし薬は余りに苦く、従姉がこれを手に入れるために費やした苦労を思えば覚悟を決めて飲み込むしかないと子供心にも分かってはいたが、半分ほどを吐き出してしまった。それでもその日の晩には下腹の痛みは治まっていた。絹は額が広く小太りで、器量好しの娘ではなかったが、大人びた落ち着きがあった。十四歳で奉公に出るとほどなく良縁に恵まれ岡崎の石材店に嫁いだのだが、幼い二人の子供を残したまま、彼女もまた、交通事故で亡くなった。勝太郎《かったろう》の歌う『東京音頭』が日本じゅうで大流行していた、暑い夏のことだった。元日本兵が十二歳のとき、奉公に出ていた母親が再婚することになった。息子は新しい家庭に呼び寄せられたが、どういう行き違いがあったのか、継父の両親と義兄からは、お前はどこの家の者かと怒鳴られ、睨みつけられた。家族と一緒の食卓に着くことは許されず、学校を休んで家業の手伝いをさせられることもしばしばだった。厄介者扱いされるであろうことはある程度覚悟していたが、もはや子供ではない分、その差別はより耐え難かった。継父は善人というよりお人好しで、息子となった彼を庇《かば》ってはくれたが、両親に逆らうことはなかった。高等小学校を卒業すると同時に、彼は家を出ると宣言した。もう何年も前から決めていたことだった。「家鴨《あひる》の子は生みっぱなしにされても立派に育つという。自分は親父と同じ洋服屋となって、身を立てたい」その母親と継父からすると、これはかなり意外だった。赤ん坊のときに見捨てられて、後一度も会っていない実父のことを、息子は今でも慕っている、そこには捏造され、美化された、偽物の記憶が介在しているのかもしれなかったが、彼の決意は固かった。母親は今更ながらに、自分が血を分けた息子はこの世にたった一人しか残されないのだと思い知った、我が子に何もしてやれなかった自分を責めた、元日本兵は豊橋の洋服店に丁稚《でっち》に入ることになったのだが、これは母親が方々の伝手を頼ってようやく見つけてきた奉公先だった。

旭川と同様に、豊橋も、陸軍第十五師団が置かれた、「軍郷」として発展した街だった、第一次大戦後に進められた軍縮で第十五師団は廃止されたが、同じ場所には陸軍教導学校が残った、そんな街なので洋服屋とはいっても、じっさいに取り扱っているのは軍服ばかりだった、十人、十五人の分隊からの注文を纏めて取ることが、手っ取り早く売り上げを伸ばす方法だった。丁稚小僧になった彼も、朝の六時に起床して、足繁く軍の施設に通っては注文を集め、昼の休憩も取らぬまま夜の十時過ぎまで、鋏と針を手に黙々と作業を続けた、酒も飲まず、遊びにも出かけず、自らを励ましながら働いた、始終腹が空いていたし、蓄積した疲労からとつぜん睡魔に襲われることもしばしばだったが、すれ違うたびに嫌味をいわれながら他人の家に置いて貰う、肩身の狭い思いだけはもう二度としたくなかった、一日でも早く自立して、誰の世話にもならずに、一人孤独に生きていきたかったのだ。それでも、独立して、自分の店を構えるようになるまでには、八年の歳月を要した、年を取ってしまえば八年が過ぎるのもあっという間だが、十代、二十代の八年間は気が遠くなるほど長い、両親が住む家からもさほど離れてはいない、海部《あま》郡千音寺《せんのんじ》の民家で洋服店を開業した正月、彼はまだ数え年で二十三だったが、目は窪み、撫で肩になって、手の皮は厚く皺だらけで、風貌だけ見ればまるで初老の熟練職人のようだった、しかしその胸の内は安堵の喜びで満たされていた、夢想ではなく現実として、自分の店を持つなど信じ難いことだった、玄関の三和土に設《しつら》えた作業台は師団払い下げの中古品だったが、まるでこの家にずっと以前からあったかのように馴染んでいた、この作業台さえあれば、自分は一生食《く》い逸《はぐ》れることはないような気がした。ところがそれから一年も経たぬ内に、臨時召集令状、いわゆる赤紙が届き、仕立屋は名古屋の、輜重兵《しちょうへい》第三連隊補充隊に入隊させられてしまった、半年余りの訓練の後、中国青島《チンタオ》に派兵されたのだが、一度も戦闘を経験せぬまま召集解除となり、翌年には名古屋に戻った、従軍による一年半の人生の損失は綺麗さっぱり忘れて、真新しい、無垢な少年のような素直な気持ちで洋服屋の仕事に邁進していたところが、赤紙は再び届いた、配属先は前回と同じ、輜重兵第三連隊だった、自分が生まれ落ちてしまった、呪われた時代を彼は恨んだ。練兵場での訓練を終えた夏の夕方、兵舎に戻る途中の道端の電灯の下に、寄り添うように立っている、子供のように小さな老夫婦を見つけた、継父と母親だった、母親は他の兵隊に気づかれぬよう、袂の下からそっと竹皮《たけかわ》の包みを息子に差し出した。「いなり寿司だから……食べなさい……」母親は涙こそ流していなかったが、唇は震えていた、かつては我が子を見捨てようとした母親だったが、今では息子の成長こそが彼女が生き続ける理由となっている、その事実にもちろん彼も打たれはしたが、まるでこれが今生《こんじょう》の別れでもあるかのような感傷は大袈裟な気もした、このときの彼はまだ戦争を甘く見ていた、前回の応召と同じように、一年か、長くても二年で故郷に帰還して、元の洋服屋に戻る積もりだったのだ。

彼の所属する連隊は、大阪港から大連へ渡り、満州国奉天《ほうてん》省の遼陽《りょうよう》へと進んだ、そこで歩兵第三十八連隊と合流し出陣命令を受けたので、てっきり外満州の警護に当たるのだと思いきや、貨物列車に詰め込まれた三千人の兵士は全員、国境を越え釜山《プサン》へ移動し、日本軍の徴用船に乗せられた、二月の終わりの雪の降る朝だった、広島に一日だけ寄港したが、その段階でもまだ行き先は教えて貰えなかった。彼が乗船したのは安芸丸《あきまる》という船名の、一万トンを超える大型の貨客混合船だったが、航海中は激しく揺れた、護衛の駆逐艦が離れて五日目の日没直後、警戒警報のブザーが船内に鳴り響いた、ベッドに横たわっていた兵士は皆、鉄兜を被り、銃を手にした、船体がわずかに、右に傾いたような気がしたが、それ以降は何も起こらなかった、静寂がもどかしいほど長く続いた、深夜近くになってようやく警報が解除され、船底へ降りていってみると、魚雷の命中した第四船倉付近には腕や足の捥《も》げた兵士や軍属の死体が散乱していた、彼がじっさいに戦闘で殺された人間を見るのは、このときが最初だった。八日間の航海の後、船は小さな港に入港した、兵士たちは腰まで海水に浸しながら、砂浜を歩いて上陸したが、船酔いで食事が摂れなかったために足腰が弱って、まともに直進できる者はいなかった、自分たちが辿り着いたこの場所は、いったい太平洋のどの辺りの、何という島なのか？上官に質問しても、分からないという答えしか返ってこなかった。仕方なく、積み荷降ろしの使役をさせている褐色の肌の現地人を捕まえて、身振り手振りで尋ねてみて初めて、ここが大東亜戦争開戦と同時に日本軍が占領した大宮島《だいきゅうとう》、グアム島であることを知った。

歩兵第三十八連隊がグアム島に上陸したのは、日本が敗戦する一年半近く前のことだが、既にこの段階で大多数の兵士は、自軍の敗色濃厚を感じ取っていた。もちろん彼のような下士官には、アッツ島の守備隊二千六百名の玉砕も、スターリングラード攻防戦におけるドイツ軍の降伏も、戦況としては何も知らされていなかったが、軍紀の乱れや悪口、露骨な依怙贔屓《えこひいき》、配給の不足、精米されていない米、約束の日時を過ぎても一向に到着しない味方の飛行機、現地の民間人からの略奪、増え続ける怪我人、病人、突発的に起こる自暴自棄……そうした諸々から、近い将来の破滅はじゅうぶんに予想できたのだ。しかしそれでも、生き残った兵士たちは後に正直に述懐している通り、駐留当初はまだ皆、生まれて初めて見る南方の島の樹木の、透き通った緑色の葉の、宝石のような輝き、真っ赤な花、浅瀬が果てしなく続く珊瑚礁の海岸、青臭い砂糖水のような椰子《やし》の果汁、日中の日射しは暑くとも木陰にさえ入ってしまえば涼しい乾いた風が吹き抜ける、快適この上ない気候に、遥々日本から遠く離れたこの島まで連れて来られたのも、長い従軍生活で疲れた心身をいたわり、英気を養わせるために与えられた一時休業であるかのような、そんな錯覚に陥っていたのも事実だった。ある日の夕方、点呼の最中に、若い一等兵が恥ずかしそうな笑みを浮かべながら、仕立屋の彼のところに近寄ってきた、このときの彼は分隊長、陸軍階級でいえば伍長だった。「怪物を、追い詰めました」分隊全員十二名が駆けつけると、人間の子供ほどの大きさの、丸々と太ったトカゲが、椰子の木のてっぺんで塒《とぐろ》を巻いていた、石を投げてみたり、棒で突いてみたりしたが、大トカゲは幹にしがみついて離れなかった、獣や鳥を銃で撃ち落とすことは規則で禁じられていた、勇猛果敢な若い兵士は自分が尻尾を捕まえてくると木によじ登ろうとしたが、逆襲されて牙をむかれて、指でも喰いちぎられては大変だと止められた、やがて日が暮れようとしていた。「人間以外の生き物は例外なく、火を恐れる」松明《たいまつ》を掲げて、両側から炙《あぶ》り寄っていった、誰かが気を利かせて、蚊帳を持ってきて、椰子の木の根元に広げておいた、冷血動物は無感情な茶色い瞳で虚空を見つめていたが、とつぜん自らの運命を悟ったように幹から手足を離し、どさりという音を立てて地面に落ちた。獲物はその晩の内に解体され、半分は直火で焼いて、残りの半分は鍋で煮た、トカゲの肉は脂身のない硬い鶏肉のようで、けっして旨くはなかったが、兵士たちの空腹を紛らわす助けにはなった、夜が更けても彼らは饒舌で、夕方の大捕物にまだ高揚しているようにも見えた、つまり彼らにとって、この南の島での生活は、永遠に失われたはずの少年時代の思いがけない再体験、という一面もあったのだろう。しかし翌朝、興奮が過ぎ去って、冷静になって考えてみると、覇者となるべき者たちがトカゲの肉など喰らって喜んでいるわけがなかった、これはもしかしたら、退路を断たれて、追い詰められているのは、むしろ我々自身なのではないか？　いよいよ終わりは、すぐ近くにまで迫ってきているのではないか？

そして案の定、米軍の空襲が始まると、日本軍は一溜《ひとた》まりもなかったのだ、カヤの葉で覆い、遠目からは分からないように隠しておいた高射砲や戦車を狙って、米軍機は爆撃を繰り返した、気味悪いぐらい正確に、敵はその位置を把握していた、弾薬庫に焼夷弾が落とされると、大爆発が連鎖して起こり、雲に届くほどの高い煙が上がった、木々の生い茂っていた丘は赤土の丸裸になった、日本軍の兵士たちは日中何度も、防空壕に隠れねばならなかった。七月のある晴れた朝、島の西側の水平線上に、一隻の黒く巨大な船の影が現れた、それは救援にやってきた、日本の戦艦だった、身を潜めていた日本兵たちは歓喜した、船の数は見る見る内に増え、湾の内側を埋め尽くすほどになった、そこでようやく、彼らも気づいた。「敵様《てきさん》の、艦隊だな……」落胆は一瞬しか持続せず、身内に対する激しい怒りが入れ替わった、どんな事情があって、海軍はやってこないのか？　いったい何のために、国民の日常を捧げて軍艦を造ったのか？　そうした個々人の感情など置き去りにしたまま、米軍の艦砲射撃が始まれば、日本軍はジャングルの中を逃げ惑う他なかった。湾内の洞窟に作った砲兵陣地は空爆によってことごとく破壊され、海岸線の障害物も難なく突破されて、五万を超える米軍兵の上陸を許してしまうと、日本軍の幹部はこの戦いに勝ち目はないとあっさりと諦め、兵士には最後の抵抗として夜襲《やしゅう》を命じた、物音を立てずに、闇夜に乗じて敵の陣地に限りなく近づいて、捨て身の覚悟で正面に躍り出て、盲滅法《めくらめっぽう》銃を撃ちまくるのだ。じつはこの数日前から、仕立屋の彼は腹痛に見舞われていた、回虫の引き起こす感染症か、疲労からくる消化器の炎症なのか、原因は分からなかった、食事はほとんど摂れず、下痢も止まらなかった、足元もふらついていたが、この期に至っては、腹が痛いなどとはいっていられなかった、彼も分隊長として、兵士を率いて夜襲に参画せねばならなかった。湿地を腹這いになりながら進んでいくと、破裂音から一拍遅れて、視界が真っ白に染まった、照明弾だと思った瞬間、真正面に二箇所、火を噴いている機関銃の銃口が見えた、すぐ隣で味方が地面に倒れる音が聞こえた、カエルのように、胴体が泥濘《でいねい》に減《め》り込むほど匍匐《ほふく》を低く保ちながら、九九式小銃に弾を込めて、引き金を引いた、彼の鉄兜の真上でも弾が空気を切って飛んでいく音が聞こえた、ほとんど狙いも定めぬまま、銃を何発も、何発も撃った、戦いの渦中にあっては、死の恐怖よりも何よりも、とにかく弾が欲しい、途切れることなく撃ち続けていたいというその考えしか、兵士の頭の中にはないのだ、勇敢な兵士でも、臆病な兵士でも、それは変わらない、敵を倒すことさえもはや二の次で、自分の盒《ごう》にはまだ弾が残っている、もっと撃てるんだというその実感だけが、交戦中の兵士の救いなのだ。ところが、こともあろうにそんな生きるか死ぬかの瀬戸際で、彼は便意を催してしまった、我ながら信じ難い肉体の不思議だったが、じっさい腸が破れたかと思うほどの、経験したことのない激痛だったのだ。頭上ではまだ弾が飛び交う中を、彼は這ったまま湿地帯から抜け出し、窪地に身を潜めて、尻を出して排便した、しばらく動けずにいたが、上体を少し傾けるだけで下腹が痛み、またしゃがみ込んでしまった。気がついたときには、彼は軍隊からはぐれていた、濡れた草叢には仲間の死体が転がっていた、死者の中の一人は、大トカゲを捕まえてくれた、あの若い一等兵かもしれなかった。「下痢が人間の命を救うこともあるのか……」夜の森の、そう遠くはない場所から、ときおり銃声が聞こえた、後ろを振り返るとそこには、緑色に灰光る米兵が銃を構えて立っているような気がしてならなかった、名古屋の継父の家の、虐げられた食卓が恋しくて堪らなかった。

後から思い返してみれば、夜襲を仕掛けたその晩こそが、それから二十八年間も続いた、彼の放浪生活の始まりだったのだ。ジャングルの中にはまだ大勢の日本兵が残っていた、顔見知りの兵士と出会えば、その場で即席のグループを作って、数日間は行動を共にし、現地人の農家の残していった鶏を捕まえたり、食用バナナやタロイモを盗んできたり、米軍の偵察のない深夜に、海岸線近くの糧秣庫《りょうまつこ》まで戻って、弾薬を補給してきたりした、電話線を設置している米兵を見つけたときには、背後からそっと忍び寄り、手榴弾を投げつけたこともあった。つまりこの集団はもはや軍隊とは名ばかりの、敗残者の群れに過ぎなかった、仲間割れの喧嘩や、少尉に向かって下士官や兵が公然と楯を突くことなど、もはや当たり前だった、軍部の無策に、権威なるものの嘘臭さに、誰もがほとほと嫌気が差していたのだ、陸軍の練兵場で教え込まれた「一発必中」の訓練など、実戦に出てしまったら何一つ役に立たなかった、こちらが弾を込めている間に、米軍の自動小銃にとっくに撃ち殺されているのだ。「天皇陛下、万歳！」と叫びながら、拳銃で頭を撃って自決した将校もいたし、両太腿に深傷《ふかで》を負い、立ち上がることすら困難になった自分など見捨てて、早くここから逃げてくれと懇願する兵士もいたが、仲間たちのそうした最期を見るにつけ、仕立屋の彼は、言葉に出しこそしなかったが、自らの命を取り上げられてもなお目を覚まさない、救い難く深い自己陶酔に、その不遜さに、日本がこの戦争に負ける必然を感じ取っていた、それと同時に、こんな場所では死ねない、泥水を啜り、昆虫を喰らってでも、自分だけはぜったいに生き延びて、故郷の家の、玄関の作業台にもう一度職人として座るのだという決意、というよりはほとんど利己的な反抗心が、彼の胸の内には湧き起こってくるのだった。他の兵士と同様に彼も、いつの日か援軍が自分たちをこの島まで迎えにきてくれるという、かすかな望みを捨ててはいなかったが、それはもはや日本軍の失地回復などを意味しない、戦争の勝敗とは関係のない、一人の人間が生きて帰国するために必要な過程としての期待だった。

米軍上陸から三週間後の八月十一日には、日本軍守備隊の司令官に任ぜられていた中将が自決し、米軍はグアム島全土の奪還を宣言しているのだが、ジャングルの奥深くで転々と逃亡を続けていた日本兵には、そんな情報は届かなかった。仕立屋の彼は相変わらず、下痢と腹痛に悩まされていた、食欲もなかったが何か食べなければ体力が持たないと思い、青いパパイヤや、椰子の果肉のコプラを掻き込んでは消化不良を起こす、悪されたこの状況を繰り返していた。ある雨の晩、洞窟の中で眠っていた彼は、兵士の呼び声で起こされた、牛を捕獲したので、分け前を取りに来いという知らせだった、牛肉であれば食べたい、食べておかねばならないという気持ちは確かにあった、しかし腰から下は固まったように動かなかった、雨の中、またずぶ濡れになってジャングルを歩くことが途轍もなく億劫だった、歩きたくない、動きたくないという誘惑に負けることは、この状況下では、それは即ち死を意味すると頭では分かっていたが、それでも動けないほど、彼の肉体は疲弊し切っていた。すると一人の衛生兵が、横たわっている彼の傍に跪《ひざまず》いた、衛生兵は彼と同郷の、名古屋の出身だった。「肝臓です。滋養がありますから、食べて下さい」手渡された空き缶には、拳ほどの大きさの、黒い泥土のような塊が入っていた、遠い昔に、従姉から与えられた苦い粉薬が思い出された、するととつぜん蘇った、背中を上下する、柔らかな手のひらの感触に涙が溢れそうになるのを堪えながら、彼はその黒い塊を飲み込んだ、そして事実、何週間も止まらなかった下痢が、焼いた牛の肝臓を食べた途端に、まるで嘘のように快癒してしまったのだ。米軍の掃討《そうとう》に遭遇して、皆が散り散りになって逃げた後は、必ず一人か二人、行方が分からなくなる者がいた、飢えに耐え切れずに自殺したり、精神を病んで死ぬ者も多かった、死者が出るたびに日本兵のグループは、より少人数に分断された。米軍の全島占拠から一年が経つ頃には、仕立屋の彼は、牛の肝臓を持ってきてくれた衛生兵と、広島の自作農の三男の海軍軍属と一緒に行動するようになっていた、二人は彼よりも十歳近く年少で、武器も携えていなかったが、彼は努めて上官として接しないよう心掛けた、なけなしの食料はきっちり三等分とし、野営する場所を決めるのも、どんな野生動物を狙って罠を仕掛けるか決めるのも、三人の合議という形を取った、これはその日一日を生き延びるために、各人の持てる限りの知恵を出し合うという生活上の必要が大きかったのだろうが、彼の内心に、軍隊式秩序と階統制に対する不信感があったことは間違いない。

この時点で、彼ら三人を含めて、グアム島のジャングルの中にはまだ少なくとも二百名の日本兵が潜伏していた、草を掻き分けて進んでいくと、ばったりと、野宿している仲間と出会うことも珍しくはなかった、満州時代に彼と同じ兵舎にいたこともある一等兵は、どこか馴れ馴れしげな口調で、こう持ちかけてきた。「島の南端にある稲田村、イナラハンまで移動しよう。あそこはまだ安全だ、懇意になった現地人もいる」乗り気になった者は誰もいなかった、かといって、拒否するだけの理由も持ち合わせていなかった、敵の巡察隊はいつ、どこに、何人で現れるか分からない、彼らを取り巻く状況は日々変化していた。足跡を残さぬよう、川の中を歩いて丘を越えた、草地を歩くときには、倒した葉をいちいち小枝で直しながら進んだ。「戦争というのは、俺たちみたいな貧乏人のせがれがやらされるものなんだ、それはきっと敵様も同じだ。金持ちは家の中にいる」一晩夜を徹して歩いたが、目的地には到達しなかった、それどころか米軍が新設した車道に出てしまい、慌てて森の中へ引き返したこともあった、自分たちは今、島のどの辺りにいるのか？　この行軍がどこへ向かっているのか？　誰にも分からなかったが、一等兵に悪びれた様子はなかった。昼間、木陰で寝ていた彼は、衛生兵と軍属に起こされた、眠っている一等兵をその場に残したまま、彼ら三人は安住の地を求めて、山の奥深くの、より標高の高い場所を目指した、それには川を遡っていけばよいはずだった。明け方、灌木《かんぼく》の伐採された、開けた場所に出た、地面を掘ってみると、恐らくそこは現地人の農家が放棄した畑だったのだろう、荊の蔓の根元から大きな丸い芋が次々に出てきた、三人で抱え切れないほど収穫して、川の水で綺麗に洗って、焼き芋にして食べてみると、それはまるで馬鈴薯《ばれいしょ》のような甘さだった、甘味こそが人間の文明である、そのことを痛感せざるを得ない旨さだった。何週間かぶりの満腹感に緊張も緩み、三人とも無言のまま放心していた、風が止み、穏やかな午後の静寂が辺り一帯を包んでいた、そこへいきなり、短く二回、機関銃の銃声が響いた、日本兵たちは反射的に身を伏せ、草の中へ逃げた、身体を硬直させたまま様子を窺っていると、山頂方向から、甲高いサイレンのような音が聞こえてきた。「……速やかに帰ってこい。武器は捨て、上半身は裸になって……を上がってこい。私は真《まこと》の日本人だ。負傷している者、病気の者には担架を……戦いは終わった、お前たちはよく戦った……桜の花の咲き誇る、春の日も……」途切れ途切れのその声は、聞き憶えのない中年男の声ではあったが、紛れもなく、日本人の話す日本語だった、季節は芋が実を結ぶ夏だったことを考え合わせると、彼ら三人がそのとき聞いた投降勧告は、八月十五日の直後の、米軍の放送だったのかもしれなかった。

米軍が繰り返した、こうした拡声器を通じた投降の呼び掛けや、島じゅう至るところにばら撒かれた日本の敗戦を伝える新聞にも拘わらず、彼らが頑なにジャングルから出てこようとしなかったのは、しばしば日本兵の心理状態の説明として付されるような、「生きて虜囚《りよしゆう》の辱《はずかしめ》を受けず、死して罪禍《ざいか》の汚名を残すこと勿《なか》れ」という『戦陣訓』第八条の一節に囚われ続けていたということでは、必ずしもなかった、繰り返すが、軍部への信頼はとっくに失墜していたのだ、情報から隔離されていた彼らでも、恐らくこの戦争は日本の敗北に終わったのだろうと気づいていた、いつまで待っても援軍はやってこないし、島の飛行場を発着するのはアメリカの飛行機ばかりなのだ。それよりも、彼らが直面していたもっと切実な問題は、彼らの命は狙われていた、ほとんど日常的に、彼らは襲撃されていたのだ、米軍による掃討作戦が続いていた間はそれも分からなくはないのだが、しかし仕立屋の日本兵は帰国後に回想している通り、終戦から十年以上経った後も、何度も近くで銃声を聞いている、それは戦場の恐怖の記憶がもたらした幻聴ではなかった、捕まったら最後、即刻処刑されると彼らは信じ込んでいた。

仕立屋の彼と、衛生兵、軍属の三人での生活は、それぞれの得手不得手に応じて、日々の仕事が割り振られていた、若くて力の強い軍属は水汲み、薪《たきぎ》集め、真面目な性格で作業の手際のよい衛生兵は炊事、仕立屋の彼は道具作りや衣類の修繕を担当した、新聞に写真が掲載されて日本じゅうで有名になった彼の手製の生活用品の中でも、もっとも驚嘆されたパゴの木、野生のハイビスカスの繊維を編んだ洋服作りを始めたのも、三人で共同生活を営む中でのことだった。その洋服作りにしても、糸を撚《よ》るのに適した繊維を持つ植物の選定から、繊維を水に浸して灰汁《あく》抜きをすると粘り気が取れて糸が撚りやすくなる、その糸をざっくりと荒く編むことで一枚の布が完成するという発見までに、七年もの歳月を費やしている。食料に関しても、共同生活を始めてからは現地人農家の作物や家畜には手を出さないようになった、それは潜伏場所が察せられるのを恐れたからに他ならないのだが、その結果、彼ら三人は完全な自給自足を始めねばならなくなった。ソテツの実には青酸性の毒が含まれていて、そのままでは食べられないが、四日間流水に晒して毒抜きをすれば食べることができる、ところが四日を過ぎるとつぜん実は崩れて溶けて、流されてしまう。グアム島に多く生育しているクワ科の常緑樹、パンノキの実は澱粉質で、生で食べると食中《しょくあた》りを起こすが、輪切りにして焼くとカステラに似た味がして旨い、熟した実を鍋で煮てから冷まして数日置いておくと発酵して酒になる、そうした知識も、何年にも亘って、三人で試行錯誤を繰り返した末にようやく得ることができたのだ、それはまるで現生人類誕生以降の歴史を辿り直しているかのような、もどかしいほど遅々とした歩みではあったが、彼らにしてみれば、一つの作業に没頭している限り一昼夜はあっという間に過ぎ去ってくれる、陰鬱な気分が入り込む隙間を塞ぎ、精神の健康を保つためにはもっとも実践的な方法だったのだ。じっさい共同生活を始めてからというもの、数カ月、数年という時間が一つの塊となって、信じ難い速さで過ぎ去っていった、居場所を転々と変えながら放浪する生活に疲れた彼らは、とうとう地下に隠れることを決意した、川の近くの草原の斜面を、木製のへらを使って、三人が代わる代わる掘り進んだ、日中は身体を休め、暗くなってから作業を再開した、半年かかって洞穴《ほらあな》はでき上がったものの、内部はしゃがんだ姿勢で互いの膝と膝を密着させねばならないほど狭く、雨が続くと壁面から地下水が湧き出てきて、けっきょくその洞穴に長く住むことはなかった、その後も場所を変えて何度も穴掘りに挑戦したが、天井が崩れて危うく死にかけたり、現地人に見つかって焼き討ちに遭ったりして、いずれも放棄せざるを得なかった。三人が定住できるだけの、深さと、広さが確保された洞穴を、山の中腹に立つ檳榔樹《びんろうじゅ》の大木の根元に完成させたときには、最初の洞穴を掘り始めてから既に十二年が経過していた、洞窟の天井は竹の柱と簀《すのこ》で支えて崩落を防ぎ、奥部には竈《かまど》と換気口、井戸まで設えていた、近くの渓流に川エビを捕らえるために仕掛けておいた筌《うけ》には、めったにないことではあったが、蛇と見間違えるほどの大きな鰻が入り込んでいることもあった、初夏になると檳榔の木は房状の花をつけた、その花が菊に似た淡い黄色であることを、彼らはその洞穴に住んで初めて知った。

しかしこのときもまた、あの目玉男の場合と同じように、ある日突然理由も分からぬまま、二人の戦友は彼のもとを去っていったのだ。その日はたまたま、仕立屋の彼が一人で食料の調達に出かけていた、雲が多く風の強い、肌寒い朝だった、ヒキガエルを十匹ほど捕まえて洞窟に戻ると、衛生兵と軍属の姿は見えず、米軍が捨てていった包装紙の裏に、赤チンの歪んだ文字で、別の場所に移ると記されていた。「班長も元気で、生き延びて下さい。正月には顔を出します」けれど、けっきょく二人が洞穴に戻ることはなかった。食料の配分に不公平はなかったか？　穴掘り作業の過程で、若い二人はこき使われていると感じたのではないか？　自分でも気づかぬ内に、彼らの不平不満を募らせるような言動を繰り返していたのではないか？　とうぜん彼も自らの記憶を遡ってみたが、別居を決心させるに足る、決定的な確執があったようには思えなかった。檳榔樹の根元の洞穴を完成させてから、まだ一年も経っていなかった、ここから先、仕立屋の彼は、話し相手さえいない丸っ切りの一人で、完全な孤独の中で、自らの判断と、肉体と、運気だけを頼りに生きてゆかねばならなかった、孤立無援の心細さを考えると、両腿の震えが止まらなかった、このとき彼はもう四十代の半ばだったが、年齢など関係なく、子供のように地面に突っ伏して泣き続けた、しかし涙を流しながら一方で、一人になってどこか安堵を覚えている自分にも気がついていたのだ。自分一人になることを恐れながら、けっきょく俺は、夜襲を仕掛けたあの晩からずっと気持ちの奥底で、一人であることを欲していたのだろうか……そしてじっさいに彼らが去って、この洞穴に取り残されたことによってようやく、自らの内なる願望を知ったのか……覚悟さえ決めてしまえば、後はもうその日その日を無心に生き抜くだけだった、幸いにして仕事だけはいくらでもあった、砲弾の破片を集めてきて、炭火で炙り、木槌で叩いて加工して、包丁と鋸《のこぎり》を作った、軍隊から支給されたアルミニウム製の水筒は縦割りにして、半分はフライパン、残りの半分は細かい穴を空けて下ろし金にした、独りぼっちの生活ではもう遠出は無理だと考え、洞穴の近くの砂地で芋の栽培も始めた、限られた食料を計画的に消費することを心掛けるようになった、乾燥させた椰子の実の繊維で束子《たわし》も作った、日の出と共に渓流へ向かい、朝の沐浴をし、身体じゅうを束子でこすって身を清めることを日課とした。

年月の経過は、満月から次の満月までを一カ月として数えた、南十字座の位置によっておおよその時間も分かった、日本とは違いこの島では、天体は東の水平線から西の水平線まで途切れることなく、完全な半円として頭上を覆っていた、流れ星もひっきりなしに現れた、大袈裟ではなく、大小さまざまな星と星の間に夜空がわずかばかり見える、そう表現すべきほどの、満天の星だったのだ。中国東北部やアリューシャン列島のような寒冷地に送られた兵士に比べれば、自分はまだ恵まれているのかもしれない……じっさいそんな風に考えてしまうことさえ、この頃の彼にはあったのだ、肉体はくたびれ、始終腹を空かせていたことに変わりはなかったが、パンノキの実や竹の子、柔らかい野草、蝸牛《かたつむり》など、贅沢さえいわなければ、一年じゅう何かしらの食料は身の回りで確保できた、肉を食べたいと思えば、落とし穴を掘って野生の豚や鹿を捕まえることだってできた、小振りではあったがナマズに似た川魚、もしくは川エビを、彼は毎日食べていたのだ。もちろん作業をしていれば怪我をすることもあったし、とつぜん体調を崩すこともあった、ある朝彼は、鳩尾を錐《きり》で刺されたような痛みで目覚めた、しばらく横になったままでいたが、痛みはいや増し、悪寒と目眩まで追いかけてきた、胃薬の代用に作っておいた鰻の肝の天日干しを舐めてみたが、一向に治まらなかった、けっきょく彼はそのまま三週間動けなかった、誰にも看取られずに洞穴の中で死ぬことも覚悟したが、浅い眠りから目覚めるたびに、自分がまだ生きていることを知って驚いた。熱帯の島であるにも拘わらず、なぜだかここにはマラリヤ蚊や毒蛇がいないことも幸いした、しかし油虫、つまりゴキブリには悩まされ続けた、洞穴に住み始めてしばらく経ったある晩、暗闇の中で何かが光った、一匹の茶色いゴキブリだった、日本ではしばしば目にしたのと同じその昆虫に、彼は最初、旧友と出会ったかのような懐かしささえ感じた、親しみといってもよいかもしれない、だが翌日からゴキブリは百匹以上の群れを成して現れるようになった、壁一面が蠢くゴキブリで埋め尽くされたこともあった、踏み潰しても、踏み潰しても、それを上回る勢いで昆虫は増え続けた、その繁殖力には覚えず感動してしまうほどだった。ゴキブリは生きている人間の踵や脛まで齧り始めた、これでは切りがないと考えた彼は、思い付きでヒキガエルを飼ってみた、カエルとゴキブリは見つめ合って対峙したまま動かなかった、カエルの喉仏だけが人間の心臓のように、機械的に振動していた、根負けしたゴキブリが逃げようと一歩踏み出した、次の瞬間には、もう昆虫はカエルの口の中に収まっていた、彼がゴキブリを摘んで差し出してやると、やはりカエルは一瞬で平らげたが、いくら目を凝らして見ていても、その素早い舌の動きを肉眼で捉えることはできなかった。腹がはち切れんばかりに膨らんでいるのに、それでもカエルはゴキブリを食べ続けてくれた、その健気さに彼は胸を打たれたが、カエルは自らの意思では食べ止めることができないようでもあった、衛生兵と軍属が去った今となっては、この両生類だけが彼の味方であり、友達でもあった、その友達を、蛋白質を確保するためとはいえ、彼は今までさんざん食べてきてしまった、その人間の浅ましさを恥じた。

一人暮らしを始めて以降も、一度も彼は、自分から死のうなどと考えたことはなかった、自分は自死などけっして考えない、生きようとする欲望の強い人間である、というその事実が跳ね返って、彼じしんへの大きな励ましとなった、大型の台風に見舞われ、洞穴は浸水し、森の木の実も吹き飛ばされて、渓谷は濁流と化して魚も捕れなくなってしまったときでも、それでも自分は生きて日本に帰国する星回《ほしまわ》りに生まれた、そのことに変わりはないと信じ続けた。生き延びるためには、危険は冒さず、自分が普段生活している、勝手を知っている範囲の外には出ないようにした、食料や薪の調達などの必要に迫られなければ、丸一日を穴の中に籠もって過ごすことも多くなったが、じつはそれは、彼にも密かに忍び寄ってきた、老いだったのかもしれない。あるとき珍しく彼は、山の尾根を越えた場所まで歩いた、かつて何組かの日本兵が潜伏していた窪地の木々は伐採され、土も掘り起こされて、畑になっていた、給水タンクまで設置されていたが、何を栽培しているのかは分からなかった。現地人の農民だろう、一人の若い、二十歳になったかならないかの年頃の母親が、乳飲み子を背中に負ぶったまま、畑に水を撒いているる、肥料かもしれない、日が少し傾き始めた、風の弱い穏やかな午後だった、その様子を尾根の頂に近い茂みの中から、彼はじっと見つめていた、女はほとんど半裸だった、男物の下着のような、袖なしの薄手の衣類しか身に着けていなかった、開いた胸元からは豊かな白い乳房が覗いていた、女は先住民たちだけが理解する言葉で、子守唄を歌っていた。そのとき彼は欲情していた、グアム島で過ごした二十八年間で、彼が欲情を覚えたのは、後にも先にもこのとき一回だけだった、そのまま彼は洞穴近くの渓流へ戻り、冷水を浴びた、濡れた身体のまま岩の上に腰掛け、しばらくの間、夕日に黄色く染まりながら風に揺れる竹林を、ぼんやりと眺めていた。すると、先ほど自分が感じたのは欲情ではなく、人恋しさ、寂しさだったような気がしてきた、しかしその寂しさをこそ、自分は追い求めてきたのではないか？　それもこの島で逃亡生活を始めてからではない、豊橋で毎日眠る時間を削りながら丁稚奉公をしていた頃から、もしかしたらもっと以前の幼い頃から、孤独はずっと憧れだった、そして皮肉なことに、故郷日本ではなくこの駐留先の南洋の島で、檳榔樹の根元の洞穴で、孤独はついに実現されたのだ！　人生の目的は達成されたのだ！　彼はある種の後ろめたさから、恐らくは、出征のときに竹皮に包んだいなり寿司を手渡してくれた母親だけは裏切りたくないという思いから、自分じしんでそのことを認めないように努めていたのだが、しかし例えば洞穴の中で一人食べる、椰子の実を絞って作ったココナッツミルクで煮込んだ川エビと山芋はしみじみと旨く、気が遠くなるような歓びを感じさせた、そんなときの彼は否定しようもなく、今のこの、何者にも煩わされない一人切りの暮らしが、人知れず密かに、いつまでも続いてくれることを本心から望んでいたのだ。

　それでもけっきょく、仕立屋の日本兵は発見されてしまう、それは彼がグアム島に派兵されてから、もうすぐ丸二十八年が経とうという、一月の終わりのことだった、発見したのは地元の猟師の一家だった、彼はすぐに病院に送られ、検査を受けた、医師の所見は、背骨に一箇所、不全骨折があるが、消化器中の寄生虫は皆無、視力、声帯共に異常なし、特に夜目《よめ》遠目《とおめ》が利く、古い記憶ほど鮮明、最近の記憶は日毎の区別が曖昧、精神状態はときおり不安定で、投薬、注射、医療器具に恐怖を抱く、というものだった。グアム島南部のタロホホ村のジャングルで、生き残りの元日本兵が発見されたという第一報は、その晩の内に日本のマスコミ各社にも入った、翌日の昼過ぎにはさっそく新聞社五社とＮＨＫの記者とカメラマンが、グアム国際空港に到着した、記者の中の一人は、もともと新婚旅行でこの日の羽田発グアム便を予約していたのだが、急遽取材を命じられてしまったために、新婦を同伴していた。ところが、無数のイルカが飛び交う派手な柄のアロハシャツを着て、ナイロン地の紺色のスラックスを穿いた、すっきりと散髪した小柄な中年男がホテルに設営された記者会見場に現れたとき、記者たちは酷く落胆した、髪も、髭も、伸び放題に伸びて、襤褸布のように擦り切れた軍服姿の、幽霊めいて痩せこけた男、もしくは悟りの境地に達した仙人を思わせる男が登場してくれることを、彼らは期待していたのだ。「軍隊には自ら志願して入隊したのですか？　それとも応召ですか?」「米軍がグアム島に上陸して、戦争が始まった。その戦いは一晩で勝負が決してしまったというのは本当ですか?」「洞穴生活では、蛇も食べましたか? 蛇は美味しかったですか?」「日本が戦争に負けたことを知っていたのであれば、どうして何十年も、ジャングルから出てこなかったのですか?」「日本には早く帰りたいですか? それとも、この地に永住する気持ちをお持ちなのですか?」捕虜になればすぐさま処刑されるものと思い込んでいた、じっさいに自分は何度も狙撃されかけた、今更日本に帰る理由があるとすればそれは、日本軍はここでこうして負けたのだという事実を、個人的な、現実の経験として伝えることだろう、元日本兵はそう答えた、しかしその受け答えは余りに滑らかだった、言葉に詰まったり、感情が高ぶって嗚咽する場面などは、一度もなかった、記者の中には、陰で耳打ちする者さえいた。「これは本物かどうか、ちょっと眉唾だぞ。裏を取る必要がある」

後の時代の感覚からすると、何とも悠長で、お高くとまった役所仕事なのだが、日本政府の代表として厚生省援護局長が、厚生大臣からの短い手紙と、背広一着、オーバー一着、ワイシャツ二枚、下着と靴下、洗面用具一式、そしてなぜか浅草海苔二缶を携えて、自衛隊機でグアム島の空港に降り立ったのは、マスコミ各社の到着から丸二日も後だった。グアム島守備隊として共に戦った、歩兵第三十八連隊の生き残りの兵士も二人、わざわざ病院まで見舞いにきてくれた、じつはその内の一人は、島の南端の村まで逃げようと元日本兵たちを誘って森の中を連れ回した、あの一等兵だったのだが、仕立屋の元日本兵はその顔を憶えていたのかいないのか、儀礼的に握手を交わしただけで、そっけなく二人を追い返してしまった。「三十年以上も日本を離れていたのだから、役人や戦友よりもまず最初に、肉親に、母親に再会させてやるのが筋じゃあないのか？」そこで初めて、元日本兵の母親は、十四年前に七十歳で亡くなっていたことが分かった、終戦後間もなく戦死公報が届いたが、遺骨も、形見の品も、何もないのに、こんな紙切れ一枚で大事な子供を殺されて堪るものかと、母親は周囲に毒づいたのだという、彼女は最後まで息子の死を信じなかった。その話を聞いた途端、元日本兵は人目も憚らずに、大声を上げて泣き崩れた、猟師の家族に発見されて以降、元日本兵がこれほど激しく感情の動揺を露わにしたことはなかった、このとき彼は五十六歳だった。

　発見から九日目の、二月二日水曜日の午後、仕立屋の元日本兵はついに日本に戻った、祖国の土を踏むのは、グアム島へ向かった徴用船が広島の宇品《うじな》港に寄港して以来、二十七年と十一カ月振りだった、羽田空港には厚生大臣と政府関係者、百五十人の報道陣、そして三千人を超える出迎え客が集まった、ＮＨＫは帰国の瞬間と、直後に行われた記者会見の模様を報道特別番組として生中継したが、その視聴率は四十一・二パーセントにまで達した、週刊誌は臨時増刊号を発売し、我々がとっくに終わったと思っていた「戦後」は、未だに終わっていなかったこと、軍国主義教育、そして『戦陣訓』の中の「生きて虜囚の辱を受けず」という一節が、取り返しがつかないほど一人の人間の人生を狂わせてしまったことを盛んに書き立てたが、従軍経験のある一人の作家は、寄稿の中で、こう反論した。『戦陣訓』なんて、デパートのショーウインドーに貼ってあった壁新聞でしか、見た憶えがない、陸海軍報道部の影響下にあったマスコミが躍起になって喧伝していただけで、小中学生が強制的に暗誦させられたりしていたものに過ぎない」日本で初めての五つ子とその両親がマスコミの執拗な取材攻勢に悩まされるのはこれから四年後なのだが、帰国してからの元日本兵の周りにも同じように、いつでも三、四十人の記者が群がるようになってしまった、元日本兵が入院したのはかつての陸軍病院でもある、新宿区戸山《とやま》の国立病院だったが、そこでも「奇跡の生還者」「忍耐と生命力の人」の写真を撮ろうと、カメラマンたちが待ち構えていた、しかし彼らの目当ての老人は、十五階の一五〇八号室に閉じ籠ったまま、けっして出てこようとはしなかった。病室で一人きりになった元日本兵は、けっきょく自分が、どんな手段を使ってでも生き延びて、故郷に帰ろうという誓いを長い年月守り続けることができたのは、それは母親と再会するために他ならなかった、そのことばかりを繰り返し考えていた。戦闘中は敵兵の放った弾丸が頭上を掠《かす》めていったが、木曾《きそ》の御嶽山《おんたけさん》が守ってくれた、空腹が耐え難くなると、ミミズやトカゲはもちろん、木の根や昆虫まで食べたが、そんなものでもしっかり火を通せば腹を下すことはなかった、木の皮を剝いで糸を撚って、布を編んで服を作るのには、洋服屋時代の修業が役に立った、どんな苦労も後の自分を助けるための前払いなのだと身に染みた……母と対面したら、自慢気に、延々と続く長い報告をする積もりでいた自分に、元日本兵は今更ながら気がついた、だから精密検査の結果、心身共に異常のないことが分かり、体力も回復して四月の終わりにようやく退院を許された元日本兵が、戦後は名古屋市中川区富田町《とみだちょう》となった故郷の千音寺に戻って、真っ先に向かったのは、母親の遺骨が埋葬されている墓だった。想像していたような小さな墓ではなかった、竿石《さおいし》は元日本兵が見上げるほど高く、そこに立派な太い文字で継父の苗字が刻まれていた、同じ苗字である自分も、いずれは両親と同じこの墓に入ることができるのだと思った瞬間、元日本兵は嗚咽し始め、ほどなく堪え切れなくなって、倒れ込むように、両腕で墓石に抱きついたので、額と石がぶつかる鈍い音が周囲に響いたほどだったのだが、その絶好のチャンスを逃すまいとカメラマンたちは一斉にシャッターを切った、とつぜんの夕立にでも降られたかのようなけたたましさだった、その様子はテレビカメラでも撮影されていたので、元日本兵の帰郷と墓参りは当日の夜のニュースでさっそく放送された。

じっさいこの年の暮れまで、新聞かテレビ、週刊誌の何れかで、元日本兵の名前と顔写真を見ない日は一日もなかった、当時はかなりの数の日本国民が、こけた頬に撥《は》ね放題の髪、話し相手とは視線を合わせようとしない小さな両目、少し困ったような表情で笑みを浮かべる、いかにも人の好さそうなこの初老の男のことを、まるで遠い親戚ででもあるかのように錯覚していたのだ、出征した親族を持つ世代の多くは、元日本兵の帰還を素直に喜んだが、しかし中には、なぜ生きて帰ってきたのはこの男であって、自分の兄ではなかったのか？　どのような過去の善行が、どのような弱さが、人間の運命を分かつのか？　という答えのない問いに苦しめられる者もいた。戦争など知らない少年たちにとっては、元日本兵はまったく別の意味で英雄だった、上下巻合わせて四百万部を超えるベストセラーとなった、SF小説の『日本沈没』が映画化されたり、「サバイバル術」「アウトドア」などという言葉が流行語になったりするのは、これよりも少し後のことなのだが、元日本兵は文明の利器がいっさい使えない極限状況にあっても、竹竿をこすって火を熾《おこ》し、飲用可能な水を識別し、野生動物を素手で捕獲することのできる、いかなる過酷な環境でも生き抜く術を身につけている達人であり、優しそうで、どこか頼りなげなその風貌も、超人的な能力を相手に悟らせぬための隠れ蓑に違いないという勝手な思い込みも含めて、少年たちから憧れの眼差しを向けられていたのだ。

じっさいのところ元日本兵本人も、乞われるがままに、テレビのワイドショー番組のレポーターからの取材や、地方の市民ホールでの講演の依頼に応じてしまっていた、それはもちろん戦争の実態を、あの夜襲をかけた晩の、銃弾だけが希望だった数時間の狂気と混沌を、紋切り型に単純化された過去ではない、自らの言葉で語らなければならないという使命感から来ていたのだが、そうするとそこに付け入ってくる悪意も現れた。元日本兵はある朝、電話のベルで目を覚ました、和歌山県内にある自動車部品工場の経営者だという、掠れた声の感じからすると恐らく六十代か、七十代であろう老人だったが、その口調は明らかな叱責だった。「陸軍の軍人ならば、責任感というものを持ち合わせていないのか!」時計を見ると、まだ六時を過ぎたばかりだった、その時間の異常さとも相俟《あいま》って、電話を受けた元日本兵も事情が飲み込めなかったが、どうやら何者かが元日本兵の名前を使って、講演料と寄付金を騙し取ったらしかった、しかも似たような手口は二度、三度と繰り返されたのだ。週刊誌や夕刊紙には発した憶えのない言葉ばかりが並んでいた、いや、正確にいえばそれら一語一語は、元日本兵の発言には違いなかったのだが、ある意図をもって切り取られ、寄せ集められ、繋ぎ合わされてしまうと、文脈としてはまったく異なる意味になり変わっていた、マスコミの駆使する巧みな技術たるや、発言者本人も舌をまく他なかった、その最たるものが繰り返し引用され、後に物議を醸すことになった、「天皇陛下に会わせて欲しい」という発言だったわけだが、これにしても記者から、天皇と面会してみたいかと質問されたので、会いたくないとはさすがに答えられなかったまでのことだった、「会ってみたい」と応じたすぐ後で、「しかし、会えるわけがない」と付け加えたのだが、後半部分は記事からは削除されてしまっていた、けっきょく昭和天皇が没するまで、二人の面会が実現することはなかった。

マスコミへの不信感は膨らんでいたが、差し当たっての問題として、生活費を稼がねばならなかった、厚生省は当座の見舞金として一万円札で十枚、十万円を元日本兵に手渡したが、それっ切りだった、軍人恩給を請求しても、このような前例はなく、基準年も確定できないため計算不能、決済保留との回答だった、その上元日本兵は、国民年金への加入すら拒否されたのだ、理由は再三の投降勧告にも拘わらず、本人の自由意思でグアム島山中に留まり、その間は生産的労働に従事していないと見做されるから、とのことだった。洋服屋を再開しようとも考えたが、周囲から止められてしまった、この三十年の間に、背広やシャツは採寸して、布地を選び、わざわざ仕立てる物ではなくなり、デパートへ行けば、自分に合ったサイズの既製品を簡単に購入できる物に変わっていた。気乗りはしなかったし、自分に相応しい仕事とも思えなかったが、元日本兵はテレビ番組に出演したり、大勢の人前で講演したりしながら、収入を得る他なかった、長年投降しなかった理由や、グアム島の洞穴での食生活について、毎回同じ質問ばかりされるので、あるとき嫌気が差した元日本兵は、微笑みかける司会者から外方《そっぽ》を向きながらこう吐き捨てた。「あなたの知りたいことならば全部、昨日の朝刊の社会面に書いてありましたよ」だから、縁談話を持ちかけられたときにも元日本兵は最初、これは何者かが仕掛けた、自分を落とし入れるための罠ではないかと勘ぐった、紹介者は、元日本兵の小学校時代の幼馴染みだったのだが、じつをいうと元日本兵はその友人のことを思い出せなかった、学校の隣を流れる小川で、一緒に鮒《ふな》を釣った子供たちの一人だといわれれば、そんな記憶がうっすらと残っているような気もしたが、幼い頃の内向的だった自分は、そんな遊びには加わらなかったはずだとも思った。それでもその女性と会うことに決めたのは、最後の帰還兵の知名度を利用して一儲けしようという魂胆だろうが、そんな筋書きはこちらだってお見通しだと、面と向かっていい放ってやるためだった。ところがどういう事情からなのか、見合いの直前になって女性の都合が悪くなり、代わりに別の女性が京都からやってくることになった、仮にも結婚を前提とした、お互いの人生を決めるかもしれない面談なのだ、代理を立てれば済む話だろうか……これではますます怪しいと思いながら、元日本兵は見合い場所として指定された、名古屋駅近くのレストランへと向かった、帰国してから半年余りが過ぎた、七月の半ばのことだった。

「どうせあんたも誰かから頼まれて、俺の顔を見にきただけだろう?」自分でも驚いたことに、本当に、元日本兵は侮蔑の言葉をいって退《の》けた、そしてすぐに後悔したが、見合い相手は口を固く結んだまま、まっすぐに言葉の主を睨み返していた、切れ長の瞳に鼻筋の通った、意思の強そうな女性だった、背丈は元日本兵と同じか少し高いぐらい、京都の人らしいほっそりとした体型だったが、肩幅だけは広かった、学生時代に運動を、恐らく水泳をしていたのではないかと元日本兵は想像した。ほとんど会話らしい会話もせぬまま食事を終えた、帰り際、女性は元日本兵をもう一度睨みつけた。「テレビや新聞で見飽きているあなたの顔を、わざわざ見にくるほどの物好きでは、私はありません」そこで一瞬、彼女は微笑んだ。「いずれ後悔すると分かっているような発言ならば、慎むべきです」とっくに罠に落ちていたのに、そのことに気づけなかった自惚《うぬぼ》れを、元日本兵は恥じた、グアム島のジャングルでは足跡を消しながら歩き、人目に付かぬよう日中は穴の中に隠れて、慎重に行動していた自分なのに、日本に帰ってきたらあっさりとマスコミの策略に嵌ってしまった……金を稼ぐためだと割り切って、上手く立ち回っている積もりだったが、けっきょく蝕まれていたのは、こちらの方だったということではないか……しかし何を措《お》いても、元日本兵にはやらねばならないことがあった、それはあの京都の女性にもう一度会って、自分の犯した非礼を詫びることだった。翌日すぐに幼馴染の男に連絡を取ったが、生憎《あいにく》なことに海外旅行に出発したばかりだった、京都市の五十音別電話帳でも探してみたが、それらしき人物は見つからなかった、一週間待てば紹介者の幼馴染が帰国することは分かっていたが、その間に取り返しのつかない損失が生じるような気がしてならなかった、危険を承知で、元日本兵は知り合いの雑誌記者に彼女の連絡先を調べて貰うことにした。「京都市右京区の、太秦《うずまさ》の撮影所近くにお住まいです。お父様は大学教授で、お兄様も京大に進まれましたが、学徒動員で戦死されています」そのとき記者が浮かべた薄ら笑いに、元日本兵はぞっとするような嫌悪を感じたが、それを言葉として吐くことは堪えた、ここで敵を作るのは得策ではなかった。

嵐電《らんでん》太秦駅に降り立った元日本兵は安堵していた、日本に帰国してから、一人で遠出するのは初めてのことだった、途中で誰かが自分の存在に気づいたら、騒ぎが起こって身動きが取れなくなることを恐れたが、現実的な世界に生きる人々には、初老の瘦せた小男などまったく視界に入っていないようだった。まばらに雲の広がる、夏の朝だった、見合い相手との待ち合わせまでには、まだ一時間以上あった、映画撮影所を覗いてみたかったのだが、人の集まる場所はやはり避けねばならなかった、大通りを少し歩くと立派な、古い山門があったので、石段を登って境内に入った、人の姿は見えず、クロマツの大木に止まったセミが鳴いているばかりだった、元日本兵は石畳を直進して本堂へと向かった、賽銭を供え、手を合わせ、首《こうべ》を垂れて目を瞑っていると、右隣に人の気配を感じた、見合い相手の彼女がそこに立っていてくれることを期待したが、誰もいなかった、この時代のこの国ではもはや、そんな都合のよい偶然は起こらないのだ。彼女の実家で行われた二回目の面談も、一回目の険悪な雰囲気よりはましだったが、けっして会話が弾んだわけではなかった、それでもこの縁談が纏まったのは、元日本兵が自分の思いを正直に、単刀直入に伝えたからだった。「私の生まれは大正四年の卯《うさぎ》で、あなたも今の元号二年の卯だ。これも縁だと思って、一緒に所帯を持って貰えないだろうか？」「お見合いというのはもちろん、その積もりで臨むものです」婚約の事実がマスコミに漏れると面倒なことは分かっていたので、二人とも友人や親戚にすら黙っていた、ところが十月に入って間もなくのある晩、一人の若い新聞記者が彼女の太秦の実家を訪ねてきた、その場は白《しら》を切り通したが、しばらくするとまた呼び鈴が鳴った、今度は別の地元紙の記者だった、けっきょくその晩は明け方の四時までに、六人の記者がやってきた。連絡を受けた元日本兵は、こうなったら仕方がないと諦めて、一人で記者会見を開くと、その場でまた何件かのテレビ番組への出演依頼を、断り切れずに受けてしまった。慌ただしさと困惑の連続で気を抜くためのわずかな暇も与えられぬまま、十一月三日の文化の日、名古屋の熱田神宮《あつたじんぐう》で、二人は結婚式を挙げた、新郎は五十七歳、新婦は四十四歳だった、晴れの特異日にも拘わらず、その日の東京は一日じゅう雨だったが、名古屋地方は澄んだ秋空に雲のかけら一つ見つからない晴天だった。

新婚生活が始まった、新居は知人が好意で敷金礼金なしで貸してくれた、関東間《かんとうま》の八畳と六畳二間に、台所と風呂、水洗便所の付いた小さな平屋だったのだが、この家は南向きで日当たりがよかった、十坪ほどの庭も付いていた、庭には花壇があり、この家の前の住人が植えたものであろう、水仙の白い花が咲いていた。毎朝起床するとすぐに元日本兵は庭に出て、花壇の植物に水を与えた、台所では妻が朝食の支度をしていた、つい一年前の同じ時期には、自分はカエルだけを話し相手として、洞穴暮らしをしていたことを考えれば、現在の幸福は嘘のようにしか思えなかった、たったの一年でこれほど境遇が変わるのだから、来年の今頃には再び孤独な洞窟生活に戻っていたとしても、何ら不自然ではなかった。二人で近所に買い物に出かけると、すれ違う全ての人から祝福された。「ご結婚、おめでとうございます」「これからはどうぞ、お二人の静かで穏やかな時間を大切に」千音寺の小さな町にも、何世帯もの、元日本兵の知らない若い家族が移り住んできていた、初めて出会うはずの彼ら彼女らなのに、あなたたち二人のことならば何でも知っているといわんばかりの、満面の笑みで近寄ってくるのが気味が悪かった。しかしその一方で、八百屋で大根を一本買えば、その何倍もの値段のイチゴや柿をおまけに付けてくれたり、最寄り駅までタクシーに乗れば、運転手が「ほんの、私の気持ちです」といって、代金を受け取らなかったりという好意に甘えてしまっていたのも事実だったのだ、現実の問題として、そうした周囲の人々からの寄付や見舞い金によって、夫婦の生活はかろうじて成り立っていた、さんざん待たされた挙句、愛知県が支給してきた軍人恩給額は、年間十万円にも満たなかった、何かの間違いではないかと思って担当者に問い合わせてみたが、自治省での決定に基づいて算出された金額に間違いないとの返事だった、今の時代の日本で、夫婦二人で月々の家賃を払いながら、水道代や電気料金も払いながら、年間十万円でどうやって暮らせというのだろう？　有名人の優雅な片手間商売としてではなく、来月の家計を賄うために、元日本兵は日本全国を講演して回らねばならなかった。

嫌々ながらの講演旅行ではあったが、ときには面白い経験をすることもできた、結婚後半年ほど経った春のことだった、その日は夫婦二人で、前年に開業したばかりの山陽新幹線に乗って、神戸を訪れていた、芦屋市内の三百人以上を収容できる大きなホールには、元日本兵よりも年長の老人ばかりが集まっていたが、これも今では見慣れた光景だった。司会者が最初に紹介したのは、宝塚歌劇団出身の歌手だった、どういう段取りなのかよく分からなかったが、彼女はハリウッド映画の挿入歌を続けて三曲歌い、拍手を受けて壇上から退いた、続いて登壇したのが元日本兵だった、軽くお辞儀をしただけなのに、先ほどを上回る喝采を浴びてしまったことに、ばつの悪さを感じた。グアム島のジャングルでは魚や昆虫の棲んでいる水だけを選んで飲んだこと、命の次に大切だったのは火種《ひだね》であったこと、眠りを取るときにはけっして熟睡してはならない、ゴキブリの交尾のようなかすかな音がしただけでも、すぐに飛び起きられる状態に自らを保っておかねばならなかったことなどを、元日本兵は話した、それはエピソードを並べる順番や、観客の笑いを取るタイミングまで暗記してしまうほど、今まで百回近く繰り返したのと同じ話ではあったのだが、最後にこう付け加えることも忘れなかった。「戦争というのは、じっさいに行った人間でなければ分からないものです。お話として、伝聞として、一千回聞いたところで、分からないものは分からない、伝えられないところは伝えられない、そういうものです」閉会の挨拶に立ったのは、この講演会を協賛する、地元の下着メーカーの専務だった、当時の民間企業としては珍しい女性の幹部だったが、彼女はこの会社の創業者の長女でもあった。「……工夫に工夫を重ね、必要に応じて道具と生活用品を作り出した知恵と根気には、経済大国となった現在の日本に生きる我々も学ぶべき部分は多く……」女性専務は手にした原稿から目を離すことはなかった、ところが終わり間際になって、こんな話を始めた。「……真に讃えられるべきは、二十八年もの長きに亘って、夫の帰りを待ち続け、家庭を守り続けた奥様ではないでしょうか?私は同じ女性として、ご夫人への尊敬と賞賛を惜しみません……」ここで即座に間違いを訂正すべきだろうか?　壇上に座っていた元日本兵は迷って、司会者の顔色を窺ったが、司会者も知らん振りをして、視線を合わせようとはしなかった。

帰りの新幹線では、夫婦二人で大笑いをした、一時は自分たちの顔写真を見たくないがために、新聞を開くことも止めてしまっていたぐらいなのに、そんな騒動があったことなど知らない人も世の中には大勢いる、その当たり前の事実に、二人は安堵した、感謝したいような気持ちにさえなった。同時に元日本兵は、今後三百年は続くであろう、男性が女性に歯向かうことは許されない時代の到来を感じたのだが、戦前の教育しか受けていない彼にとっては、それはこれまで何千年か続いてきた、女性が男性に逆らえなかった時代の映し鏡のようにしか思えなかった。しかしよくよく考えてみれば、それも的外れなのだ、歯向かえない相手は、女性ではなく金、金の力、財力なのだ！　女性専務に恥を掻かせるわけにいかなかったのは、それは彼女が資産家で、この講演会のスポンサーだからなのだ！　元日本兵本人にしても、気の進まない講演をしに、わざわざ神戸までやってきたのは、謝礼を貰うため、生活費を稼ぐために他ならなかった、グアム島では金なんて一銭も使わずに二十八年間生き延びた自分だというのに、日本に帰ってきた途端、金なしでは一週間だって生活できない、情けない身体に変わり果ててしまった、金という権威に負けて、服従させられている！　本来的には延々と続く労働から人間を解放する機能を担っていたはずの貨幣が、逆に人間を束縛している！　これはまったく信じ難い事態だった。

それからの一年間、元日本兵は不機嫌な感情に飲まれっぱなしだった、その頃はちょうど、あの、キャバレー好きの政治家に自民党総裁選で勝利した、新潟の牛馬商のせがれが総理大臣だったのだが、この内閣の打ち出す政策はことごとく裏目に出た、地方と都市を結ぶ鉄道網、高速道路網を整備し、太平洋側に集中している製造業の生産拠点を全国に分散させるという「日本列島改造論」は、単に地価の高騰を招いただけだった、内需拡大と輸入促進を狙って公定歩合を引き下げた結果、金余り現象が生じ、投機の対象となった建設資材や繊維、食糧の価格が上昇した、そこに第四次中東戦争が勃発して

「石油ショック」が起こった、原油の供給制限が報道されると、そこからどういう因果関係で繋がっていくのか分からないが、トイレットペーパーが買えなくなるという噂が広まり、スーパーマーケットや雑貨店にはトイレットペーパーを求める人々が押し寄せ、互いを罵り合っていた。テレビのニュース番組を観ていても、そんな気が滅入るような光景しか映し出されないので、チャンネルを変えてみたところが、たまたま放送されていたのは、貧困から抜け出すために恩人の料理店主を殺害し現金を盗んでしまう、作家志望の若者を主人公としたドラマだった、それは経済的な貧しさと不幸を混同している、薄っぺらな人物としか思えなかったのだが、視聴者の要望に媚びるような単純な造形をされていることも間違いなかった。どうして皆が皆、これほど金のことばかり話題にして、金を稼ぐことを人生の第一義として生きるようになってしまったのだろう？　そもそもあの、日本じゅうに金さえ行き渡れば国民は幸福になると信じている、新潟の牛馬商の息子の宰相にしてからが、金の力で権力の頂点にまで上り詰めた人物だ、金こそが信頼できる唯一の価値だと喧伝している愚か者だ、ならばこの俺が、金なんて持っていなくとも人間は立派に生きていけることを体現してみせた、このグアム島の元日本兵が、政治だって金を使わずにできることを証明してやろうじゃあないか！

翌年の夏の参議院議員選挙全国区に、元日本兵が出馬を表明したとき、当時の人々の多くはがっかりした、けっきょくこの人も有名人病に取り憑かれて、自分の知名度を利用したならば、議員先生になれるかもしれないと思い上がってしまった……グアム島から戻ったばかりの頃は、俗欲など微塵もない、好好爺《こうこうや》のような人物だったのに、マスコミに持ち上げられて、人間の中身が入れ替わったのだろうか……しかし元日本兵本人からすれば、おかしくなってしまったのは自分ではなく世の中の方だった、今の日本の、自分たちが狂っていることにすら気づいていない国民に対して、一言物申したいという、ただそれだけの動機から、後先考えずに決めてしまった立候補だった。この年の初めには、フィリピンのルバング島から元陸軍少尉が帰還していた、いかにも軍人らしい精悍《せいかん》な顔立ち、相手を威圧するような目付き、物怖じしない堂々とした態度の元少尉の方へ、世の人々の関心は移り、グアム島の元日本兵は忘れ去られつつある、選挙に出たところで多くの票を集めるのはもはや難しいであろうことを本人も自覚してはいたが、損得勘定や打算に囚われること自体が穢《けが》らわしく思われるほどに、このときの元日本兵は怒っていた。とにかく、金を使ってはならない、選挙運動はいっさいしない、ポスターも刷らないし、有権者への葉書も送らない、宣伝カーも雇わない、まだ政治資金規正法、公職選挙法が改正される以前だったので、国政選挙ともなれば大金が乱れ飛ぶのが当たり前だったのだが、元日本兵は徹底してこの常識に逆らった、選挙期間中に使った金といえば一度だけ、支持者に頼まれて札幌まで演説をしに行ったのだが、申し込み段階で手違いがあり、会場使用料の実費を請求されてしまった、交通費、宿泊費と合わせた総額三万六千八百二十円のみだった、ＮＨＫの政見放送の製作費用は公費で賄われるというので、演説を録画して貰うことにした。「……密林の奥深くで息絶えて、グアム島の土に還ることさえ覚悟した自分が、不思議な偶然が重なって無事に日本に帰国し、こうして社会復帰を果たすことができたのも、偏《ひとえ》に全国の皆様から頂いたご厚情によるものと、感謝しております……」「……帰国して何よりも驚いたことは、高層ビルディングが林立する大都市でも、東京〜新大阪間を三時間十分で結ぶ新幹線の速さでも、欧米風に変わってしまった生活習慣でもありません。豊かさや新しさならば、それはどの時代にもあったものです。私がどうしても受け容れることができないのは、世の中のありとあらゆる価値が、金額で、数の多少で推し量られるようになってしまったという愚かさ、馬鹿さ加減、ただその一点であります……」「……誤解しないで下さい、これは懐古趣味ではない、過去への郷愁ではない、これはむしろ予見なのです。そう遠くない将来、進歩派を自称する日和見主義者たちが、少数派を装った多数派が、恥ずかしげもなく開き直って、愚かさに加担し始めることでしょう。そして、もっとも愚かな人間は、その愚かさがゆえに、最高の権力を手中に収めるのです……」「……愚かさの蔓延によって滅びるのが資本主義国家の宿命なのだとしても、その前にこの国がもう一度戦争に巻き込まれることだけはないよう、じっさいに戦争を経験した人間の一人として、それだけは願って止みません……」

　元日本兵の政見放送に感銘を受けたという手紙が六通届いたが、選挙には落選した、得票数は二十六万二千五百四十七票で、最下位当選の共産党議員よりも三十万票以上少ない、完敗だった、このときのトップ当選は自民党所属の元ＮＨＫアナウンサーで、二位は婦人運動家、三位は後に東京都知事となる、放送作家だった。負けることを覚悟の上で挑んだ戦いではあっても、現実に負ければ負けたでやはり傷つくものだ、グアム島の洞穴に潜んでいた頃は、日頃慣れ親しんだ範囲の外には一歩も出ない、けっして危険は冒さない慎重な、というよりは臆病な性格だったはずなのに、怒りの感情に操《あや》られて、政治の世界になど入り込もうとしてしまった自らの軽率さを、元日本兵は恥じた、やはり思い上がりと油断があったのだろうか……選挙に落ちてからは、朝寝坊をするようになり、花壇の植物への水遣りも怠るようになってしまった、ある朝目覚めた元日本兵は、両肩と腹筋が固まったように動かないことに驚いた、頭痛にも見舞われていた、どうやら夏風邪をひいたようだった、心配した妻は水枕《みずまくら》を用意してくれたが、その日の午後には名古屋市内で講演会が予定されていた。重い身体を引きずるようにして私立高校の講堂の内部に入ると、そこには誰もおらず、電灯も点いていなかった、約束よりも早い時間に到着してしまったか、日にちを勘違いしていたのかと思ったそのとき、背後から若い、長身の男が駆け寄ってきた。「申し訳ありません。じきに皆さん、集まり始めると思うのですが……」しかし、その予想は当たらなかった、大きな講堂にまばらに散って座る参加者は二十人いるかいないか、元日本兵が講演中にじっさいに数えてみると、二十二人だった。この日以来、元日本兵への講演や雑誌の取材、テレビ番組への出演依頼は、めっきりと減ってしまった、地方で開催されるイベントのゲストとして登壇すれば、それなりの人数は集まったが、一時期の熱狂と好奇が過ぎ去ったことは明らかだった。

講演や出演による収入が減ったら、毎月の家計が回らなくなるのではないかと危惧したが、妻は夫よりも楽観的だった。「身体を休めることができて、静かな生活を取り戻せて、安堵しました」そして、こう付け加えた。「これはいよいよ、よいことが起きる兆候ですよ」

妻の言葉通り、選挙に落選したことによって、元日本兵はようやく晴れて自由の身となったのかもしれない。商店街に買い物に出かけたり、必要があって市役所の年金課を訪れたりしても、見知らぬ人からとつぜん話しかけられることを恐れる必要はもはやなかった。収入が減ったのでもちろん贅沢は禁物だったが、年に一、二回は夫婦で旅行もするようになった。グアム島も再訪したのだが、今では観光ツアーに組み込まれている、元日本兵が潜んでいたジャングルの洞穴の前に立っても、気恥ずかしいような、隠しておきたい秘密が無遠慮に暴かれているような、そんな居心地の悪さしか感じなかった。訪れて楽しかったのはむしろ近場の温泉地だった。二人とも既にそういう年齢に達していたのだ。夫婦は滋賀県甲賀《こうか》町内の温泉旅館に一泊した。選挙落選から一年半が過ぎた真冬の、珍しく日射しの暖かな日のことだった。宿での朝食を済ませた後、バスに乗って信楽《しがらき》まで移動し、地元の産業会館を覗いてみることにした。赤茶色のレンガで覆われた四階建ての大きな建物は、東京駅前のオフィス街にでもありそうな洒落た外観だったが、近づいてみるとそれはレンガではなく一枚一枚微妙に色の異なる、見ている内に思わず手を出して触れてしまいそうになる、ざらついた表面が特徴的な信楽焼のタイルで、外装のみならず内装、床に至るまで、訪れた者の上下左右を暖色で包んでいるのだった。焼き物に関する知識など皆無の二人だったので、展示された作品を見ても、鋼鉄にも似た冷たい藍鼠色《あいねずいろ》から、血液のように毒々しい赤まで、同じ信楽焼なのにほとんど対極の色合いが出ていることに驚く程度しかできなかった、産業会館に隣接する窯場《かまば》では、黒の徳利首《とつくりくび》のセーターを着た若者が土を練っていた、無言のまま、全体重を両手のひらに込めて土を押す、その動作に引き寄せられるように、夫婦は傍に立ち尽くした、ろくろに載せられた薄緑色の塊は、見る見る内に生々しい光沢を湛え、完全な円形へと姿を変えた、まるで物体が自らの意思で動いているかのようだった。「持ち帰って、ご自身でも試されては如何《いかが》ですか？」若い陶芸家は、一塊の粘土を元日本兵に手渡した、陶芸家の声色と口調はどことなく、グアム島で元日本兵の命を救い、その後の数年間を共にした、あの衛生兵の若者に似ていた。

この日以降、病に伏せるまでの二十一年間、元日本兵は自分の自由になる時間のほとんど全てを、陶芸に捧げることとなった。最低でも週に一度、多いときには四日間連続で、千音寺の自宅からバスと電車を乗り継いで、片道三時間もかけて、信楽の陶芸家の工房に通い、制作の基礎となる粘土の練り方、成型、仕上げの削りと細工を習った、ちょうどその頃は日本で初めての五つ子が鹿児島の病院で生まれ、テレビと新聞は五つ子に関する話題ばかりを伝え続けていたのと同じ時期なのだが、もはやマスコミに追い掛け回される心配もなくなった元日本兵は、取り憑かれたかのように陶芸に夢中だった、粘土を揉みほぐして内部の空気を抜く、その一部に糸を入れて切り取ってろくろに載せ、水を含ませ滑らせながら成型するのだが、完成するやいなや未練なくそれを押し潰し、元の粘土に戻す、その作業を何回か繰り返しているだけで、我に返ったときには四時間、五時間が過ぎていた、腹が空いたとか、尿意を覚えるということさえなかったのだ。恐らく仕立屋時代に身につけた手先の器用さか、丁寧な仕事への志向なのだろうが、陶芸の勉強を始めてほどなく、まだ初心者とは信じられないほど、元日本兵の成型の技術は上達した、手動のろくろと鏝《こて》を用いて、見様見真似《みようみまね》で作ってみた姫茶碗《ひめぢやわん》や湯呑《ゆの》みは、縁取りも滑らかで、厚みも均等に仕上がっていた、釉薬《ゆうやく》を塗り、窯に入れて焼いて貰うと、市販の高級品と並べても遜色のない美しい器ができ上がっていた、すると若い陶芸家は少し困ったような笑い顔を浮かべて、こういった。「あなたの場合は、その身体に染み付いた器用さ、慎重さこそが、枷《かせ》なのでしょうね……」いわれるまでもなく確かにそうだった、元日本兵はもう六十歳を過ぎていた、人から褒められるような仕事に、限られた残りの人生の時間を費やすべきではなかった、人口《じんこう》に膾炙《かいしや》せねばならない義務など、彼はもはや負っていないはずだった。

元日本兵は、ろくろでの器作りは止めて、手捻《てびね》りによる、いびつで荒々しい、見ようによっては子供の工作のように稚拙にさえ見える、自由奔放な形状の作品制作に切り替えた、手本も何もない中での制作は、元日本兵に初めて陶芸の難しさを実感させることとなった、その場で思いつくがまま無計画に、粘土の感触に導かれるように押し延ばしながら大皿を作ってみたのだが、焼き上がって窯から出された重い塊からは、自分が一生懸命作っていた作品が、いつの間にか別物にすり替わったような感じしか受けなかった。立ち向かうような気持ちで、夏冬の季節に関係なく、元日本兵は信楽に通い続けた、ある晩、作業を終えた後の疲れ果てた身体で、元日本兵はバスに乗り込んだ、冷たい北風の吹く晩秋だった、後部座席に腰掛けてうつらうつらしていると、途中の停留所から四、五人の、白い作業着姿の男たちが乗ってきた。「……前輪駆動で、発進時の加速性能をよくするためには……」「……トルクコンバーターと遊星歯車機構《ゆうせいはぐるまきこう》の組み合わせならば、高回転にも対応できたのだから……」「……販売価格を六十五万まで引き上げれば、じゅうぶんに採算は取れるだろう……」若い男たちというのは、何とも嫌なものだな……ああいう年齢には戻りたくないな……なぜだか元日本兵は、外の夜闇へと目を背《そむ》けた、けっして彼らは傍若無人な、騒がしい集団ではなかった、地元の工場の従業員なのであろう、彼らの会話の内容はまったく理解できなかったが、むしろ快活で礼儀正しい、大多数の年長者から好感を持たれるはずの若者たちだった、彼らの年頃を、自分はグアム島の山中で、誰とも交わらず一人で過ごした、それは戦争の引き起こした悲劇ではなく類い稀なる幸運だったように、そのときの元日本兵には思われた。帰宅して風呂から上がると、待ち構えていたように、妻が真剣な顔でにじり寄ってきた。「思い切って、自宅に窯を持ちましょう。これ以上の時間の浪費と、あなたが疲れ果てていくのは、とてもではないが見ていられない」もちろんそれができるに越したことはないが、しかし我が家には、そんな金の余裕はないだろう？「馬鹿にしないで下さい。私にだって、あなたの知らない隠し事ぐらいはあるのですよ」

だが、いざ買おうと決心したところが、陶芸用の窯なるものはどこの町にある、どの業者に発注すればよいのか？　本体価格および設置費用は、いったいいくらほどなのか？　そもそも個人としてそれを購入して、管理維持できるものなのか？　まったく見当すらつかなかった、まだインターネットなどという面白味に欠ける手段に頼らずに済んだ時代だった、信楽の産業会館の職員や、陶芸家の指南を受けて、長野県松本市にあるメーカーが、自宅にも設置可能な電気式の陶芸窯を製造販売していることが分かった、電話番号を調べて連絡を取ってみると、一基だけ売れ残っている店頭展示品ならば六掛けで売ってもよいという、現物も、カタログも見ぬまま、その一回切りの電話で、夫婦は購入を決めてしまった。業者が窯を届けにきた日曜日、元日本兵は岐阜での講演に出かけて自宅を留守にしていた、約束よりも二時間も早く、朝の七時に玄関の呼び鈴が鳴った、頭には野球帽を被った、白い口髭を蓄えた老人が、済まなさそうな表情で立っていた。「設置する場所を教えて下さい」裏庭へと案内すると、老人が一人で段ボール箱を抱えて付いてきた、土台か、部品か何かの箱かと思っていたら、驚いたことにそれが窯本体なのだった、信楽の窯場や陶芸家の工房で、本格的なガス式の大窯ばかりを見ていたからかもしれないが、一大決心をして、なけなしの貯金を叩《はた》いて買った我が家の窯は、余りに小さかった！　これではまるで、犬小屋ではないか！　妻はすっかり落胆していたちょうどそこへ、元日本兵が戻ってきた。「私たち夫婦は、この窯に縁があったということだ。この窯に頼って、器を焼いてみよう」炉内への作品の詰め方も、温度の加減も、焼成《しょうせい》の時間も、何もかもが自己流で、素焼きが真っ黒に焦げ上がるような失敗を繰り返しながら、試行錯誤の中で学んでいった。物置を作業場として使いながら、元日本兵は陶芸制作に励んだ、もう誰にも気兼ねすることなく、一日じゅう目の前の作業に没頭することができる環境が与えられていた、何年間かに亘る、信楽との往復に費やした時間が惜しまれたが、いくら嘆いてもそれを取り戻すことは不可能だった。ときには夫婦並んで、しかし言葉は交わさずに黙々と、土を練り続けていることもあった、二人の吐く白い息が冬の早朝の冷たい空気の中を漂うと、板戸の隙間から射し込んだ光は、その粒子を虹色《にじいろ》に輝かせた、元日本兵には、今ここにあるものは全て、故郷へ帰ることを夢想しながらグアム島の洞穴の中で一人孤独に死につつある自分が、朦朧とした意識の合間に見ている幻影に過ぎないように思えてならなかった。

それから五年後、東京銀座の老舗デパートの五階にあるギャラリーで、元日本兵の個展が開催された、デパート側としてはそれはもちろん、ふだんは閑古鳥が鳴いている美術品売り場でも、一時は一世《いっせい》を風靡《ふうび》した、あのグアム島から二十八年振りに帰還した元日本兵の知名度をもってすれば、それなりの集客は期待できるだろうという下心があっての企画だったが、そのさもしさが見え見えの下品な広告を打つことは、老舗デパートのプライドが許さなかった、開催を知らせるポスターには作陶家の名前と、青みを帯びた銀色の光沢を湛える一輪挿しと香炉《こうろ》を並べた写真だけが載せられていた。当然のことながらデパート側の目論見は外れ、ギャラリーには一人も来場者のいない時間も長く続いた、元日本兵は妻と二人だけで、銀座の目抜き通りを歩いてみた、四月の、風のない暖かな午後だった、この街を歩くのは初めてではないはずだが、しかし、ならば前回訪れたのはいつだったのかと自問しても、どうしてもその記憶が蘇ってこなかった。椅子に腰を下ろしてコーヒーでも飲みたかったのだが、通り沿いにあるのは銀行とカメラ店と花屋ばかりで、喫茶店は見当たらなかった、脇道に逸れて少しばかり歩いたところで、妻がとつぜん歩みを止めた。「ああ、ここは……」両側を背の高いビルに挟まれた、百坪ほどの広さの土地が、冷たく固まった黒い土を剥き出しにしたまま放置されていた、不動産屋の看板も掲げられていない、立ち入り禁止のロープすら張られていないその更地の前から、老夫婦は悪霊にでも取り憑かれてしまったかのように、しばらく動くことができなかった。

不吉な予感を振り払うこともできぬままデパートへと戻り、エスカレーターに乗って五階へ向かおうとした途中で、老夫婦の目の前を煌《きら》びやかな何かが横切った、じっさいにはそれは五十代か、六十代の、年配の婦人の二人連れで、服装も一人は紺色のカーディガンにチェック柄のスカート、もう一人はツイード地のスーツという上品でこそあれ、けっして成金趣味な、華美な格好ではなかった、しかしなぜだか彼女たちの甲高い声が、楽しげに交わす会話が、聞くともなしに夫婦の耳に入ってしまった。「……何十年も南洋のジャングルに暮らしていた、同じ人ではないわよね……」「……同姓同名の別人でしょう。原始人みたいな人が、陶物《すえもの》作りなんて、まさか……」込み上げてくるおかしさを堪えながら、小走りで、元日本兵と妻はその場から遠ざかった、それから二人とも息を切らしながら、互いの肩を叩き合って大笑いをした、彼女たちはこのデパートで個展を開いている陶芸家が、あのグアム島からの帰還兵であることに気づいていない、こんなに愉快なことがあるだろうか！　ざまあみろという気分だ！　世の中の興味関心が薄れ、忘れ去られた後でも、虚構ではない現実の人生は途切れることなく続いている、この日の出来事はその証明に他ならなかった。

晩年の元日本兵は病魔に苦しめられた、消化器を癌《がん》に侵され、手術に堪えてそれを克服した後で、手足の震えや痺《しび》れを伴う、進行性の難病に罹《かか》った、脚力による歩行が困難になり、車椅子での生活を余儀なくされた。本来ならば山奥の山荘にでもこもって、心穏やかに過ごすべきなけなしの老後の時間が、果てしなく続く病院での順番待ちや要領を得ない医者からの説明、幾度も繰り返される転院への苛立ちに奪われていくのは何とも悔しかったが、元日本兵の傍らにはいつも愛妻が寄り添ってくれていた。病院のベッドの上では、グアム島で二人の戦友が去った後の、檳榔樹の木陰の洞窟での生活を思い出すこともあった、あの頃は若く、生きようとする力も強く、木によじ登って果実を取り、素手で魚を捕まえて、野生の豚を生け捕りにして、屠《ほふ》って肉を貪り食ったものだった、カエルだけを友としながら、そのカエルの肉まで食べてしまった、川で沐浴して身体を清めて、星を数えて夜を過ごした、丸っ切りの一人だったが、耐え切れないほど寂しいなどと思ったことは一度もなかった、むしろ日がな一日一人でいられる幸運を噛み締めていた、あの頃こそが、全てが過ぎ去った後でなければ分からない、人生でもっとも果報に恵まれた日々だったのかもしれない……もちろんこれは、時間の遠近法によって美化された、偽りの過去でしかないことを、当の元日本兵も気づいてはいたのだが、しかし妻に対しては正面に向き直って、真顔で、これは単なる思い付きではない、常々考えてきた遺言なのだと前置いた上で、次のように伝えた。「自分が死んだら墓の隣には、グアム島の野生の豚や鹿、カタツムリ、カエル、鳥、ネズミ、川エビの霊を慰める碑を建てて欲しい。こんなに長生きできたのも、彼らが命を捧げてくれたお陰なのだ」元日本兵は八十二歳で、その長く不思議な生涯を終えた、グアム島から帰国した年から数えて、二十六年目の秋だった。

解説

推進

川上弘美

本書をはじめて読んだのは、単行本が刊行された時だったが、まさに、巻を措く能わざる、という形容がぴったりの読みようで、一気にしまいまで読んだ。導入の文章から続いてすぐさまグリコ森永事件を彷彿させる記述が始まり、ああ、この時代はこの通りだったな、というなつかしさにみちびかれ、つぎつぎに語られる昭和の出来事に、そうだ、あのことがあったのはあの年の近辺だった、そのことはその次の年だった……と読み進んだ。

具体的な固有名詞で書かれていないことも、ほぼ「なるほど、そうだった、あのことは」という印象を得るのが愉しいし、固有名詞で書かれていることも、むろん同様に愉しい。この愉しさは、いったい何なのだろうか、ただのなつかしさだけではなく、もっと奥にしぶとい何かがあるような気がするのだがと、途中一瞬、いぶかしんだが、その一瞬の疑問もすぐに忘れ去ってしまうくらい、小説は読み手をひきつけ、考える間を与えない。

ほんらい、小説を読む時には、数行読んでは連想が始まり、知らぬ間に本が手から離れて連想の中にしばらく遊んだのち、気がついてふたたび本を手に取り、またしばらく小説の中に遊んだあとには、同じように小説の外にある異世界に遊ぶ、という自分の読書のゆきかたが、この小説にかぎっては、違うものになってしまうのだ。

けれど、この小説は、たとえば物語の先ゆきを知りたくて読者を早足にさせる、というかたちの小説ではない。むしろ、正反対の性質をもつ小説であって、数年前にわたし自身が機会あってこの小説に関して書いた言葉を引くならば、「史実と作者の想像とがミシンの上糸と下糸のようにきれいにかみあいつつ進んでゆく小説」であり、「重層的な視点」によって昭和の中のある時期を描いているのだが、時間は前後するし、その語りは、客観的事実を冷徹に描写するとみえて、突然あたたかな身体をもつ少年の視点が導入され、しかしふたたびまた「史実と想像がかみあいつつ進んでゆく」なりゆきとなり、よく考えてみれば、物語を娯楽として消費する時のようには読めるはずのない、一筋縄ではゆかない構造をもつ小説なのである。

それなのに、なぜ、こんなに楽しく、背中を強く押されるように、読めてしまうのだろう！

この解説を書くためにもう一度、注意深く本書を読んで、あんのじょう再び早足でこの小説をむさぼってしまったのだけれど、作者のこの、引っ張る力に負けまいとして（読書は決して勝ち負けなぞではないというのに……）、自分ながら肩に妙な力が入っていることに苦笑しつつ、本書の牽引力がどこから来ているのかを、がんばって考えてみることにした。

考えはじめて、数日がたった。

言葉で書けば、しごく簡単なことなのだけれど、感情の推進をひきおこすのはもしかすると、抒情的な書きようではなく、叙事的な書きようなのではないか。

という結論に達したのだが、たとえばマルケスの『百年の孤独』、あるいはドス・パソスの『U.S.A.』、もう少し最近ならば、アーヴィングの『ガープの世界』、日本ならば谷崎の『細雪』、あるいは北杜夫の『楡家の人びと』などを、考えている間、連想していた。

どの小説も、非常に叙事的な書きようがされている。小説の中の「事実」や「できごと」は、ごく平等な懇切さをもって描写され、語りは感情を過度にあふれさせることがなく、小説の中にまるで現実の歴史が流れているかのように、たとえばその小説の世界に関する歴史の教科書をつくるとしたなら、すぐさまこれらの小説自体が教科書になってしまうくらい、過不足ない記述がつづいてゆくのだ。

それなのに、これらの小説を読んだ時の、心のゆさぶられかたといったら、どうだろう。

本書『日本蒙昧前史』を読む時も、全く同じなのである。前へ前へと、読み走ってゆく、その途中で立ち止まり自分の安穏な心もちの中を逍遥する暇は、与えられない。それなのに、読んでいると、心が騒ぐのだ。感情がかきたてられるのだ。それはけれど、自分に引きつけて共感する、という心の動きではない。作中の叙述じたいに、心が動くのである。小説と読者自身の自我との共鳴、というのではなく、作中の世界の動き自体に対する興味や驚きで、心が動くのである。

本書は、昭和の一時期の歴史をきりとり、いくつかのできごとを扱っている。

現実の歴史を描いたとされる小説は、時代小説をはじめ、いくつもある。けれど、そけれど、それらの大部分は、史実を作者が「解釈」したものであり、たとえ実際の歴史を小説の中に大いにとりこんでいたとしても、最終的には創作された物語となる。

ところが、本書には、「解釈」がない。いや、むろん昭和のある時期のいくつかのできごとの、何を選ぶのか、そのできごとのどこを切りとるのか、どのような文章を選ぶのか、ということ自体が、いやおうなく作者の「解釈」を表現してしまいはするのだが、それにしても、作者は、周到にその「解釈」の偏りをとりのぞいたかのごとき書きようをしている。これは、いっけん簡単なことのようで、かなり難しいことなのではないだろうか。

どんなに叙事的に書かれた小説でも、必ず作者の「内実」があらわれる。さきほど書いた言葉、「解釈」と言いかえてもいいだろう。むしろ、その「内実」や「解釈」をみせることが、面白味でもある。ところが、本書を読んでも、わたしには作者の「内実」が、どうにもとらえがたかったのだ。

それでは本書が叙述だけをおこなっている無味乾燥な小説なのかといえば、まったく違うのだ。太陽の塔にたてこもった「目玉男」の動作を読んでいるだけで、グアム島から戻ってきた日本兵の晩年の暮しについての細部を読んでいるだけで、二十世紀の大阪万博に行くために少年が乗った飛行機でシートベルトを締める瞬間の描写を読んだだけで、それらの描写自体の意味ではなく、その時代の背後にあった何か、また、いっそのことさらに飛躍して、今ここ、という時代の断片のようなものが、常に頭の中に去来するようになってくるのである。文章を読みながら、それらの断片が、文章の意味と同時に、二重写しのように、ふりつもってゆくのは、たいへんに不思議な体験だった。

つまり、本書は、あたかも昭和のある時期の歴史の手引書のようにも一見みえるのだが、しかしいかにも「事実」だけを書いているようにみえて、実は「事実」の周囲にあるもの、あるいは背後にあるもの、あるいは「事実」からはずれてみえるのにそこに確かにあったものを、本来見えなかったはずのものを表現しえている、ということになる。

物語性を排しているのに、歴史における「事実」だけを示しているかのようにみえるのに、まるで物語を読んだ時のような飛躍や連想を感じ、しかし同時にその飛躍や連想がゆきすぎることなく、読者を小説の先へ先へとみちびく。これこそが、この解説の冒頭近くに書いた、「もっと奥にしぶとい何かがあるような気がするのだがと、途中一瞬、いぶかしんだ」理由なのではないだろうかと、この解説を書きながら、得心した。見事だなあと、しんから思う。

磯崎憲一郎という作家の小説を、彼のデビューの時から少しずつ読んでいるが、最初は「この作者はいったいどこに行くのだろうか」と、たいへん不思議に思っていた。とても興味をひかれるのだが、ではどこに行くのか、と考えても、さっぱりわからなかったのだ。それが、次の小説、また次の小説、と読みつぐうちに、わかる、というのでは全然ないのだけれど、作者の進んでいる道が、何かうっすらとだけれど、自分にもほんの少し感知されるようになってきたように思う。

とは言っても、やはりこの作者は、わたしにとって、まだまだ謎なのである。

わからないことは、謎は、でも、とても楽しい。もしよかったら、本書だけでなく、今までに出版された作者のほかの小説を、みなさまにも読んでみていただきたく思う。一冊読んだだけではまだわからないだろう、表現ということに対する作者の考えようが、「あぶりだし」のようにうかんでくる心地をおぼえるだろうから。

この先、作者の試みは、どのように進んでゆくのだろうか。たいへんに、楽しみである。

（作家）

この作品はフィクションです。
執筆にあたっては左記の資料を参考にさせていただきました。

『昭和・平成家庭史年表』下川耿史・家庭総合研究会編　河出書房新社
『昭和ニッポン　一億二千万人の映像』講談社
『昭和キャバレー秘史』福富太郎著　河出書房新社
『五つ子　その誕生と成長の記録』山下頼充・浜上安司著　日本放送出版協会
『千里への道　日本萬国博七年の歩み』前田昭夫著　万国博グラフ社
『大阪万博　20世紀が夢見た21世紀』平野暁臣編著　小学館クリエイティブ
『日本万国博覧会の警察記録』大阪府警察万国博記録編集委員会編　大阪府警察本部
『写真が語る旭川　～明治から平成まで～』北海道新聞社編　北海道新聞社
『ロシアから来たエース　巨人軍300勝投手スタルヒンの栄光と苦悩』ナターシャ・スタルヒン著　PHP文庫
『葉隠入門　武士道は生きている』三島由紀夫著　光文社
『明日への道　全報告　グアム島孤独の28年』横井庄一著　文藝春秋
『グアムに生きた二十八年　横井庄一さんの記録』朝日新聞特派記者団著　朝日新聞社
『鎮魂の旅路　横井庄一の戦後を生きた妻の手記』横井美保子著　ホルス出版

初出
「文學界」二〇一九年一月号、五月号、十月号、二〇二〇年三月号
単行本
二〇二〇年六月　文藝春秋刊
DTP制作　ローヤル企画

文春文庫

日《に》本《ほん》蒙《もう》昧《まい》前《ぜん》史《し》

定価はカバーに表示してあります

2023年12月10日　第1刷

著　者　磯《いそ》﨑《ざき》憲《けん》一《いち》郎《ろう》

発行者　大沼貴之

発行所　株式会社　文藝春秋

東京都千代田区紀尾井町 3-23　〒102-8008
TEL　03・3265・1211㈹
文藝春秋ホームページ　http://www.bunshun.co.jp

落丁、乱丁本は、お手数ですが小社製作部宛お送り下さい。送料小社負担でお取替致します。

印刷・大日本印刷　製本・加藤製本

Printed in Japan
ISBN978-4-16-792146-0

（　）内は解説者。品切の節はご容赦下さい。

赤川次郎
赤川次郎クラシックス
幽霊列車
山間の温泉町へ向う列車から八人の乗客が蒸発。中年警部・宇野は推理マニアの女子大生・永井夕子と謎を追う――。オール讀物推理小説新人賞受賞作を含む記念碑的作品集。（山前　譲）
あ-1-39

有吉佐和子
青い壺
無名の陶芸家が生んだ青磁の壺が売られ贈られ盗まれ、十余年後に作者と再会した時――。壺が映し出した人間の有為転変を鮮やかに描き出した有吉文学の名作、復刊！（平松洋子）
あ-3-5

芥川龍之介
羅生門《らしょうもん》　蜘蛛《くも》の糸《いと》　杜子春《とししゅん》　外十八篇
昭和、平成とあまたの作家が登場したが、この天才を越えた者がいただろうか？　近代知性の極に荒廃を見た作家の、光芒を放つ珠玉集。日本人の心の遺産「現代日本文学館」その二。
あ-29-1

浅田次郎　編
見上げれば　星は天に満ちて
心に残る物語――日本文学秀作選
鷗外、谷崎、八雲、井上靖、梅崎春生、山本周五郎……。物語はあらゆる日常の苦しみを忘れさせるほど、面白くなければならないという浅田次郎氏が厳選した十三篇。輝く物語をお届けする。
あ-39-5

朝井リョウ
武道館
【正しい選択】なんて、この世にない。「武道館ライブ」という合言葉のもとに活動する少女たちが最終的に〝自分の頭で〟選んだ道とは――。大きな夢に向かう姿を描く。（つんく♂）
あ-68-2

朝井リョウ
ままならないから私とあなた
平凡だが心優しい雪子の友人、薫は天才少女と呼ばれる。成長に従い、二人の価値観は次第に離れていき、決定的な対立が訪れるが……。一章分加筆の表題作ほか一篇収録。（小出祐介）
あ-68-3

阿部和重
オーガ（ニ）ズム　（上下）
ある夜、瀕死の男が阿部和重の自宅に転がり込んだ。その男の正体はＣＩＡケースオフィサー。核テロの陰謀を阻止すべく、作家たちは新都・神町へ。破格のロードノベル！（柳楽　馨）
あ-72-2

彩瀬まる
くちなし
別れた男の片腕と暮らす女。運命で結ばれた恋人同士に見える花。幻想的な世界がリアルに浮かび上がる繊細で鮮烈な短篇集。直木賞候補作・第五回高校生直木賞受賞作。（千早　茜）
あ-82-1

朝比奈あすか
人間タワー
毎年6年生が挑んできた運動会の花形「人間タワー」。その是非をめぐり、教師・児童・親が繰り広げるノンストップ群像劇。無数の思惑が交錯し、胸を打つ結末が訪れる！（宮崎吾朗）
あ-84-1

五木寛之
蒼ざめた馬を見よ
ソ連の作家が書いた体制批判の小説を巡る恐るべき陰謀。直木賞受賞の表題作を初め「赤い広場の女」「バルカンの星の下に」「夜の斧」など初期の傑作全五篇を収録した短篇集。（山内亮史）
い-1-33

井上　靖
おろしや国酔夢譚
船が難破し、アリューシャン列島に漂着した光太夫ら。厳寒のシベリアを渡り、ロシア皇帝に謁見、十年の月日の後に帰国できたのは、ただのふたりだけ。映画化された傑作。（江藤　淳）
い-2-31

井上ひさし
四十一番の少年
辛い境遇から這い上がろうと焦る少年が恐ろしい事件を招く表題作ほか、養護施設で暮らす子供の切ない夢と残酷な現実が胸に迫る珠玉の三篇。自伝的名作。（百目鬼恭三郎・長部日出雄）
い-3-30

色川武大
怪しい来客簿
日常生活の狭間にかいま見る妖しの世界——独自の感性と性癖、幻想が醸しだす類いなき宇宙を清冽な文体で描きだした、泉鏡花文学賞受賞の世評高き連作短篇集。（長部日出雄）
い-9-4

色川武大
離婚
納得ずくで離婚したのに、なぜか元女房のアパートに住み着いてしまって。男と女の不思議な愛と倦怠の世界を、味わい深い筆致とほろ苦いユーモアで描く第79回直木賞受賞作。（尾崎秀樹）
い-9-7

（　）内は解説者。品切の節はご容赦下さい。

受け月
伊集院　静

願いごとがこぼれずに叶う月か……。高校野球で鬼監督と呼ばれた男が、引退の日、空を見上げていた。表題作他、選考委員に絶賛された「切子皿」など全七篇。直木賞受賞作。（長部日出雄）

い-26-4

羊の目
伊集院　静

男の名はサイレントマン。神に祈りを捧げる殺人者——。戦後の闇社会を震撼させたヤクザの、哀しくも一途な生涯を描き、なお清々しい余韻を残す長篇大河小説。（西木正明）

い-26-15

南の島のティオ　増補版
池澤夏樹

ときどき不思議なことが起きる南の島で、つつましくも心豊かに成長する少年ティオ。小学館文学賞を受賞した連作短篇集に「海の向こうに帰った兵士たち」を加えた増補版。（神沢利子）

い-30-2

沖で待つ
絲山《いとやま》秋子

同期入社の太っちゃんが死んだ。私は約束を果たすべく、彼の部屋にしのびこむ。恋愛ではない男女の友情と信頼を描く芥川賞受賞の表題作。「勤労感謝の日」ほか一篇を併録。（夏川けい子）

い-62-2

あなたならどうする
井上荒野

「ジョニィへの伝言」「時の過ぎゆくままに」「東京砂漠」——昭和の歌謡曲の詞にインスパイアされた、視点の鋭さが冴える九篇。恋も愛も裏切りも、全てがここにある。（江國香織）

い-67-6

死神の精度
伊坂幸太郎

俺が仕事をするといつも降るんだ——七日間の調査の後その人間の生死を決める死神たちは音楽を愛し大抵は死を選ぶ。クールでちょっとズレてる死神が見た六つの人生。（沼野充義）

い-70-1

死神の浮力
伊坂幸太郎

娘を殺された山野辺夫妻は、無罪判決を受けた犯人への復讐を計画していた。そこへ人間の死の可否を判定する〝死神〟の千葉がやってきて、彼らと共に犯人を追うが——。（円堂都司昭）

い-70-2

阿部和重・伊坂幸太郎
キャプテンサンダーボルト（上下）
大陰謀に巻き込まれた小学校以来の友人コンビ。不死身のテロリストと警察から逃げきり、世界を救え！　人気作家二人がタッグを組んで生まれた徹夜必至のエンタメ大作。（佐々木　敦）
い-70-51

伊吹有喜
雲を紡ぐ
不登校になった高校2年の美緒は、盛岡の祖父の元へ向う。羊毛を手仕事で染め紡ぐ作業を手伝ううち内面に変化が訪れる。親子三代「心の糸」の物語。スピンオフ短編収録。（北上次郎）
い-102-2

岩井俊二
番犬は庭を守る
原発が爆発し臨界状態となった国で生れたウマソー。成長しても生殖器が大きくならない彼に次々襲いかかる不運、悲劇、やがて見出す希望の光。無類に面白い傑作長篇。（金原瑞人）
い-103-3

内田春菊
ダンシング・マザー
戦前に久留米で生まれた逸子。華麗な衣装を縫い上げて、ダンスホールの華になるが、結婚を機に運命は暗転。情夫の娘への性虐待を黙認するに至った女の悲しき半生の物語。（内田紅甘）
う-6-17

内田英治
ミッドナイトスワン
トランスジェンダーの凪沙は、育児放棄にあっていた少女・一果を預かることになる。孤独に生きてきた凪沙に、次第に母性が芽生えていく。切なくも美しい現代の愛を描く、奇跡の物語。
う-37-1

江國香織
赤い長靴
二人なのに一人ぼっち。江國マジックが描き尽くす結婚という不思議な風景。何かが起こる予感をはらみつつ、怖いほど美しい十四の物語が展開する。絶品の連作短篇小説集。（青木淳悟）
え-10-1

江國香織・小川洋子・川上弘美・桐野夏生
小池真理子・髙樹のぶ子・髙村　薫・林　真理子
甘い罠　8つの短篇小説集
江國香織、小川洋子、川上弘美、桐野夏生、小池真理子、髙樹のぶ子、髙村薫、林真理子という当代一の作家たちの逸品だけを収めたアンソロジー。とてつもなく甘美で、けっこう怖い。
え-10-2

（　）内は解説者。品切の節はご容赦下さい。

小川洋子
妊娠カレンダー
姉が出産する病院は、神秘的な器具に満ちた不思議の国……妊娠をきっかけにゆらぐ現実を描く芥川賞受賞作。「妊娠カレンダー」『ドミトリイ』『夕暮れの給食室と雨のプール』。（松村栄子）
お-17-1

小川洋子
やさしい訴え
夫から逃れ、山あいの別荘に隠れ住む「わたし」とチェンバロ作りの男、その女弟子。心地よく、ときに残酷な三人の物語の行き着く先は？　揺らぐ心を描いた傑作小説。（青柳いづみこ）
お-17-2

小川洋子
猫を抱いて象と泳ぐ
伝説のチェスプレーヤー、リトル・アリョーヒン。彼はいつしか「盤下の詩人」として奇跡のように美しい棋譜を生み出す。静謐にして愛おしい、宝物のような傑作長篇小説。（山﨑　努）
お-17-3

奥泉　光
ゆるキャラの恐怖
桑潟幸一准教授のスタイリッシュな生活3
たらちね国際大学教員のクワコーに、「大学対抗ゆるキャラコンテストに着ぐるみで出場せよ」との業務命令が。どこまでも堕ちゆく下流大学教員の脱力系事件簿、第三弾。（鴻巣友季子）
お-23-5

奥田英朗
無理
（上下）

壊れかけた地方都市・ゆめのに暮らす訳アリの五人。それぞれの人生がひょんなことから交錯し、猛スピードで崩壊してゆく様を描いた傑作群像劇。一気読み必至の話題作！

お-38-5

荻原　浩
ちょいな人々
「カジュアル・フライデー」に翻弄される課長の悲喜劇を描く表題作ほか、少しおっちょこちょいでも愛すべき、ブームに翻弄される人々がオンパレードの抱腹絶倒の短篇集。（辛酸なめ子）
お-56-1

荻原　浩
ひまわり事件
幼稚園児と老人がタッグを組んで、闘う相手は？　隣接する老人ホーム「ひまわり苑」と「ひまわり幼稚園」の交流を大人の事情が邪魔するが。勇気あふれる熱血幼老物語！（西上心太）
お-56-2

大島真寿美
あなたの本当の人生は

書けない老作家、代りに書く秘書、その作家に弟子入りした新人。「書くこと」に囚われた三人の女性の奇妙な生活は思わぬ方向に。不思議な熱と光に満ちた前代未聞の傑作。（角田光代）

お-73-1

尾崎世界観
祐介・字慰

クリープハイプ尾崎世界観、慟哭の初小説！　売れないバンドマンが恋をしたのはピンサロ嬢――。「尾崎祐介」が「尾崎世界観」になるまで。書下ろし短篇「字慰」を収録。（村田沙耶香）

お-76-1

開高　健
珠玉

海の色、血の色、月の色――三つの宝石に托された三つの物語。作家の絶筆は、深々とした肉声と神秘的なまでの澄明さにみちている。「掌のなかの海」「玩物喪志」「一滴の光」収録。（佐伯彰一）

か-1-11

開高　健
ロマネ・コンティ・一九三五年
六つの短篇小説

酒、食、阿片、釣魚などをテーマに、その豊饒から悲惨までを描きつくした名短篇集は、作家の没後20年を超えて、なお輝きを失わない。川端康成文学賞受賞の「玉、砕ける」他全6篇。（高橋英夫）

か-1-12

川上弘美
真鶴

12年前に夫の礼は、「真鶴」という言葉を日記に残し失踪した。京は母親、一人娘と暮らしを営む。不在の夫に思いを馳せつつ恋人と逢瀬を重ねる京は、東京と真鶴の間を往還する。（三浦雅士）

か-21-6

川上弘美
水声

亡くなったママが夢に現れるようになったのは、都が弟の陵と暮らしはじめてからだった――。愛と人生の最も謎めいた部分に迫る静謐な長編。読売文学賞受賞作。（江國香織）

か-21-8

角田光代
空中庭園

京橋家のモットーは「何ごともつつみかくさず」……普通の家族の表と裏、光と影を描いた連作家族小説。第三回婦人公論文芸賞受賞、小泉今日子主演で映画化された話題作。（石田衣良）

か-32-3

（　）内は解説者。品切の節はご容赦下さい。

角田光代
対岸の彼女
女社長の葵と、専業主婦の小夜子。二人の出会いと友情は、些細なことから亀裂を生じていくが……。孤独から希望へ、感動の傑作長篇。直木賞受賞作。（森　絵都）
か-32-5

川上未映子
乳《ちち》と卵《らん》
娘の緑子を連れて大阪から上京した姉の巻子は、豊胸手術を受けることに取り憑かれている。二人を東京に迎えた「私」の狂おしい三日間を、比類のない痛快な日本語で描いた芥川賞受賞作。
か-51-1

川上未映子
夏物語
パートナーなしの妊娠、出産を目指す小説家の夏子。生命の意味をめぐる真摯な問いを、切ない詩情と泣き笑いの極上の筆致で描く、エネルギーに満ちた傑作。世界中で大絶賛の物語。
か-51-5

川村元気
四月になれば彼女は
精神科医・藤代に〝天空の鏡〟ウユニ湖から大学時代の恋人の手紙が届いた――失った恋に翻弄される十二か月がはじまる。恋愛なき時代に挑んだ「異形の恋愛小説」。（あさのあつこ）
か-75-3

川村元気
百花
「あなたは誰？」。息子を忘れていく母と、母との思い出を蘇らせていく息子。ふたりには、忘れることのできない〝事件〟があった。記憶という謎《ミステリー》に挑む傑作。（中島京子）
か-75-5

菊池　寛
マスク
スペイン風邪をめぐる小説集
スペイン風邪が猛威をふるった100年前。菊池寛はうがいやマスクで感染予防を徹底。パンデミック下での実体験をもとに描かれた「マスク」ほか8篇。傑作小説集。（辻　仁成）
き-4-7

岸　惠子
愛のかたち
親子の葛藤、女の友情、運命の出逢い。五人の男女のさまざまな愛のかたちを、パリと京都を舞台に描き出す大河恋愛小説。表題作「愛のかたち」に加え、「南の島から来た男」を収録。
き-10-2

桐野夏生
夜の谷を行く
連合赤軍事件の山岳ベースで行われた仲間内でのリンチから脱走した西田啓子。服役後、人目を忍んで暮らしていたが、ある日突然、忘れていた過去が立ちはだかる。（大谷恭子）
き-19-21

木内　昇《のぼり》
茗荷谷の猫
茗荷谷の家で絵を描きあぐねる主婦。染井吉野を造った植木職人。画期的な黒焼を生み出さんとする若者。幕末から昭和にかけ各々の生を燃焼させた人々の痕跡を掬う名篇9作。（春日武彦）
き-33-1

車谷長吉
赤目四十八瀧心中未遂
「私」はアパートの一室でモツを串に刺し続けた。女の背中一面には迦陵頻伽の刺青があった。ある日、女は私の部屋の戸を開けた——。情念を描き切る話題の直木賞受賞作。（川本三郎）
く-19-1

熊谷達也
鮪立《しびたち》の海
三陸海岸の入り江にある港町「仙河海」。大正十四年にこの町に生まれた守一は、漁に一生をかけたいとカツオ船に乗り込んだ……。激動の時代を生き抜いた男の一代記。（土方正志）
く-29-6

窪　美澄
さよなら、ニルヴァーナ
少年犯罪の加害者、被害者の母、加害者を崇拝する少女、その運命の環の外に立つ女性作家……各々の人生が交錯した時、何を思い、何を見つけたのか。著者渾身の長編小説！（佐藤　優）
く-39-1

小池真理子
沈黙のひと
生き別れだった父が亡くなった。遺された日記には、父の心の叫び——娘への愛、後妻家族との相克、そして秘めたる恋が綴られていた。吉川英治文学賞受賞の傑作長編。（持田叙子）
こ-29-8

佐木隆三
復讐するは我にあり
改訂新版
列島を縦断しながら殺人や詐欺を重ね、高度成長に沸く日本を震撼させた稀代の知能犯・榎津巖。その逃避行と死刑執行までを描いた直木賞受賞作の、三十数年ぶりの改訂新版。（秋山　駿）
さ-4-17

（　）内は解説者。品切の節はご容赦下さい。

佐藤愛子
晩鐘（上下）
老作家のもとに、かつての夫の訃報が届く。共に文学を志した青春の日々、莫大な借金を抱えた歳月の悲喜劇。彼は結局、何者だったのか？　九十歳を迎えた佐藤愛子、畢生の傑作長篇。
さ-18-27

佐藤愛子
凪の光景
謹厳実直に生きていた丈太郎、72歳。突然、64歳の妻・信子が意識改革!?　高齢者の離婚、女性の自立、家族の崩壊という今日まで続く問題を鋭い筆致でユーモラスに描く傑作小説。
さ-18-33

桜木紫乃
風葬
釧路で書道教室を開く夏紀。認知症の母が言った謎の地名に導かれ、自らの出生の秘密を探る。しかしその先には、封印された過去が。桜木ノワールの原点ともいうべき作品ついに文庫化。
さ-56-2

最果タヒ
十代に共感する奴はみんな嘘つき
いじめや自殺が日常にありふれている世界で生きるカズハ。女子高生の恋愛・友情・家族の問題が濃密につまった二日間の出来事。カリスマ詩人が、新しい文体で瑞々しく描く傑作小説。
さ-72-1

城山三郎
鼠　鈴木商店焼打ち事件
大正年間、三井・三菱と並び称される栄華を誇った鈴木商店は、米騒動でなぜ焼打ちされたか？　流星のように現れ、昭和の恐慌に消えていった商社の盛衰と人々の運命。（澤地久枝）
し-2-32

柴田　翔
されど　われらが日々――
共産党の方針転換が発表された一九五五年の六全協を舞台に、出会い、別れ、闘争、裏切り、死など青春の悲しみを描き、六〇年、七〇年安保世代を熱狂させた青春文学の傑作。（大石　静）
し-4-3

澁澤龍彦
高丘親王航海記
幼時から父帝の寵姫薬子に天竺への夢を吹き込まれた高丘親王は、鳥の下半身をした女、犬頭人の国など、怪奇と幻想の世界を遍歴する。遺作となった読売文学賞受賞作。（高橋克彦）
し-21-7

篠田節子
冬の光

四国遍路の帰路、冬の海に消えた父。家庭人として恵まれた人生ではなかったのか……足跡を辿る次女が見た最期の景色と人生の深遠が胸に迫る長編傑作。　（八重樫克彦）

し-32-12

白石一文
草にすわる

五年間は何もしない。絶望は追ってくる——表題作ほか「花束」「砂の城」「大切な人へ」「七月の真っ青な空に」。一度倒れた人間が一歩を踏みだす瞬間を描く美しい五編。　（瀧井朝世）

し-48-6

白石一文
見えないドアと鶴の空

妻の親友・由香里の出産に立ち会い、そこからきわどい関係を始めてしまった昂一。事実を知った妻は、ある意外な場所へ——ほんとうの人間関係の重さ、奇跡の意味を描くデビュー長編。

し-48-7

島本理生
真綿荘の住人たち

真綿荘に集う人々の恋はどれもままならない。性別も年も想いもばらばらだけど、一つ屋根の下。寄り添えなくても一緒にいい——そんな奇妙で切なくて暖かい下宿物語。　（瀧波ユカリ）

し-54-1

島本理生
夏の裁断

女性作家の前にあらわれた悪魔のような男。男に翻弄され、やがて破綻を迎えた彼女は、静養のために訪れた鎌倉で本を裁断していく。芥川賞候補となった話題作とその後の物語を収録。

し-54-2

柴崎友香
春の庭

第151回芥川賞受賞作「春の庭」に、書下ろし短篇1篇（「出かける準備」）、単行本未収録短篇2篇（「糸」「見えない」）を加えた小説集。柴崎友香ワールドをこの一冊に凝縮。　（堀江敏幸）

し-62-1

嶋津　輝
駐車場のねこ

家政婦の姉とラブホテル受付の妹。職人気質のクリーニング店主と常識外れの女性客。何気ないやりとりがクセになる「オール讀物」新人賞受賞作を含む全七篇。　（森　絵都）

し-69-1